纪连海说

—西 游—

纪连海说西游

纪连海 · 著

SPM 南方出版传媒 广东人民出版社
· 广州 ·

导读

朋友们都知道，每逢这寒暑假，不论是白天还是黑夜，都有一部神剧会一而再、再而三地占据在各大电视荧屏的各个时间段上。几十年来，一直经久不衰。这部神剧，就是电视连续剧《西游记》。

话说到这里，有的朋友就会问了：哟，我说老纪啊，咱们可是2005年从央视十套的《百家讲坛》里知道您大名的。在《百家讲坛》里您说清朝的历史起家，怎么才十二年的工夫，您居然跟我们聊起这神魔小说《西游记》了？一个中学老师了解《西游记》吗？

还别说，这话还真的让您给问对了。

第一呢，俺还真的讲过《西游记》。不过不是在央视的《百家讲坛》里，而是在某省级卫视的节目里，而且讲过好多期呢。俺不但看过、研究过《西游记》，还有一点儿自己的心得呢。

第二，是这《西游记》值得讲，非常非常值得讲。为什么这《西游记》值得讲。

二

在我看来，有以下这么几个原因：

第一个原因就是，完整地看过《西游记》这部电视连续剧的朋友们很多都是看了很多遍的（小的时候自己看，长大以后陪孩子看）。而完整地看过《西游记》这部文学作品原著的朋友们，那就少多了。

正因如此，很多朋友就会误把电视剧中的情节，当作《西游记》这部文学作品原著的情节。其实呢，这两者之间，还是有很多差异的，这都需要我们的正确解读。

第二个原因就是，在我看来，《西游记》非常重要。

咱们先来说说《西游记》这部伟大作品的产生和它的作者。关于《西游记》的作者，一般而言，被认定为是明朝中后期的著名作家吴承恩。吴承恩生活在明代的中后期，历经了明孝宗、明武宗、明世宗、明穆宗和明神宗五个皇帝。

在这一时期，由于商品经济高度发达，引发了资本主义萌芽产生，因此导致了明朝的阶级矛盾、民族矛盾和统治阶级内部矛盾日趋激化。上述这些，表现在思想文化领域，则是市民文学日益蓬勃发展，小说和戏曲创作进入一个全面繁荣兴盛的时期。中国古代第一部浪漫主义章回体长篇神魔小说《西游记》，便是上述时代特征的具体产物。

无论是明朝杰出的小说家吴承恩创作的中国古代第一部浪漫主义章回体长篇神魔小说《西游记》，还是中国著名女导演杨洁根据吴承恩同名原著改编执导的电视连续剧《西游记》，都有着非常重要的艺术价值。

小说也好，电视连续剧也罢，每次看它，都能给我们带来很多很多新的思考。接下来的内容里，我会一一为您展现。

这本《纪连海说西游》，从取经五人组的出身开始，一直要讲到取经五人组胜利归来为止。这中间，会涉及到很多的问题，会得出一些很让人震惊的答案：问题可以先抛出一些，比如，为什么非得是取经五人组呢？四个或六个，就真的不行？还有，这取经五人组的前世都干了什么事啊？为什么在大闹天宫时，孙悟空的手下败将到了取经路上，就那么厉害了呢？为什么除了孙悟空之外的三人都没有带箍儿呢？猪八戒为什么没有投胎为人形？在流沙河等待师父的这几百年间，沙和尚吃了九个唐僧的前世？这取经五人组，为什么非要上西天取经不可呢？追随唐僧取经到了最后的，真的是孙悟空本尊？孙悟空会不会在中途，比如真假美猴王那一集被人暗害了呢？

这里面有很多问题的答案，真的是让人震惊。取经五人组取经途中遇到的妖怪，真的可以分为有背景的和没有背景的两类？没有背景的妖怪，真的都被打死了？无字真经和有字真经，到底哪个才是真经呢？取经五人组最后取到了真经吗？

好了，老纪的导读咱先说这么多。下面咱们就开说《西游记》。

目录

contents

01

壹

孙悟空的出身

首先讲讲《西游记》这本书的由来。

《西游记》的作者一般人认为是吴承恩，为什么是一般人认为？因为有不同的说法。吴承恩所出生的时代是明朝中后期，经历过孝宗、武宗、世宗、穆宗、神宗这五个皇帝，这个时期的明朝，各个方面都发生了变化。首先，政治上，一般朝代的初期，都是政治清明，矛盾不深，但是到了中后期，阶级矛盾、民族矛盾、统治阶级内部的矛盾，都在不断地激化，并且日益尖锐；其次，经济上，吴承恩所生活的时期商品经济发展了起来，有钱有闲的人多了，干买卖、做生意的就多了，卖个东西就赚钱，赚很多，那么钱花在哪儿了？听个书，听个戏，就带来了文化上的繁荣，市民文学也因此就兴起了，昆曲、小说，这也就都有了。《西游记》就是在这种背景下出现的，描写了唐僧西天取经的神话故事。

《西游记》的成书过程，在我看来，简直是一个比《西游记》这部小说还要传奇的存在。

本来与鸠摩罗什、真谛并称为中国佛教三大翻译家的唐朝大和尚三藏法师的西行过程就够传奇的了：

隋大业八年（公元 612 年），时年 13 岁的陈祎在东都洛阳净土寺出家并被取法名玄奘就完全属于破格。

唐贞观元年（公元 627 年），上书朝廷请允西行求法但未获唐太宗批准的玄奘，仍于贞观二年（公元 628 年）“冒越宪章”，只身一人长途跋涉五万余里“私往天竺”。这一路上花了 19 年的时间，经过了 110 个国家，中国的地方就不说了，外国的地方比如阿富汗、巴基斯坦、印度、孟加拉、尼泊尔、不丹都去过了，最终到达了印度的那烂陀，这个地名的意思是不知疲倦地施舍。这就更属于传奇。

在天竺的十几年时间里，玄奘能够做到在全天竺 18 个王国、3000 个大小乘佛教学者和外道 2000 人参加的佛学辩论大会上讲论，任人问难，但无一人能予诘难，一时名震全天竺，并被大乘尊为“大乘天”，被小乘尊为“解脱天”，则纯属前无古人、后无来者之壮举。

贞观十七年（公元 643 年），44 岁的玄奘载誉启程回国，共带回佛舍利 150 粒、佛像 7 尊、经论 657 部。贞观十九年（公元 645 年）正月，玄奘到达长安。此时，正在驻跸洛阳的唐太宗立即诏令在洛阳接见玄奘法师。

在唐太宗的支持下，玄奘在长安设立了译经院，玄奘及其弟子共翻译出佛典 75 部、1335 卷，这其中玄奘法师亲自翻译了《大般若经》《心经》《解深密经》《瑜伽师地论》《成唯识论》等，尤其是他翻译的短短 260 余字的《摩诃般若波罗蜜多心经》更成为全部佛教经典的精髓。可以说，玄奘只身一人的西行之路，是中国古代史上最为传奇的一个篇章。

但更为传奇的是，贞观二十年（公元646年），翻译佛经之余，玄奘还居然把他的西行见闻口述给了各位弟子，并由弟子辩机辑录成了十二卷共十余万字的《大唐西域记》。《大唐西域记》一书，记述了玄奘法师所亲历的110个国家及传闻的28个城邦、地区、国家之概况，有疆域、气候、山川、风土、人情、语言、宗教、佛寺以及大量的历史传说、神话故事等。《大唐西域记》也成为研究中古时期中亚、南亚诸国的历史、地理、宗教、文化和中西交通的珍贵资料，更是研究佛教史学、佛教遗迹的重要文献。

可以说，玄奘口述、弟子辩机辑录的《大唐西域记》是中国历史上最早的一本《西游记》，是中国历史上最早的一本以玄奘西游取经的事迹为蓝本的《西游记》。当然，与后世的任何一本《西游记》都完全不同的是，《大唐西域记》是一本纯粹的历史地理专著，完全没有任何魔幻、浪漫的色彩。

由纯粹的历史地理专著向着魔幻、浪漫的方面的变化起始于玄奘法师去世后，他的另外两个弟子慧立、彦琮为了表彰玄奘法师的功业而撰写的《大唐大慈恩寺三藏法师传》。《大唐大慈恩寺三藏法师传》一书，为玄奘法师的西行取经的经历增添了许多神话色彩。从此，唐僧取经的故事便开始在中国民间广为流传。可以说，《大唐大慈恩寺三藏法师传》一书，是中国历史上第二本以玄奘西游取经的事迹为蓝本的《西游记》，而且，这本《西游记》已经有了一些神话色彩。

最大的变化来自于南宋时期的《大唐三藏取经诗话》一书。《大唐三藏取经诗话》，又名《大唐三藏法师取经记》，共分三卷十七段。与前面所述的《大唐西域记》和《大唐大慈恩寺三藏法师传》两书相比，

《大唐三藏取经诗话》最大的不同则是此前两书均以玄奘法师为主角，而《大唐三藏取经诗话》的主要人物则换成了虚构的猴行者了。可以说，孙悟空的形象，在《大唐三藏取经诗话》中已经勾画出了一个基本完整的轮廓。另外，沙僧的轮廓也比较完整，只是名字叫作深沙神而已。当然，与吴承恩所著的《西游记》相比，猪八戒的形象尚未出现，与后世猪八戒类似的形象则是一个驴行者。

此后的金代有《唐三藏》《蟠桃会》等曲目，元杂剧则有吴昌龄的《唐三藏西天取经》、无名氏的《二郎神锁齐大圣》等曲目，这些都为吴承恩创作《西游记》奠定了基础。吴承恩也正是在上述中国民间传说和话本、戏曲的基础上，经过艰苦的再创造，完成了《西游记》这部伟大的文学巨著。

这本书是中国古代第一本浪漫主义的章回体长篇神魔小说，大多读者以为吴承恩写的是唐朝的故事，其实他只是借唐朝的故事来述说、映射当时的社会现实，通过这五人取经的磨难来反映当时的世态炎凉，人间的冷暖。

《西游记》这本书自从吴承恩一写成就迅速流行开来，用今天的话说就是迅速成了网红，吴承恩也成了名人。明朝的时候就有六种版本，清朝有七种版本，还有十三种版本我们看不见，更重要的是被翻译成了好几十国文字。正因为如此，杨洁拍的电视剧才会那么火，实在是这本书的内容太精彩，太经典。

《西游记》与《三国演义》《水浒传》《红楼梦》并称为中国古典四大文学名著，他们的作者，或者是江苏人，或者在江苏生活过，这背后很有意思，因为那个地区商品经济发达，相应带来了文化上的繁荣。

回过头继续说《西游记》这本书，这本书为什么好？就两个字，一是幻，一是趣。幻是奇幻，趣是奇趣。

先说这奇幻，小说作者想象力真是太丰富了，各种各样的妖怪，九九八十一难的故事，各种矛盾冲突，创造出了一个神奇绚丽的神话世界，用今天的话说吴承恩是"脑洞大开"。要是没这本书，相信人们也想不出那么多种妖怪来，活人没见过妖怪，这妖怪到底是什么样的？小说里有男妖精、女妖精、有背景的妖精、没背景的妖精、草根妖精、明星妖精、团伙作战的妖精、独来独往的妖精、难看的妖精、美丽的妖精，真是无奇不有，无妖不成难。

但是通过这些各种各样的妖怪折射出的是明朝的世态人情，这些妖怪，那些情节，那些场面，他们用的法宝、武器极尽变换之能事。所以通过这些故事其实反映的是明朝中后期的世态，这样就特别容易理解，特别容易接受。

再说奇趣。虽然这一路之上险山恶水，妖精魔怪层出不穷，但是你会发现在刀光剑影的背后，孙悟空虽然说他的胜利很不容易，但是从头到尾无论是看小说也好，看电视剧也罢，都没有那种紧张感和沉重感，这就是它有意思的地方。面对着任何困难，你会发现孙悟空都是豪爽的，乐观的；面对着任何情况，你会发现猪八戒都是滑稽的，好玩的。他们这两位活宝一唱一和，很是有意思。而且你会发现他们的对话过程，很多时候好像说的不是孙悟空和猪八戒，是我们的邻居，邻居也有这么说话的吧？也有这么办事的吧？所以《西游记》虽然给我们展示的是一个动物世界，但是又融进了人类世界的内容，所以非常有意思。这是作者的再创作。这就是《西游记》这本书的由来。

接下来，再讲讲《西游记》取经的五人组里面，人见人爱的主人公，齐天大圣孙悟空。

先讲讲孙悟空的出身。孙悟空给我们的第一印象是什么？聪明，机智，本领高强，疾恶如仇，忠心耿耿，这都是真的。这一路之上，他保护着唐僧西天取经，一路上降妖除怪，积德行善，为民除害，但是经常受师父冤枉，动辄念紧箍咒一遍两遍三四遍，虽然这中间有两次出走，但都是被唐僧赶走的。这忠心耿耿的徒弟，在人世间是不是特别地难找？而且你会发现他在任何情况下不服输，在任何情况下都有办法。顽强执着，不屈不挠，是不是这样的人物？我们也希望自己的孩子成为孙悟空这样的，至少得有这样的品质。

实际上孙悟空遇到的困难少吗？不少，但是孙悟空正是凭着不服输的这种精神，一次次绝处逢生，赢得了最终的胜利。这可能是我们对孙悟空的第一印象。看过小说版《西游记》的朋友，都会觉得孙悟空是一位高高在上的神一般的存在。可是看过电视剧版《西游记》，你会发现不是这样，他谁都打不过，这问题出在了哪儿呢？接下来我们就好好研究研究这孙悟空。看《西游记》，无论是小说还是电视剧，你有没有想过孙悟空的师父菩提老祖，神龙见首不见尾，究竟是何许人？玉皇大帝对他都没办法。妖精们逮着了唐僧，为什么不赶紧吃了跑路，非得等到孙悟空来跟他斗，跟他血战到底呢？孙悟空的身世到底是怎么回事呢？

看看小说，书中暗表：

那座山正当顶上，有一块仙石。其石有三丈六尺五寸高，有二丈四尺围圆。三丈六尺五寸高，按周天三百六十五度；二丈四尺围圆，按政历二十四气。上有九窍八孔，按九宫八卦。四面更无树木遮阴，左右倒有芝兰相衬。盖自开辟以来，每受天真地秀，日精月华，感之既久，遂有灵通之意。内育仙胞，一日迸裂，产一石卵，似圆球样大。因见风，化作一个石猴。

这个石猴就是孙悟空了。在小说中第七回“八卦炉中逃大圣　五行山下定心猿”里面，如来佛祖曾经说：

趁早皈依，切莫胡说！但恐遭了毒手，性命顷刻而休，可惜了你的本来面目！

原来这如来佛是知道孙悟空的本来面目的。在真假美猴王那集，也就是小说中的第五十八回“二心搅乱大乾坤　一体难修真寂灭”，如来佛说：

第一是灵明石猴，通变化，识天时，知地利，移星换斗。第二是赤尻马猴，晓阴阳，会人事，善出入，避死延生。第三是通臂猿猴，拿日月，缩千山，辨休咎，乾坤摩弄。第四是六耳猕猴，善聆音，能察理，知前后，万物皆明。此四猴者，不入十类之种，不达两间之名。我观假悟空乃六耳猕猴也。

通过如来这么一说，这孙悟空最像第一种灵明石猴。因为第一，他不在十类之中，第三回“四海千山皆拱伏　九幽十类尽除名”里就写了：

原来这猴似人相，不入人名；似裸虫，不居国界；似走兽，不伏麒麟管；似飞禽，不受凤凰辖，另有个簿子。悟空亲自检阅，直到那魂字一千三百五十号上，方注着孙悟空名字，乃天产石猴，该寿三百四十二岁……

第二，通变化，识天时，知地利，移星换斗，七十二变，筋斗云，孙悟空什么都会，所以我们完全可以断定孙悟空就是这灵明石猴变的。换句话说，如来佛祖是知道他的底细的，正是因为如此，我们知道这东胜神洲的花果山，这块石头变成了孙悟空。石猴出世玉帝知道不知道？也应该是知道的，但是玉帝没有太注意。当时这石猴出生的时候，玉帝已经感觉到了动静，谁知过了 300 年这石猴炼成了功夫。讲到这里，新问题来了，这孙悟空长得到底什么模样？到底是像六小龄童？还是真像个猴？

好了，这孙悟空的出身就先讲到这儿，下一篇我们再说这石猴的相貌和他出生地的那些事儿。

02

纪 连 海 说 西 游

贰

孙悟空的出生地和颜值

这一篇讲的是孙悟空的出生地和他的颜值问题。

先来介绍一下不同人眼中的《西游记》。

《西游记》这本书到底好不好？有人说不好，有人说好。比如说胡适，他就在《西游记考证》这篇文章里说：

> 《西游记》至多不过是一部很有趣味的滑稽小说、神话小说；他并没有什么微妙的意思，他至多不过有一点爱骂人的玩世主义。这点玩世主义也是很明白的；他并不隐藏，我们也不用深求。

但是同样一本《西游记》，到了南怀瑾那儿，却变成了一部让人爱不释手、终生难忘、不得不看的皇皇巨著。南怀瑾说：

> 西方人翻译了《西游记》，只认为是中国的神话故事，不晓

得蕴含了印度、中国天人合一的宗教理念，里面还藏有深刻的道理。《西游记》我看过四五遍，前几年我还重新一字不漏再看一遍，我很想拿起笔来，每一句话、每一回都把它批了，那真是写得好，全部修道做工夫的道理都在内了。

胡适与南怀瑾，两个人的观点完全不一样。还有一种更新鲜的观点，这种观点就认为：

《西游记》是一部以拯救堕落的人心与人精神为鹄的作品；《西游记》也是一部描写反贪题材的作品。

所以这也是仁者见仁，智者见智，一千个人眼里有一千部《西游记》。

说《西游记》拯救堕落的人心与人的精神，人人都能明白，取经啊。但是说《西游记》反贪，相信很多人就不明白了。其实不是我们不明白，而是没仔细看，忽略过去了。

哪儿忽略了呢？《西游记》开头就介绍了一个神奇的、我们所没有接触过的世界。书里说世界分为四大部洲，曰东胜神洲，曰西牛贺洲，曰南赡部洲，曰北俱芦洲。这贪都表现在了南赡部洲。

先讲这四大部洲，这是哪儿来的？是不是吴承恩的想象？不是。这不是吴承恩自己捏造出来的，而是印度佛教中对于宇宙世界的一种想象。关于这种四大部洲的想象，佛教有好多经卷都有记载。介绍一个比较简单清楚的，叫《长阿含经》，这里就记载世界的中心是一座山，但这山不是著名的喜马拉雅山，它叫须弥山。须弥山四周有七座金山环绕，这七座金山之外是浩瀚的海，名叫咸海。四大洲就飘在这咸海中。四大部洲居住着不同的人类，互相之间完全隔绝，互不相通。所以吴承恩写《西游记》，是用了佛教中对世界的想象，不过他将“四大部洲”又重新安排了一下。

吴承恩把玉皇大帝封为四大部洲的总管，下面将如来佛封做西牛贺洲的总管，唐僧取经就去那里取。唐僧取经的出发地，是与西天相对应的东土，即南赡部洲的大唐帝国。南赡部洲再往东，就是东胜神洲。但是吴承恩不是出家人，所以对于出家人所说的那四大部洲，他讲得就不太一样，因为他也没有念过那么多经，只是听说过就写了，所以这一写就出了错，不过小说本身就是虚构的，本来就是一种想象，错有错的妙处。

首先说说东胜神洲，因为孙悟空就在那儿出生，吴承恩在《西游记》第一回介绍完这四大部洲之后，说：

> 这部书单表东胜神洲。海外有一国土，名曰傲来国。国近大海，海中有一座山，唤为花果山。

对于这四大部洲，西游记第八回“我佛造经传极乐　观音奉旨上长安”，也就是拿下孙悟空之后，如来佛曾经说过一段话：

> 我观四大部洲，众生善恶，各方不一。东胜神

洲者，敬天礼地，心爽气平；北俱芦洲者，虽好杀生，只因糊口，性拙情疏，无多作践；我西牛贺洲者，不贪不杀，养气潜灵，虽无上真，人人固寿；但那南赡部洲者，贪淫乐祸，多杀多争，正所谓口舌凶场，是非恶海。我今有三藏真经，可以劝人为善。

在佛祖的眼中，北俱芦洲杀生，南赡部洲贪婪，就自己住的西牛贺洲好。这东胜神洲他也说好，结果孙悟空大闹天宫，大闹地府，大闹龙宫……关于这一点，跟佛教典籍里面的记载是不一样的，只要读一读佛教的经卷，就是那本《长阿含经》，里面说，东胜神洲有三事殊胜：土地极广、极大、极妙。南瞻部洲的人民勇猛强记而能造业行、能修梵行、有佛出世其土地中，因此三事胜于其他三洲及诸天。西牛贺洲也有殊胜三事，即：多牛、多羊、多珠玉。北俱芦洲有种种美妙的山林、金银器物等，并且为大众共同所拥有，没有抢夺、争执，更没有盗贼、恶人、斗争的事。

关于东胜神洲，这佛教经卷中说的是哪都好。但是到了小说《西游记》中吴承恩就给改了，他为什么要这么写呢？

再看小说第九十八回“猿熟马驯方脱壳　功成行满见真如”,《西游记》就一百回，第九十八回，如来还说：

你那东土乃南赡部洲，只因天高地厚，物广人稠，多贪多杀，多淫多诳，多欺多诈；不遵佛教，不向善缘，不敬三光，不重五谷；不忠不孝，不义不仁，瞒心昧己，大半小秤，害命杀牲。造

孙悟空的颜值

小说第二回孙悟空学艺回来，回到花果山发现这里被混世魔王占了，混世魔王说他“你身不满四尺，年不过三旬”。牛魔王也说他“面容羸瘦，不满四尺”，还笑道：“可怜可怜，我只道是怎么样板翻不倒的好汉，原来是这般一个骷髅的病鬼。”

下无边之孽，罪盈恶满，致有地狱之灾……虽有孔氏在彼立下仁义礼智之教，帝王相继，治有徒流绞斩之刑，其如愚昧不明、放纵无忌之辈何耶！

这南赡部洲简直被如来骂了个体无完肤。书中被如来骂，实际上是谁在骂啊？是吴承恩在骂。这南赡部洲说的就是大唐帝国。所以这本书吴承恩写的就是东土大唐的贪婪，影射的却是明朝中后期社会的腐败。

接下来说说孙悟空的颜值，这孙悟空长什么样，帅还是不帅？

先说孙悟空的身高。小说第二回孙悟空学艺回来，回到花果山发现这里被混世魔王占了，混世魔王说他“你身不满四尺，年不过三旬”。牛魔王也说他“面容羸瘦，不满四尺”，还笑道：“可怜可怜，我只道是怎么样扳翻不倒的好汉，原来是这般一个骷髅的病鬼。”

再说相貌。猴嘛，能长什么样？尖嘴猴鳃，秃顶毛脸，书上也讲什么孤拐面，凹嘴，凹脸尖嘴，猴就长这模样。可是长这样为什么被称为美猴王呢？因为在猴的眼中，是不是孙悟空就长得很好看了？但是他去西天取经，在人的眼中猴能比人好看？

再说说孙悟空走路什么样。拐子步，罗圈腿。《西游记》一开篇就说到了他走路一拐一拐的，走了两遍，自始至终《西游记》讲的都是他拐着走路，这一点在电视剧中也有表现。

关于孙悟空的出生地和颜值问题，就先说到这里，下一篇我们说说孙悟空的绝技和他父母的那些事。

03

纪　连　海　说　西　游

叁
孙悟空的绝技和父母

这一篇讲讲孙悟空的绝技和他父母的那些事。

先来说孙悟空的绝技。我们知道，孙悟空的绝技主要有三个：第一个是筋斗云，第二个是七十二变，第三个是火眼金睛。

筋斗云可以说是最拉风的逃生和追击技能，很多人都知道孙悟空一个筋斗云就是十万八千里。那么问题来了，为什么不是十万九千里也不是十万七千里？其实吴承恩在《西游记》中的每个数字都不是乱写的，而是具有很深刻的寓意，那么这十万八千里到底代表着什么？

先来看看孙悟空的师父菩提祖师为什么要教他筋斗云。按照小说一开始的意思，孙悟空的初衷只是学长生不老，这菩提祖师教给他长生不老之术，按说就算完成任务了。反正又没有收他学费，这菩提祖师看得出来是非常严谨的，不像现在的一些学校招过来就印一毕业证，三年五载通过了，至于能不能就业，那就和学校没关系了。有一些学校是不管售后服务的，但菩提祖师不是这样。他教完了孙悟空这长生不老之术以后，告诉孙悟空说：

你既通法性，会得根源，已注神体，却只是防备着三灾利害……此乃非常之道：夺天地之造化，侵日月之玄机；丹成之后，鬼神难容。虽驻颜益寿，但到了五百年后，天降雷灾打你，须要见性明心，预先躲避。躲得过，寿与天齐；躲不过，就此绝命……

于是乎菩提祖师就教了孙悟空两招功夫：第一个就是筋斗云，第二个就是七十二变。看得出来这两招有个共同点，就是逃跑。

当时孙悟空的那些师兄弟们谁要学了这个，可就有造化了。我们要是会这个，给人送外卖都能发大财，也省交通费，上班下班不怕堵车。话说回来，要学会这个谁还上班呢？话归正题，在取经的路上，这孙悟空确实打得过就打，打不过就跑，这就是逃生的技巧。再就是给唐僧同志去化缘，路再远，一个筋斗云就回来了，吃个拌面那是非常方便，北京烤鸭、青岛大虾绝对热乎新鲜。但是这里就有个问题，这筋斗云十万八千里真的只是逃跑和化缘这两项功能吗？那可太小看菩提祖师了，这里面还有更深的一层意思，那么十万八千里到底是什么寓意呢？

佛家有一部经典叫《仁王经》，里面有一段是这么写的，一念是九十刹那，一刹那是九百生灭。这写的是人的念头，一秒钟是两个弹指，那么两个弹指是多少个生命呢？是十万八千个生灭。什么叫生灭？就是念头，也就是说人心一秒钟就会有十万八千个杂念。取经五人组为什么要去西天见如来？其实见如来就是为了不断缩短和如来本性的距离。这个如来不是真实存在的如来，而是你的内心世界的如来。也就是一个你

缩短如来本性的距离，减少杂念的过程。你把杂念收掉以后不起心动念，没有妄想执着，自然也就成佛了，这就等于是归为本心了，这就是十万八千里它的寓意所在。

再说七十二变。七十二变可是一个高深莫测的法术，其实我们知道这七十二变是非常实用的逃生技能，也是孙悟空跟菩提老祖那里学来的——走后门学来的。从此以后，孙悟空经常就此自夸。我们不难看出，这是一个技术性很强的高级法术，孙悟空就能够活学活用，出入妖府，甚至钻入府中窃取情报，制服妖怪。最典型的是“三调芭蕉扇”，进了铁扇公主的肚子里了。在取经路上这功劳我们说一件，更重要的在于什么呢？这七十二般变化的另外一种解释就是人有七十二条性命，所以严格说来，七十二变不是一种技能，它是七十二条性命。

再说火眼金睛。火眼金睛可谓是便携式多功能的照妖镜，不过这不是师父教他的，是孙悟空意外炼成的，是在太上老君的八卦炉里炼成的。那么孙悟空真的是火眼金睛吗？这有点吹牛，为什么？你看他这火眼金睛看出谁来了？乌鸡国他分不清真假唐僧，牛魔王变的猪八戒他也没看出来，而且更重要的是，他还经常迎风流泪，总是眼睛不舒服。

话说到这里，我们知道，其实刚开始孙悟空的技能挺棒，学艺回来的时候也很牛，闯地府、闯龙宫、吃蟠桃、偷仙丹、大闹天宫，谁都拿他没辙，二郎神只能与他打个平手。最后还是请了如来佛祖才制服了他，但是自从保唐僧西天取经以后，孙悟空的本事突然不行了，让人大跌眼镜，战斗指数一下从10000降到了5000，一会儿被这个欺负，一会儿又被那个教训，经常要请观音菩萨、天兵天将……甚至在真假美猴王那一回里，直接惊动了如来佛祖，而他的对手们，全是一些在人间或玩耍或危害老百姓的普通妖怪，而且这些妖怪大部分都不是人，是天上神仙的宠物或者坐骑，连太上老君的青牛都能把孙悟空打得落花流水。这也罢了，太上老君还是有点本事的。可太乙真人的坐骑九灵元圣，就是一个九头狮子，玉虚门下十二真人之一的弟子，只是元始天尊的徒弟的徒弟而已，这种在天界可有成千上万之多，连这么一个九头狮子您都打不过，还能干点什么？由此我们也可看出，孙悟空大闹天宫其实是天上的这些神仙让着他，真要打起来这孙悟空未必是对手。话说到这里有个问题，天兵天将为什么不真的和孙悟空打？有的人说，恐怕是孙悟空的父母有来头。

孙悟空到底有没有父母？有个大胆的说法是，孙悟空是有父母的。这也在《西游记》中有一些蛛丝马迹可以让咱们探寻：

第一，第四回说哪吒与孙悟空是“相逢真对手，正遇本源流”。

第二，菩提老祖说孙悟空怕三灾，风灾、火灾、雷灾，谁也不会天生怕这三灾，肯定有遗传基因。

第三，孙悟空学七十二般变化时非常快，菩提老祖就告诉他说：你这是把自己的本源激发出来而已，就是说孙悟空天生就应该会，只不过是小孩贪玩给忘了。

第四，《西游记》第六十三回，梅山六兄弟一块出来时，共同叫孙悟空为哥。既然他有兄弟，那他就得有爹娘，对不对？

从这些线索上看，我们知道孙悟空是有父母的，但是《西游记》主要写的是孙悟空保唐僧取经，那些枝节问题就没有交代。

但是另外一本书，比《西游记》稍晚一些的《封神演义》里透露出了一些非常奇怪的线索。在《封神演义》里有个骷髅山白骨洞，这白骨洞里有一个叫石矶娘娘的人，是通天教主的徒弟，她的法宝有两个，一个是八卦云光帕，另外一个是八卦龙须帕，坐骑是青鸾，座下弟子两位：碧云童子、彩云童子。这石矶娘娘的原型也是一块石头，关于这块石头的原型有很多种说法，其中很重要的一种说法是石矶娘娘原本是一块子石，这块子石可是有来头的。

共工是中国古代神话中的一个水神，水神当然是管水的。在中国上古的一部奇书《列子》中就有记载，共工水神与祝融火神不和，水火不相容，两个人就在天空中打斗，最后共工失败，怒触不周山——不周山就是支撑天地之间的一座山——结果把这不周山给撞倒了。天倾西北，地陷东南，天崩地裂，洪水滔天，这个时候的人间可受了罪。后来女娲娘娘一看人间如此惨，人间这些人可都是她造出来的，怎么能这样？于是就炼五色石补天，据说一共练了36501块，补天用了36500块，单单就剩下了这一块。在《封神演义》里这块石头就演变成了石矶娘娘，但石矶娘娘后来竟然死了。

有一天她在骷髅山白骨洞练功夫，两个徒弟碧云童子和彩云童子刚一出来，忽然从远处射来一箭，不偏不斜，射死了两个弟子中的一个，这箭是谁射的？哪吒。小哪吒玩箭的时候就把人家座下弟子给射死了，这还了得！石矶娘娘不干了，一打探就知道了是陈塘关总兵李靖的儿子哪吒闹的事，她就跑到李靖这里告状来了。哪吒的父亲一看，我管不了怎么办？干脆我给您记下来，咱们一块调查调查，找他师父，然后该赔礼赔礼，该道歉道歉。结果就到了哪吒师父太乙真人那里。结果刚到那里，哪吒又失手把石矶娘娘的另外一个弟子给打死了，这就引发了石矶娘娘和太乙真人大战。两个人大战的结果，石矶娘娘死了，这就是一个典型的熊孩子引发的大人之间的战争。

关于石矶娘娘之死，《封神演义》原著中写道：

> 且说太乙真人罩了石矶，石矶在罩内不知东西南北。真人用两手一拍，那罩内腾腾焰起，烈烈光生，九条火龙盘绕——此乃三昧神火烧炼石矶。一声雷响，把娘娘真形炼出，乃是一块顽石。此石生于天地玄黄之外，经过地水火风，炼成精灵；今日天数已定，合于此地而死，故现其真形。此是太乙真人该开杀戒。真人收了神火罩，又收乾坤圈、混天绫，进洞。

巧合的是，孙悟空也是石头变的。

这石矶娘娘也怕风火雷。

我们由此可以看出，石矶娘娘很有可能就是孙悟空的母亲。

这孙悟空有了母亲，那么谁又是孙悟空的父亲呢？

通天教主还有另外一个徒弟叫袁洪，恰好袁洪是白猿转世，梅山七兄弟之一，加入通天教以后助纣为孽，谁都打不过他，最后还是女娲娘娘把他擒了。

这袁洪和石矶娘娘原本就是师兄妹，感情密切，恰好这袁洪也会七十二变，最后他们被人杀了，梅山六兄弟就跟了二郎神，单单少了袁洪。

袁洪哪儿去了？是不是跟着石矶娘娘私奔了？虽然不一定，但也有可能，所以我们知道，这孙悟空的父母很有可能是石矶娘娘和袁洪。

无独有偶，在孙悟空修炼成佛之后又过了一千多年，就到了清朝时期。清朝有个特别了不起的、特别伟大的文学家曹雪芹，他写了一本了不起的著作《红楼梦》，在《红楼梦》里又出现了一个生下来嘴里就含着一块石头的贾宝玉，从哪吒到孙悟空到贾宝玉，很神奇。更神奇的故事还在后面。

04

肆

纪 连 海 说 西 游

孙悟空的原型

上篇讲了孙悟空的功夫和父母的问题，本篇讲讲孙悟空的原型问题。

《西游记》中的第一主人公孙悟空这个形象是否有原型？原型为何？始终是一个难以被淡化的学术问题。但凡研究《西游记》的人都会对这一学术悬案发表自己的看法，这孙悟空到底哪儿来的？我们就从文学创作的角度来说说。

影响比较大的有三种说法。第一种说法，著名的文学家，思想家，五四新文化运动的重要参与者，中国

现代文学的奠基人鲁迅先生提出，是国产的，不是外国进口的。鲁迅先生认为孙悟空的形象是由唐朝的传奇小说——《古岳渎经》中的淮涡水神无支祁转化而来。鲁迅曾经写过一本书叫《中国小说史略》，在这本书中，鲁迅说道：

吴承恩的《西游记》将无支祈“神变奋空”，“于是禹伏无支祈的故事遂以湮昧”。

无支祈这个形象并不是唐人传奇《古岳渎经》首创，而是在《山海经》中就有的。据《山海经》的记载，无支祈本来是尧舜禹时代的一个威力无比的水怪，也是我国有史以来最有神通，也是最有影响的第一水怪。

他出生在河南跟湖北交界处的桐柏山，这桐柏山中有一个小山峰，叫花果山，无支祈就出生在那里。无支祈是神、人还是猴，还是什么其他动物呢？《山海经》里记载他是一个天生神猴，娶的媳妇是龙王爷的闺女，生了三个儿子。无支祈自为淮涡水神，在淮河中建有龙宫，他的势力波及到了黄河中下游和长江中下游。

在民间传说中，说他既是妖仙精怪，坏人；也是好人，孝子。但是经常为患江淮，祸害百姓，那个时候的地球，正好用中国的一句俗语说：天地玄黄，宇宙洪荒。全世界都在发大水，大禹负责治水，这水从哪里发的呢？肯定和无支祈有关，无支祈要显示自己威力，当然要发水了，这就惹恼了大禹，于是大禹和他打了起来。大禹招呼了很多朋友，打败了无支祁，并且把他囚禁在了淮河下游的龟山之下。

第二种说法，说是把他囚禁在了桐柏山的怀警中，打败了无支祈，这大禹治水的工作才能顺利进行下去，以后大禹治水才能成功。这故事可是在《山海经》中就有记载的。《山海经》是从先秦到秦汉时期，几百年间不断有人整理加工成的一本非常了不起的书。到了唐朝才有了唐人传奇《古岳渎经》，在这本书中，无支祈的故事才丰满起来。从那以后又过了好几百年，到了宋元时期，才有了唐僧取经的故事。

元代有个戏曲作家吴昌龄曾经写过一本杂剧《唐三藏西天取经》，这本杂剧写到了孙悟空，而且说孙悟空是无支祈的兄弟，无支祈是孙悟空的姊妹，到底是姐姐还是妹妹，无从考证。

元末明初有个戏曲家叫杨讷（字景贤），他写过一本杂剧，叫《西游记》，在《西游记》杂剧中写了完整的唐僧取经的故事。但是这两个跟吴承恩的《西游记》有不同，第一，孙悟空的形象没有吴承恩的《西游记》中那么完善。第二，故事比较简略。但是在杨讷的杂剧《西游记》中，孙悟空一出场曾经说过这么一句话：

> 小圣弟兄姊妹五人，大姊骊山老母，二妹无支祁圣母，大兄齐天大圣，小圣通天大圣，三弟耍耍三郎。

这故事可比吴承恩的《西游记》早，故事里头居然有骊山老母，还有无支祈，还有齐天大圣，孙悟空的外号叫通天大圣，他还有个兄弟叫耍耍三郎。非常巧合，我们一般都知道吴承恩是作家，但是他在明朝中后期还做过官，就在桐柏山那儿的新野县，就是另外一部四大名著之一的《三国演义》里刘备火烧新野的那个新野。吴承恩在新野县做县令期间，多次到桐柏山旅游，他参观过的景点有花果山、水帘洞、通天河，这些地名大家都熟，后来他都用在小说里了，所以是先有的无支祈的故事，后有的孙悟空的形象，元杂剧中的孙悟空肯定是受无支祈的影响。吴承恩笔下的孙悟空，那就是无支祈的化身了。

仔细看元杂剧中的孙悟空的动作和无支祈的形象，再比较一下吴承恩的《西游记》中孙悟空的形象，会发现太像了。所以说鲁迅看了很多的书，对这个考证下了功夫，“国产说”站得住脚。但是鲁迅有个对手，这个对手我们曾经说过，新文化运动的另外一个代表人物，与鲁迅齐名的胡适，他就提出这孙悟空是外来的，也就是说是“进口”的。

胡适写过一本书叫《西游记考证》，他认为孙悟空的形象是由印度史诗《罗摩衍那》里猴子国的大将哈奴曼演化而来的。《在西游记考证》里，胡适就说：

> 我总疑心这个神通广大的猴子不是国货，乃是一件从印度进口的。也许连无支祁的神话也是受了印度影响而仿造的，我依照钢和泰博士的指引，在印度最古的叙事诗《拉麻传》里寻得一个哈奴曼，大概可以算是齐天大圣的背影了。

此外，支持胡适的还有史学家陈寅恪、郑振铎和季羡林。

《罗摩衍那》与《摩诃婆罗多》并列为印度两大史诗，对印度文学宗教的发展有相当大的作用。

《罗摩衍那》的意思是罗摩的游行或者就是罗摩传。这罗摩是印度古代传说中的人物，后来越来越被神化。《罗摩衍那》有一个主人公叫哈奴曼，特别厉害，帮助罗摩从魔王手中解放了罗摩的媳妇西多，哈奴曼曾经飞跃过喜马拉雅山，一跳便从山这边跳到那边，还能把喜马拉雅山拔起来背走，扔到另外一个地方。所以胡适就认为中国的孙悟空，就是抄自印度的哈努曼。

但是，胡适的观点也有问题。《罗摩衍那》是婆罗门教的文化精灵。婆罗门教诞生在佛教之前，佛教就是为了反婆罗门教才诞生的，后来，佛教的势力被卷土重来的婆罗门教赶走了，新的婆罗门教就改称为印度教了，所以这哈努曼是婆罗门教或者我们现在的印度教中的神人，而中国没有婆罗门教的信徒，中国信的是佛教。在佛教的所有经卷中，就没有哈努曼。所以我们认为胡适说的这“外来说”有点悬，并非证据确凿。

除了上述两种非常流行的观点之外，还有第三种说法，20 世纪 80 年代以后开始影响越来越大，我们管它叫混血说。混血说的首倡者是著名的东方学大师、预言学家、文学家、国学家、佛学家、史学家、教育家、社会活动家、北京大学终身教授季羡林先生。季羡林先生写过一篇文章叫《罗摩衍那初探》，在这篇文章中，季羡林先生说：

> 孙悟空这个人物形象基本上是从印度《罗摩衍那》中借来的，又与无支祁传说混合，沾染上一些无支祁的色彩。这样看恐怕比较接近事实。

自从季羡林先生提出这种说法以后，一时之间，影响很大。

前面讲的孙悟空形象的创作之路，都是虚构的人物，半神半人的人物。但是真实的历史上，有没有一个类似于孙悟空的人呢？有，并且有两个，这两个人都和小说中的孙悟空比较像。

第一个人就叫悟空，不过不叫孙悟空，叫释悟空。释悟空，俗姓车，叫车奉朝，京兆郡云阳县（今陕西省泾阳县云阳镇一带）人，是后魏拓跋氏关系疏远的后裔。出生在公元 731 年。公元 751 年，时年 20 岁、时任左卫泾州四门府别将的车奉朝，奉旨随中使内侍省张韬光及 40 余众护送罽宾国使者返西域。公元 753 年，唐使团启程从罽宾国返长安途中，抵达罽宾国王冬天驻地犍陀罗（今巴基斯坦白沙瓦附近）。在这里，车奉朝因患重病，不能如期随团返中原，便留在犍陀罗养病。估计是病情比较严重，车奉朝发愿说：只要我的病能好，我就不结婚了，我就出家为僧。结果他的病真好了。病好了以后，车奉朝果然兑现诺言，拜了当地的一个大师做徒弟，这个大师叫三藏法师舍利越魔。很巧，唐僧唐三藏也是三藏法师。三藏法师舍利越魔赐车奉朝法号法界。此后，法界随舍利越魔学习梵语，并随其游历罽宾、天竺等国访师问道，研学佛法。转眼几十年过去，公元 789 年，这车奉朝也就是法界，已经年近 60 了，征得师父同意，带了一枚舍利佛身和很多经书回到唐都长安，在长安城通化门外的章敬寺修行。当时中国的皇帝是唐德宗，德宗对车奉朝求来佛牙的行为大为赞赏，并为车奉朝赐法名悟空，后人就将他带回来的佛牙叫“悟空佛牙”。

悟空归国四年后，悟空佛牙由皇宫移入长安城西南部大庄严寺的佛牙宝塔供奉。公元 880 年，黄巢起义军攻入长安城，唐僖宗带着这颗佛牙逃到四川。直到五代后唐时，即公元 927 年，蜀守孟知祥把佛牙送到洛阳，为唐明宗祝贺生日。公元 938 年，一位主管国家佛教的官员叫可肇，把佛牙送到当时的京师开封，献给皇帝石敬瑭。石敬瑭把佛牙隐藏于宫中，秘而不宣。公元 1073 年，宋太祖赵匡胤的玄孙赵世昌又将悟空佛牙从京师嘉王宫请到孔子曾经工作的地方古中都汶上。这个故事很是传奇。

第二个人，是《三藏法师传》中陪玄奘西行的、在唐玄奘最困难的时候所收留的一个胡人弟子——石磐陀，石磐陀在玄奘自己的回忆录中是有记载的。我们比较了一下，这孙悟空和石磐陀之间有四个方面很像：

第一，向导的作用很像，都是带路的。看电视剧就知道师徒五人“你挑着担，我牵着马”，走在最前面的就是带路的孙悟空。

第二，解决问题的作用很像，差不多都一个套路。

第三，师徒之间的微妙关系很像，很微妙。

第四，这石磐陀还是胡僧，这胡僧与猢狲发音上就很相近，所以很早就有“唐僧取经，胡僧帮忙”的传说。人们是不是把“唐僧取经，胡僧帮忙”给听成了“唐僧取经，猢狲帮忙”，也未见得可知。

关于孙悟空的原型到底是谁这个问题，仁者见仁，智者见智。下一篇我们讲讲孙悟空的师父——神奇的菩提老祖那些不为人所知的故事。

05 伍 孙悟空的师父

本篇我们说说孙悟空的师父——非常了不起的菩提老祖。

关于菩提老祖，比较有意思的就是他的形象。首先这菩提老祖到底是道士还是和尚？一般都会认为是道士，因为受了电视连续剧《西游记》的影响；作为电视剧人物，菩提老祖总得穿一身合适的衣裳。电视剧里面菩提祖师是身穿着八卦衣，手持着拂尘，那是一个完整意义上的道士形象，那么我们据此就认为菩提老祖本来就应该是这样，其实不一定。

仔细看就会发现，无论是中国还是外国，任何一本小说里面，首先出场的人物作者都会给一个比较详细生动的交代，这人长得什么模样，穿的什么服装。但是菩提祖师在小说《西游记》中的出场却并不是这样。小说中菩提祖师出场是在第一回的末尾，孙悟空第一眼看到他的时候，书里是这么说的：

大觉金仙没垢姿，西方妙相祖菩提。不生不灭三三行，全气全神万万慈。空寂自然随变化，真如本性任为之。与天同寿庄严体，历劫明心大法师。

与上面这段极为类似的话，还出现在《封神演义》对准提道人的描写中：

大觉金仙不二时，西方妙法祖菩提。不生不灭三三行，全气全神万万慈。空寂自然随变化，真如本性任为之。与天同寿庄严体，历劫明心大法师。

这一句话里一个有效信息都没有，就只是告诉读者这个人是叫菩提，是一个老祖宗，高矮胖瘦，长什么模样，是瓜子脸还是圆方脸，白的还是黑的，长没长胡子，一概没提，一直到第二回菩提老祖消失了，以后怎么样都没有再提。他的相貌问题，穿衣服问题特别像《水浒传》中的一个人物，谁呢？就是没面目焦挺，他是“没面目老祖”。

那问题就出来了，作者为什么要这样处理呢？要想把这个问题说清楚，还得从菩提祖师的名字上入手，也就是“菩提”两个字。

说到菩提，我们肯定会想起一句非常有名的佛教的偈语：

菩提本无树，明镜亦非台。本来无一物，何处惹尘埃？

这话是佛教禅宗六祖慧能的话，这个典故就来自于释迦牟尼当年是在一棵菩提树下坐了七天七夜，最终了悟成佛，所以说菩提树就是佛教的宝树。“菩提”这个词是从梵文来的，它的原本意思是觉悟和智者，是一个典型的佛教用语。

佛经里就有一个说法，叫阿耨多罗三藐三菩提的说法，意思就是最高的智慧觉悟，而菩提祖师敢称自己是菩提的祖师，说明这个人的佛法很厉害。从这个角度说菩提祖师应该是个和尚。

再从孙悟空学道的过程来分析，最经典的桥段是：话说这一天菩提祖师正在讲道，孙悟空这也不学那也不学，师父生气了，就打了他的头三下，把手一背走了。孙悟空自己就领悟到，这是师父让他半夜三更从后门去找他，结果当天夜里他就去了，果然有好事，这故事历史上也是有原型的。原型就是前面所说的禅宗祖师——六祖慧能的故事。

南北朝的时候，佛教禅宗传到了第五代，第五代的祖师叫弘忍，他老人家要找个人接班，就出了一道题让弟子们写一首有禅意的诗，当时这弘忍的大弟子叫神秀，就写了一首诗：

身是菩提树，心如明镜台。时时勤拂拭，勿使惹尘埃。

大家听了掌声雷动，认为神秀肯定能继承师父的衣钵，结果当时在寺里当厨子的一个火头僧看到了，也做了一首，这首就是前面说过的：

菩提本无树，明镜亦非台。本来无一物，何处惹尘埃?

这位厨子就是后来佛教的禅宗祖师——六祖慧能。这慧能特别怪，他当时不会写字，是请人家帮忙写到墙上去的，弘忍大师一看到这首诗之后把慧能喊了来，当着大家的面说你这写的什么，乱七八糟的胡言乱语，并且马上命人擦掉了这首诗，然后拿戒尺在慧能的脑袋上打了三下，背起手来走了。

当大家都在嘲笑着慧能的时候，慧能却明白，师父的意思是半夜三更从后门来找我。于是他在当天晚上半夜三更的时候就去了弘忍的禅房，接受了师父的衣钵。更巧的事，当时弘忍传授给慧能的最重要的东西，就是一部《金刚经》，所以无论是从人物原型还是从故事原型来说，菩提祖师都与佛教有着极其密切的关系。由此可见，这菩提应该是个得道的高僧。

那么问题就出来了，这菩提到底有多厉害？

菩提的厉害之处应该至少有三点：第一点，来头特别大。我们知道小说《西游记》里他就出场了一回半的篇幅就结束了，从此以后再也没有出现。但是如果我们将《西游记》与中国另外一本稍晚一些的神魔小说《封神演义》对比着看的话，那我们对菩提祖师的身份的认识就会更清晰。

我们知道这两本书对于中国神话人物体系的建构来说有很多相同之处，根据《封神演义》的说法，菩提祖师是准提道人，是如来佛祖的师弟。菩提原来叫准提道人，如来原来叫接引道人，二人共同掌管西方教，在《封神演义》里他们可以说是法力最强的两位。这准提道人收了孔宣，接引道人用三颗舍利子帮助元始天尊打破了通天教主的阵法，两个人的贡献都特别大，这接引道人后来将西方教改造，创立了佛教，又传到东方，也就是我们所说的如来佛祖。而准提道人不知什么原因，却被排挤出来，后来化身为菩提道人隐居起来。

说到这里，就要交代一下这菩提祖师所住的地方——灵台方寸山，斜月三星洞。灵台方寸山暗含灵山二字，而斜月三星暗指的是天上，因为天上才有月亮和星星，所以灵台方寸山，斜月三星洞，其实它的准确寓意是天上灵山。而如来佛祖住在天竺灵山，敢跟如来佛祖并驾齐驱的，叫天上灵山。我住在天上灵山，口气不小，所以我们说菩提来头大。

菩提的第二点厉害之处是神通大，菩提所在的地方也是在西牛贺洲，关于西牛贺洲，在《西游记》第八回，如来佛祖曾经这样评价说：

> 我观四大部洲，众生善恶，各方不一：东胜神洲者，敬天礼地，心爽气平；北巨芦洲者，虽好杀生，只因糊口，性拙情疏，无多作践；我西牛贺洲者，不贪不杀，养气潜灵，虽无上真，人人固寿；但那南瞻部洲者，贪淫乐祸，多杀多争，正所谓口舌凶场，是非恶海。

如来佛祖这句话中的“我西牛贺洲”，指的是西牛贺洲是他的地盘。如来佛祖还说“西牛贺洲”“无上真”。看来如来佛祖居然没察觉到菩提祖师就隐居在家门口——西牛贺洲地界灵台方寸山中。由此可知，菩提的道行非常之高，高到可以避开如来的法眼，这是其一。

其二，要说菩提祖师的神通，那就要仔细看《西游记》第二回，孙悟空学艺时候的描写。孙悟空在山上待了七年，终于要学真本事了，结果一上来，这菩提祖师就问他说：“道字门中有三百六十傍门，傍门皆有正果。不知你学那一门哩？”

菩提祖师既然说有三百六十门，就说明他对这三百六十门都精通，而且更重要的是，每一门都可以说是包罗万象，这一点就可以说明菩提祖师的学问非常多，在数量上要跟如来佛祖相比，应该有绝对的优势。另外，在质量上独传给孙悟空的只有一种长生之妙道，叫“显密圆通真妙诀”，当然这也是打基础的，后面才是七十二变化，筋斗云什么的。因为菩提祖师在《西游记》中，只出场了不到两回，后面就再没出现过，所以可供我们分析的资料就比较少。除此之外，咱们还得对照着《封神演义》中的准提道人，来看看这菩提祖师到底有多厉害。

《封神演义》第七十回，有一个回目叫“准提道人收孔宣”，孔宣是天地间出生的第一只孔雀，实力那是非常强，什么哪吒、杨戬、燃灯道人，都不是它的对手。它一出场就把姜子牙这一众将领，通通打得落花流水，但是最后准提道人拿一根树枝子，啪啪两下，就把这孔宣给打败了，现了原形。

第三点，我认为菩提祖师的厉害之处在于他的贡献大。虽然我们说在小说中菩提祖师只是出来晃悠了一下，打了一下酱油，咱们就再也找不着他了，但是他的贡献对于全书来说至关重要，因为他做了一件大事儿，就是将孙悟空彻底地改造，而这种改造我们之所以说比较彻底，是因为从心改起。

说到这里就有一个菩提祖师的形象问题，我们看到菩提祖师是一个儒释道合一的名字，道家气质的装扮，儒家的行为思想，为一个精通道教、佛教及诸子百家的高人形象，特别符合唐宋元明清那个时代中国的主流思想——三教合一，灵台方寸与斜月三星都寄托了作者吴承恩“三教合一”的思想。

在那个时代，我们说一个高人，你不能跟那个时代相抗衡，但是最起码作为一个作者，我们希望把他塑造成一个“达则兼济天下，穷则独善其身”的封建士大夫的形象，而这一点我们可以说《西游记》的作者吴承恩对于菩提祖师的塑造非常正确。

菩提祖师隐居在西牛贺洲，对于身为弱者的普通民众传道授徒布施百姓，正是兼济天下的表现，对身为强者的诸天、诸佛，他不同流合污，而是默默无闻，这正是独善其身的具体体现。并且他告诉孙悟空说，你坚决不能说出我自己来，这一点，不是因为他软弱，而是因为他睿智。如果孙悟空拿菩提祖师撑腰，以孙悟空的性格，那不就更加天不怕地不怕了，可能什么事情都会做出来，那就可能让自己背上一个不仁不义的名声。所以他不让孙悟空说出自己正是成全了孙悟空，也是成全了自己，让你知道天高地厚，让自己继续远离俗世，常饮于这灵台方寸山之中。

这就又有个问题了，原著第二回菩提祖师已经说了：

> 你这去，定生不良。凭你怎么惹祸行凶，却不许说是我的徒弟，你说出半个字来，我就知之，把你这猢狲剥皮锉骨，将神魂贬在九幽之处，教你万劫不得翻身！

但是，我们要注意：孙悟空他在日后真的做到了吗？仔细读《西游记》，就会发现孙悟空还真没记住，他真说出来过至少三次。

在小说里，孙悟空提到过自己的师承，第一次提就是在原著中的第二回，刚学完回家，回到花果山，看见水帘洞被那混世魔王占了，把混世魔王打败了以后，小猴们就问他说：

"大王去到那方，不意学得这般手段。"悟空道："我当年别汝等，随波逐流，飘过东洋大海，径至南赡部洲，学成人像……又渡西洋大海，到西牛贺洲地界，访问多时，幸遇一老祖，传了我与天同寿的真功果，不死长生的大法门。"

我们看，孙悟空已经说出来了，有一个西牛贺洲的老祖，如果有人要据此探听一下，是可以摸到菩提老祖的祖庭所在地的。但是虽然后边没有人这么做，我们也可以想到，这毕竟孙悟空提到了西牛贺洲，提到了一个老祖，只是没提菩提而已。那如果有人真的去，那肯定能摸到。孙悟空当时怎么摸到的？不就是找了一个樵夫，一问，人家就给他指点了吗？所以别人如果走到这儿也问那个樵夫，很有可能也找到。所以这一次隐隐地提到了自己的师承，并且是对自己的猴子猴孙说的，只不过没有触碰到师父的底线，没有受到惩罚。

第二次他说到自己的师承，是在小说第十七回，保唐僧的路上，对妖怪黑熊怪说：

一点诚心曾访道，灵台山上采药苗。那山有个老仙长，寿年十万八千高。老孙拜他为师父，指我长生路一条。他说身内有丹药，外边采取枉徒劳。

这一次，孙悟空不但提到了西牛贺洲，而且提到了灵台山。

第三回说出师承，那是到了第六十七回，他告诉了一个凡人老头。行者告诉他："祖居东胜大神洲，花果山前自幼修。身拜灵台方寸祖，学成武艺甚全周”。

这一次，孙悟空已经和盘托出了。但是，他没忘师父告诉他的话，但是为什么师父没有收拾他？因为这个时候的孙悟空早已经不是当年心高气傲惹祸的那个猴精，而是越来越有佛性的苦行僧的形象。他已经把保护唐僧、斩妖除魔当成一种修行和磨砺，而菩提祖师当时不许他说的前提是什么？凭你怎么惹祸行凶却不许说是我的徒弟，我现在没惹祸，我没行凶，我认认真真地努力，我说给普通人听，那是因为我觉得我所有的一切都是师父教我的，师父您就是我心中的一个骄傲，我自己对自己所有的事情问心无愧。所以菩提祖师就没有来由收拾他了，没有理由降罪于孙悟空，这并不是护短儿，是孙悟空在一切的行为中，并没有违背自己心中的承诺。

关于孙悟空的师父菩提老祖就先讲到这里，下一篇咱们讲讲孙悟空的兵器——如意金箍棒。

06

陆

纪 连 海 说 西 游

孙悟空的兵器——如意金箍棒

本篇讲讲孙悟空手中的兵器——如意金箍棒。

孙悟空是全世界知名度最高的神话人物之一，伴随他一生的是那根重 13500 斤的如意金箍棒。如意金箍棒在他的手里，可粗可细，可长可短，粗时能顶天立地，细时如同一根绣花针。

在小说《西游记》中，东海龙王感觉金箍棒不过是一块废铁，扛不走也挪不动，只能让它插在那，既可作为镇海之物，也可作为海底胜景。但是这金箍棒似乎就是属于孙悟空的，他们的缘分是注定的。孙悟空到东海强行索要兵器，东海龙王打不过又撵不走他，怎么办呢？就说有一个定海神针推荐给他，书中第三回说：

正说处，后面闪过龙婆、龙女道："大王，观看此圣，决非小可。我们这海藏中那一块天河定底的神珍铁，这几日霞光艳艳，瑞气腾腾，敢莫是该出现遇此圣也？"龙王道："那是大禹治水之时，定江海浅深的一个定子，是一块神铁，能中何用？"龙婆道："莫管他用不用，且送与他，凭他怎么改造，送出宫门便了。"老龙王依言，尽向悟空说了。悟空道："拿出来我看。"龙王摇手道："扛不动，抬不动！须上仙亲去看看。"悟空道："在何处？你引我去。"龙王果引导至海藏中间，忽见金光万道。龙王指定道："那放光的便是。"悟空撩衣上前，摸了一把，乃是一根铁柱子，约有斗来粗，二丈有余长。他尽力两手挝过道："忒粗忒长些，再短细些方可用。"说毕，那宝贝就短了几尺，细了一围。悟空又颠一颠道："再细些更好。"那宝贝真个又细了几分。悟空十分欢喜，拿出海藏看时，原来两头是两个金箍，中间乃一段乌铁；紧挨箍有镌成的一行字，唤做"如意金箍棒"，重一万三千五百斤。心中暗喜道："想必这宝贝如人意！"一边走，一边心思口念，手颠着道："再短细些更妙！"拿出外面，只有丈二长短，碗口粗细。

看得出来，金箍棒见了孙悟空，如同见了主人一般，孙悟空可以随意摆布，变大变小。此后，金箍棒随着孙悟空大闹天宫，西行路上打白骨精、蜘蛛精、六耳猕猴等妖怪，出力不少。无论是 1986 年央视版的电视剧《西游记》，还是周星驰的无厘头电影《大话西游》，以及 2016 年春节上映的电影《三打白骨精》，金箍棒都是剧中的主要兵器，没有之一。

在整个西行的过程中，孙悟空与金箍棒分开过两次，每次都让战无不胜的齐天大圣功力大减，到处搬兵求救。第一次是被独角兕大王的金刚镯收走，另外一次是被黄石精偷走，开了个钉耙宴。

那么，金箍棒到底有多神奇呢？

首先，它的出身特别神奇。在小说《西游记》第七十五回中，作者借孙悟空之口介绍得清清楚楚：

> 棒是九转镔铁炼，老君亲手炉中煅。禹王求得号“神珍”，四海八河为定验。中间星斗暗铺陈，两头箝裹黄金片。花纹密布鬼神惊，上造龙纹与凤篆。

从这首诗中我们知道了以下四点：第一，这棒是太上老君亲手打造的，在炉中被提炼过九次。插句题外话，怎么感觉孙悟空与太上老君这炉子的缘分很深？他随身的金箍棒是太上老君炉子里炼的，火眼金睛的本事也是在炉子里炼的。太上老君的炼丹炉有点意思，真本事要经过炉火锤炼。第二，这首诗告诉我们，金箍棒原本是在大禹治水时用于测量海水深浅用的。第三，这棒的外观非常讲究。第四，这棒的材质是镔铁。镔铁是中国乃至世界古代最重要的钢材料之一，它的制造工艺是把一般易腐蚀的钢表面磨光，再用腐蚀剂进行处理。腐蚀剂主要成分是金思矾，又名黄矾，化学成分是硫酸铁，这种化学成分会在磨光的钢表面上留下一些类似花纹，像雪花一样的印记。用镔铁打出来的刀具，古人就称之为镔铁雪花刀。

中国历史上有一个少数民族和其建立的政权都是以镔铁命名的，这个政权就是契丹和其建立的辽政权。契丹是什么意思呢？它的原义便是镔铁。不过，镔铁并不是中国人发明的，它的主要发明国是波斯——也就是今天的伊朗，还有印度——以前叫天竺。镔铁在南北朝时期才传进中国，古代波斯和印度镔铁炼铁的技术要比中国强，比如乌斯钢、布拉特钢等。据考古学家推测，坩埚钢与镔铁就非常接近。镔铁后来传入西方，被西方人泛泛地称为印度钢。

其次，金箍棒的威力非常了不得。书中说道：

> 莫说拿！那块铁，挽着些儿就死，磕着些儿就亡，挨挨皮儿破，擦擦筋儿伤！

金箍棒还能随意变化，除了外观、材质以外，最神奇之处就是它的变化。按照神话传说，大禹会让金箍棒变大变小，在治水成功以后，感觉这棒子没什么用处，便送给了东海龙王。当然，小说中的说法并不科学。东海龙王没有让金箍棒变化的本领，只能当作镇海之宝。直到一千多年以后，孙悟空取走金箍棒大闹天宫。

从神话的角度看，太上老君掌握的镔铁技术，比印度、波斯还早，当然这只是虚构的。不过值得一提的是，太上老君炼成如意金箍棒以后，还不忘进行了一次美化装饰，两头包上了黄金片，中间刻上了龙纹与凤篆，显得很是高端、大气、上档次。但是再“高大上”还是给孙悟空炼的，他的仙丹也让孙悟空吃了，还帮孙悟空炼成了火眼金睛，并且最关键的是——全都是免费的。

继续说金箍棒，它能随着主人的口诀随意变大变小，这本身不是秘诀，

东海龙王的镇海之宝

在小说《西游记》中，东海龙王感觉金箍棒不过是一块废铁，扛不走也挪不动，只能让它插在那，既可作为镇海之物，也可作为海底胜景。但是这金箍棒似乎就是属于孙悟空的，他们的缘分是注定的。

也正是因为如此，我们给它加了一个词，叫如意金箍棒。如意并不是吹的，是真的，要想金箍棒变大可以变成一座山，要想它变小可以变成一枚绣花针，正可谓大小长短粗细，完全随大圣自己的心意。

说到这里，还有一件武器或许比这金箍棒厉害，动画片《葫芦兄弟》中蛇精手里最厉害的武器就是如意，“如意如意，随我心意”，然后什么事都能办成；另外还有一部美国大片跟它比较像，讲的是汽车家族来到地球与邪恶的威震天展开战斗，就是《变形金刚》，他们的本领和金箍棒有一拼，但是两者的差别也很大，变形金刚是一个智慧种族，而金箍棒只是一个听话的兵器罢了。这就有了另外一个问题。

金箍棒为什么能够自如地变化呢？这只能说明，金箍棒有记忆。如果金箍棒没有记忆，它变大之后就不会再变小了，变小之后也不会再变大。那么，世界上真的有能记忆的金属吗？有。第一块有记忆能力的金属，发现于1963年，是一个叫彼勒的科学家在美国的海军武器实验室里发现的，不过这些会在中学、大学的物理化学课上讲到，不是我们要说的问题了。

金箍棒可以变成绣花针，可为什么孙悟空不让金箍棒变成米粒儿大小？这样放进耳朵里不就更省地方了嘛。为什么不变成别的，偏偏变的是绣花针？这个问题好解释。提起绣花针，要说到中国历史上一个特别特别有名的人物——“诗仙”李白。李白小的时候，在一条溪流边上，看到一个老太太在磨一根铁杵，她要把这根铁杵磨成针，李白就此领悟了一番人生大道理。这就是脍炙人口的“只要功夫深，铁杵磨成针”的故事。不过这故事真的发生在李白身上吗？不一定。历史上真有这件事吗？也不一定。想想看，谁家会把一根铁杵磨成一根针，这家得多有钱，直接花钱买一根针不就结了，用一个铁棒子磨成一根针多浪费。这故事是有出处的。南宋有一个著名的理学家叫朱熹，他有个弟子叫祝穆，祝穆写了一本书叫《方舆胜览》，书里面编了一个故事：

> 磨针溪，在眉州象耳山下。世传李太白读书山中，未成，弃去。过小溪，逢老媪方磨铁杵，问之，曰："欲作针。"太白感其意，还卒业。媪自言姓武。今溪旁有武氏岩。

其实，这就是一个励志小故事。祝穆随便编的，随便安在了名人李白身上，反正李白也不会出来找他算账。就像叫李白出来喝酒，誓要把他灌醉，可李白出不来。故事说明了一个道理，你得励志，你得努力，后来这个道理被吴承恩移植到了《西游记》里面，于是有了一个绣花针。

下一个问题，绣花针放哪儿了？金箍棒变成绣花针以后，孙悟空扔进耳朵眼儿里了。平时我们耳朵里爬进一只蚂蚁都得痒死，孙大圣扔一个绣花针进去不难受？理论上应该难受，但是这又涉及了金箍棒的材质和变形问题。金箍棒是《西游记》的作者吴承恩想象出来的一件神奇的宝贝，具有很多个让人惊讶的功能，吴承恩几乎把之前中国人能梦想到的所有神奇属性，都集中到了金箍棒上。

答案是，金箍棒能变成绣花针大小，但是它不是直的，是一个圈型的绣花针，搁在耳朵眼儿里，凭你怎么剧烈运动，只要不掏耳朵，它都掉不出来，又经过磨光处理，也不难受。那么有人就问了，金箍棒搁耳朵眼儿里头，汗水会不会腐蚀它？不会，因为它是镔铁棒，已经是防腐的了。

金箍棒的神力

金箍棒的威力非常了不得。书中说道：莫说拿！那块铁，挽着些儿就死，磕着些儿就亡，挨挨皮儿破，擦擦筋儿伤！

我们再看整部小说，金箍棒自从归于孙悟空，几乎时刻未曾离身，前面交代一共就离开了两次。久而久之，金箍棒仿佛与猴子成为一体，不管干什么都会伴随着孙悟空。孙悟空保了唐僧之后动辄打打杀杀，期间遇到太上老君思凡下界的青牛——独角兕大王，金箍棒两次被套走，这可是美猴王孙悟空得到宝物以来，第一次与宝物分离，也是在这次之后，孙悟空好杀的心日渐收敛。妖精还是妖精，打杀还需打杀，悟空还需要保护唐僧，但是更多的打打杀杀之事，都被猪八戒给担当了。

且看第五十五回，八戒对战蝎子精怎么样？

一顿钉耙，捣做一团烂酱。

第六十四回，八戒对树精：

不论好歹，一顿钉耙，三五长嘴，连拱带筑，把两棵腊梅、丹桂、老杏、枫杨俱挥倒在地，果然那根下俱鲜血淋漓……那呆子索性一顿耙，将松、柏、桧、竹一齐筑倒。

第六十三回龙婆被抓：

八戒道："正不饶你哩！"

行者道："家无全犯。——我便饶你，只便要你长远替我看塔。"

打打杀杀的事，孙悟空都交给了别人，他自已越来越超脱。什么叫越来越超脱呢？《西游记》第九十七回有一句话叫：十代阎君拱手接，五方鬼判叩头迎。由此可见，越写孙悟空越像真佛，越写孙悟空离如来佛祖越近。他打杀之事越来越少，遇到事情该请示请示，该汇报汇报，逐渐地超脱了。在菩萨变成妖精时，孙悟空要嘴皮：

"还是妖精菩萨，还是菩萨妖精？"菩萨笑道："悟空，菩萨妖精，总是一念。若论本来，皆属无有。"

这就回到了前面说过的事：菩提本无树，明镜亦非台。有金箍棒在手的孙悟空，也许不明白什么叫菩萨妖精只此一念，屠刀在手，永远不能成佛，当你放下屠刀的时候，便应了佛家的话：放下屠刀，立地成佛。

当孙悟空取得真经回来的时候，不但他头上的紧箍咒没有了，如意金箍棒也神奇地消失了。如意金箍棒去哪儿了？我想是因为孙悟空成了斗战胜佛，已经不需要这件兵器了，所以这件兵器归位了。

关于孙悟空的兵器如意金箍棒就讲到这里，下一篇我们讲讲如意金箍棒的制造者——太上老君，和一个极容易被混淆的大仙儿——太白金星。

07 柒

太白金星与太上老君

上一篇讲了孙悟空的兵器如意金箍棒，本篇讲讲如意金箍棒的制造者——太上老君，和另一个极容易被混淆的大仙儿——太白金星。

太上老君是中国神话故事中的人物，据说他的神通非常广大，法力也非常了得。在《西游记》里他有很多戏，动辄就出山，高深莫测，一副世外高人的模样。太上老君到底是个什么来路？他和太白金星有什么关系？和菩提老祖有什么关系？红孩儿是不是他跟铁扇公主的私生子？别急，我们一一分解。

太上老君是三清之一。关于三清，我们先把道教的产生、发展和流派等做一个系统的知识普及。

随着佛教传入中国，宗教间的无形竞争刺激催化道教进行自我完善，通过一系列的宗派融合构成了三清尊神。三清，有以下两个方面的含义：

首先，它指天神所居住的三处胜境，第一是玉清圣境，在清微天；第二是上清真境，在禹余天；第三是太清仙境，在大赤天，合称三清境。

第二个解释，三清指居住在上述三清境的三位至高神，即元始天尊，也叫玉清大帝；灵宝天尊，也叫太上大道君、上清大帝等；还有第三位道德天尊，也称为太上老君、混元老君、降生大帝、太清大帝等。

道教最尊贵的三清神明之下，还有四御。“御”是对皇帝的敬称，也有治事之意。四御是居于三清之下，位于万神之上，辅佐三清主宰天地万物的四位天神。四御过去叫六御，指玉皇大帝、勾陈上宫天皇大帝、中天紫微北极太皇大帝、东极青华大帝、南极长生大帝和后土皇地祇。这是按中国古代“六合”观念来设神造像的。所谓六合，即表示上、下和东、西、南、北六方，代表整个宇宙的巨大空间。后来为了符合道经四辅（太清、太平、太玄、正一）的分类，去掉了“玉皇大帝”和“青华大帝”，成今日之“四御”，即：中天紫微北极太皇大帝、南极长生大帝、勾陈上宫天皇大帝、后土皇地祇。四御之徽号均为宋真宗、宋徽宗时所加。四御还有另一种不同解释，称为“四极大帝”，北方北极紫微大帝总御万星，南方南极长生大帝总御万类，勾陈上宫天皇大帝总御万神，东方东极青华大帝总御万灵。

太上老君就身处上述的环境里，他的原型应该是老子。老子姓李名耳字老聃，春秋末年著名的哲学家、思想家，道家学派的创始人，孔子的师父。道教产生以后，遥尊老子为道教的祖师爷，所以太上老君就成了道教的始祖。关于太上老君的传说极多，在中国，太上老君应该说是无人不知，无人不晓。

有人说老子就是太上老君，有人说老子只

是太上老君的一个分身而已，是太上老君让他来到人世间散布道学的，于是他就写了一本书，叫作《道德经》。在中国的民间传说中，太上老君在封神之战之后，便和一众圣人随着道教的老祖洪钧去了天外。在天庭之中的太上老君也是他的分身，尽管只是分身，已经非常了不得了，因为道教的天可是很高的。

道教里面的天界分为三十三重天，玉帝、王母和众仙都居住在其中。太上老君住在天界最顶层，这层天修建了一个宫殿名叫兜率宫。兜率是一个天界梵语，意指极乐净土。兜率宫由七个部分组成，有着明显的道教特色。太上老君就住在其中的大清殿。

《西游记》作为中国最有名的四大名著之一，也得有太上老君的出场。在《西游记》中，太上老君似乎从来没有跟任何人真正交过手，但这就足够神秘了。别的不说，光是太上老君的几样法宝，金刚镯、宝葫芦、玉净瓶，就让孙悟空无能为力，而且孙悟空的武器如意金箍棒是太上老君炼的。再加上太上老君那八卦炉，帮着孙悟空脱胎换骨，炼成了火眼金睛。由此推测太上老君肯定是有意要这么做的，至于他为什么要这么做，恐怕只有他自己知道。平时都说“养虎为患”，太上老君这是“养猴为患”，不过这猴比虎还厉害。

毫无疑问，太上老君虽然不曾出手，但是他的法宝和丹药已经让天地人三界敬畏不已了。有句话是这样说的：你虽已不在江湖，但江湖上到处都是你的传说。估计太上老君自己睡觉的时候也琢磨：哥不当老大好多年。

在《西游记》中还有一个惊才绝艳的人物，就是孙悟空的师父菩提老祖，很多人觉得太上老君是不是菩提老祖？虽然无法确定，但也有些道理，比如，孙悟空的武器如意金箍棒是太上老君炼的，在八卦炉中，老君又帮着孙悟空练出了火眼金睛，他这不是在帮孙悟空吗？在这故事中帮孙悟空的人并不多。不过据此认为太上老君是孙悟空的师父菩提老祖，理由不充分，或许是他师叔也说不定，我们权且认为太上老君跟菩提老祖不是一个人。

那么，太上老君跟铁扇公主有关系吗？有。总说红孩儿是牛魔王的儿子，可他长得像牛魔王吗？一点都不像。所以有人认为他一定是铁扇公主跟太上老君私通生下的孩子。乍听很荒唐，天界也有私通的事儿？但仔细琢磨，并非没道理。先看红孩儿生得什么样，原文这么说：

> 面如傅粉三分白，唇若涂朱一表才。鬓挽青云欺靛染，眉分新月似刀裁。战裙巧绣盘龙凤，形比哪吒更富胎。双手绰枪威凛冽，祥光护体出门来。哏声响若春雷吼，暴眼明如掣电乖。要识此魔真姓氏，名扬千古唤红孩。

唇红齿白，一点都没有牛魔王的特征。红孩儿一出生就会三昧真火，而无论是牛魔王还是铁扇公主都不会这项绝技。在整个《西游记》里头，会这三昧真火的就两个人，一个是红孩儿，另外一个是太上老君，太上老君不就拿着三昧真火炼丹吗？而且红孩儿干了那么多事儿，最后也没死，却被收入天界。为什么？神二代啊。天神的后代，自然只能回到天界。红孩儿是有背景的孩子，只能回到天庭。

还有一点，铁扇公主拿的是什么武器？芭蕉扇。在《西游记》中，一共有三把芭蕉扇。铁扇公主有一真一假两把，此外还有一把在太上老君那里。全世界一共有三把芭蕉扇，太上老君一把，铁扇公主两把。全世界会三昧真火的一共两人，太上老君一个，红孩儿一个。这就都对上了。挺复杂，小说里没有交代，只交代了太上老君与青牛的故事。

《西游记》中有这么一回，太上老君的坐骑青牛偷走了太上老君的金刚镯下凡为妖，还抓走了唐僧，孙悟空和一帮天兵天将都束手无策，最后太上老君亲自动手制服了金牛精，这虽然和金刚镯有很大的关系，但是可以看出青牛也不凡。据说，青牛是太上老君小时候在一个山坡上跟小伙伴玩的时候遇到的，当时青牛领着一群牛从山上冲下来，想要吃掉这帮孩子，当时年轻的太上老君毫不畏惧，与青牛僵持起来，拿起镰刀就向牛肚子上砍去，之后又砍在了牛的蹄子上，牛蹄被砍的神牛没办法动弹，只能认输，所以就跟着太上老君了。

说起太上老君，我们看书的时候很容易跟太白金星弄混，其实两个人的共同点除了都是一身白衣，一头白发，其他地方都不相同。

太白金星也是道教神仙中知名度最高的神仙之一。在道教的神话体系中，他要比太上老君低很多辈儿，只是玉帝的一个信使，前身是道家先哲老子的一个学生。据说后来悟得老子口中的道教箴言，得道升仙。为感恩老子的真传，后人就在他的出生地安徽亳州，曹操的老家修建了道德中宫。阴阳家认为太白金星是武神，掌管战争之事，主杀伐，只要太白金星在特殊的时期、特殊的区域出现，一定是变天的征兆。

太白金星，如果按照现代的科学，他早晨是启明星，晚上是长庚星。我们说太阳系中一共有水、金、地、火、木、土等八大行星。太白金星就是金星，早晨他在地球的东边出现，非常亮；晚上他在地球在西边出现，所以叫长庚星。但是如果他在正中间天上出现，就是变天的征兆，代表一定要发生大事。一看见他，就要摊上大事了，大事了，大事了……重要的事说三遍，特别重要的事情得说三十遍。

历史上有记载，非常重要，秦王李世民什么时候造反的？就是太白金星两次出现在天上的时候。结果怎么样？太史令傅奕密奏唐高祖李渊说太白金星出现在天上了，是秦王李世民所在陕西的天空中。我们知道秦王李世民发动了玄武门之变，杀了他的兄弟，霸占了他兄弟的妻子之后就称了帝，他父亲唐高祖李渊也就被迫退位了。秦王李世民变成了唐太宗，改年号为贞观。所以，这太白金星一出现在天空正中间，历史上一定有大事发生。

不过在《西游记》里，太白金星是好人。在整部《西游记》中，能赢得孙悟空敬重的人非常少，只有两位，一位是观音菩萨，另外一位是太白金星。为什么太白金星能赢得他的尊重呢？因为太白金星在《西游记》中不是主杀伐的大神，而是一个特别能调和事情的人，有点类似今天的谈判专家、外交家。

太白金星的谈判能力，是整个《西游记》中最牛的，牛到什么地步呢？当年孙悟空打击了龙王，欺负了阎王，惊动了天庭，玉皇大帝下令围剿花果山。太白金星说不能围剿，只能采取招安政策。其实，招安是很符合玉帝当时心理的，一方面玉帝不愿意出兵争斗，另外一方面对龙王和阎王的告状，也得给手下做主出气不是？所以太白金星的招安策略正好化解了玉帝的尴尬。太白金星很会拿捏玉帝的心理，从语气上让玉帝觉得这是在替他着想，宣扬天庭的神威，肯定玉帝的地位，使招安计划得以顺利实施。但是太白金星一到花果山，立刻转换角色，放下钦差大臣的架子，抓住孙悟空喜欢名头的心理，张口闭口大王，把孙悟空叫得非常高兴，马上答应跟着太白金星去天庭受招安。真是见神说神话，见猴说猴话。

太白金星能够两次都招安成功，在于他出色地担当起了调停人的角色，而不是狐假虎威的钦差大臣。他在玉帝面前歌颂赞扬玉帝，在悟空面前夸赞悟空，表面上看是欺骗，实际上是一种必要的外交手段。正是在他的引导调停之下，玉帝和悟空才化干戈为玉帛。

其实这么做对所有人都有好处，人生在世经常会和很多人相处，在相处的过程当中，一定会有很多的事情发生，如何处理这些事情，我觉得太白金星的做法可以引发我们的很多反思。

关于如意金箍棒的制造者太上老君，和另外一个极容易被混淆的大仙太白金星，就先说到这里，下一篇讲讲与孙悟空渊源颇深的托塔李天王和哪吒三太子。

太上老君的法宝

在《西游记》中，太上老君似乎从来没有跟任何人真正交过手，但这就足够神秘了。别的不说，光是太上老君的几样法宝，金刚镯、宝葫芦、玉净瓶，就让孙悟空无能为力，而且孙悟空的武器如意金箍棒是太上老君炼的。

和事佬太白金星

在整部《西游记》中，能赢得孙悟空敬重的人非常少，只有两位，一位是观音菩萨，另外一位是太白金星。为什么太白金星能赢得他的尊重呢？因为太白金星在《西游记》中不是主杀伐的大神，而是一个特别能调和事情的人，有点类似今天的谈判专家、外交家。

捌

托塔李天王与哪吒三太子

本篇讲讲与孙悟空渊源颇深的一对父子，父亲叫李靖，儿子叫哪吒。

先讲李靖，在正式的历史上和文艺作品中，有许多叫李靖的，唐初有一位名将叫李靖，小说中也有一个神人叫李靖。

唐朝的名将李靖，严格意义上应该说是隋末唐初的名将。公元 571 年他出生在三原（今陕西三原）的一个官宦人家，家底好，从小受过良好的教育，所以他后来在隋朝步步高升。李靖字药师，他的舅舅更是个名人，叫韩擒虎，隋朝大将。韩擒虎与李靖经常一起讨论兵法。

李靖的夫人可比他还有名，叫红拂女。正史中没有红拂女的名字，为什么呢？因为红拂女的出身不好。红拂女是服侍隋朝当权者杨素的一个歌妓，连妾都不是。李靖在唐朝名气大，所以正史中没有记载他夫人红拂女的名字，是很正常的。但是红拂女在唐末五代的两部传奇小说中都有所记录。

一部是《虬髯客传》，虬髯就是连毛络腮胡子的意思。在《虬髯客传》里，把李靖跟他夫人和虬髯客称为风尘三侠。说红拂女本姓张，乱中流落到京城长安，迈入司空杨素的府中做了歌妓。李靖这个时候想干点大事业，心里一算计，干脆就投奔杨素得了，于是便去了杨素家。

杨素一开始想着，自己手下年轻人多了去，家里多一人少一人也无妨。经过慢慢接触，杨素发现李靖有本事，想重用李靖。但是，杨素转念一想，我这么大岁数了，有家没命的人，还想干一番大事业？算了吧。他的这种心情让李靖不高兴了，觉得在这儿也干不出什么名堂来。就在杨素与李靖两人闲聊的时候，旁边的歌妓红拂女——她总拿着一个红色的拂尘，也不知是信佛还是信道，所以人送外号红拂女——看到李靖小伙子长得很帅，谈吐不凡。李靖告辞的时候，红拂女派了一个人跟着李靖，看看他住哪里。然后，红拂女自己深夜来访。

李靖正在住处看书，听到有人敲门，开门一看是红拂女，便问道：您有什么贵干？红拂女回答说：我觉得你是个了不起的人，想跟着你一块干事。李靖说：您可是杨素府里出来的，我们跑了，若是被他逮着，我们就都完了。红拂女说：你放心，杨素府中不缺我这么一个，他手下人多了，跑的也多了，他不会追究的。李靖说：那我们说走就走。

第二天，李靖与红拂女化装成商人夫妇，跑了。两人去了山西太原——那时叫晋阳——准备拜会一下李渊、李世民父子。二人走到半路上，碰到了一个人，就是那连毛络腮胡子的虬髯客。两人一问：您贵姓？虬髯客回答，我姓张，江湖人称虬髯客。红拂女一听，我也姓张，三人便按照年龄排了大小，红拂女最小，虬髯客最大。此后，这三个人就有了兄妹之情。接下来三个人到了李渊、李世民这里，跟李氏父子一谈，虬髯客便看出李世民这人是真龙天子。于是虬髯客跟李靖和红拂女说：我告辞了，你们两个人保着真龙天子。

李靖和红拂女夫妇二人在李渊这里落脚之后不久，又想回家探亲。因为杨素死了，没有人再捉拿他们。李靖夫妇回到家乡，到虬髯客家一看，他家很富有。更不可思议的是，虬髯客非要把全部家产送给他们，自己仅带一个行囊远走他方。二人目送虬髯客远去，然后清点他家中之物，发现还有兵书数册，李靖日夜研究，兵法韬略大大增长。李渊父子起兵后，李靖显示了他的军事才能，帮李渊父子平定江南，建立了大唐。后来攻打突厥时，李靖活捉颉利可汗，被封为卫国公，红拂女自然成了一品夫人。据说虬髯客组织了一只兵马，杀入海中扶余国，灭其政权而自立为帝。扶余国是哪儿呢？就是我们现在所说的朝鲜和韩国的地界。

晚唐还有一本李复言写的《续玄怪录》，讲了李靖的另外一件事。说李靖在跟随李世民之前，有一年上山打猎迷了路，走到了一处灯火辉煌的超豪华的院子前，正好男主人不在家，只剩下一位老夫人，还有手下的几个丫鬟。虽然老妇人腿脚不大方便，但是李靖依然受到了很好的招待。夜半三更，突然听到有人敲门，说天庭下了一道指令，让这家人赶快到指定的地方下雨去。老夫人一想，负责下雨的两个儿子没在家，这可怎么办？丫鬟出主意说，客人长得跟咱家公子差不多，让他来装扮装扮呗。李靖也表示同意，化了妆，骑上他们家的神马飞到天空中降雨，完成了任务。

由此可见，李靖在唐末五代时期就被神化了，真实的李靖肯定跟这两本传奇小说有区别。可信的是李靖的夫人是红拂女，但降雨的事不可信，他和李渊父子的关系也不可信。

真实的李靖和李渊父子的关系是什么样的呢？那个时候李靖在马邑

当郡丞。马邑就是山西朔州，郡丞相当于朔州市的副市长。李渊父子要起兵，被李靖知道了。李靖一想这不行，我得告诉皇上去。李靖化了妆，到长安企图告李渊父子的状。不料隋炀帝人在江都（现在的扬州），没在长安，李靖只好在这里等着。结果，李靖没等来隋炀帝，却等来了起兵的李渊父子。李渊一看，李靖竟然跑到这里告状来了，于是吩咐推出去杀了。李靖急忙大喊："您兴起义兵，本是为了天下，除去暴乱，怎么不欲完成大事，而以私人恩怨斩杀壮士呢？"李靖的意思是说：你李渊因为个人恩怨斩杀能人，难道你不想统一大业了？李世民一听，遇到能人了，刀下留人吧，于是让李靖跟了他们父子。此后的李靖，追随李世民，在征讨王世充的战争中立下战功，被授为开府。

公元 621 年，唐高祖李渊任命李靖为行军总管，随赵郡王李孝恭征讨盘踞长江中下游的萧铣。这年秋，李靖趁长江水位暴涨、萧铣疏于防备之机，率军从夔州出三峡，顺江东下，以迅雷不及掩耳之势，一举攻至江陵城下，迫使萧铣投降。李靖率军进入江陵后，军纪严明，秋毫无犯，江南各州郡闻风归附。李靖因功授上柱国，封永康县公，任检校荆州刺史。接着，李靖率军南下广西，派人到各州进行招抚，使岭南地区 96 个州，60 多万户归顺唐朝。于是，李靖又被任命为岭南道抚慰大使、检校桂州总管。

公元623年，辅公祏（tuō）在江南重新起兵反唐。高祖以李孝恭为元帅，李靖为副元帅前往讨伐。李靖出其不意地先攻破辅公祏的水军，接着率轻装唐军直趋丹阳，俘虏了辅公祏，彻底平定江南。之后，李靖先后出任东南道行台兵部尚书、检校扬州大都督长史。公元 625 年，突厥犯太原，李渊命李靖为行军总管，领江淮兵一万北上抵御突厥；同年任检校安州大都督。公元 626 年夏，李靖在灵州与突厥颉利可汗激战一天，迫使颉利可汗引兵北撤。不久，李靖任灵州道行军总管。

公元 627 年，唐太宗李世民即位，先后任命李靖为刑部尚书、检校中书令、兵部尚书。公元 629 年，唐太宗决定大举反击突厥，命李靖为定襄道行军总管，统兵十万，分六道出击突厥。公元 630 年春，李靖亲率三千精骑趁黑夜攻下颉利可汗的牙帐所在地定襄。唐太宗进封李靖为代国公。随后，李靖又率一万精骑突袭阴山，俘虏突厥兵一千余人。接着趁大雾向铁山急进，一举攻破颉利可汗的牙帐，生擒颉利可汗，为患中原多年的东突厥从此灭亡。李靖因灭东突厥之功，获加光禄大夫，拜尚书右仆射。

公元 634 年，西北吐谷浑犯境，李靖主动请缨出征，唐太宗即任命李靖为西海道行军大总管，统帅大军征讨吐谷浑。公元 635 年，李靖在积石山大败吐谷浑军，吐谷浑可汗伏允被杀，其国土尽归唐朝。公元 637 年，唐太宗改封李靖为卫国公。公元 649 年，李靖病逝，享年 78 岁。唐太宗特命陪葬昭陵，其坟冢修成铁山、积石山形状，以表彰他击灭东突厥，征服吐谷浑的辉煌战功，并谥号景武，把他的画像悬挂在凌烟阁里。

李靖归唐后，南平江南，北灭突厥，西定吐谷浑，显示了非凡的军事才能，史家称李靖“临机果，料敌明”，是战绩与理论俱丰的军事家。李靖著有《李靖六军镜》等兵书多部，但大多已散佚，后人辑有《唐太宗李卫公问对》《卫公兵法》等兵书。《唐太宗李卫公问对》在北宋神宗时被定为《武经七书》之一，是中国古代兵学宝典。

说完李靖再说说他的儿子。李靖的儿子是谁呢？很多人的第一反应就是金吒、木吒和哪吒，但是这三位是文学作品中虚构的人物。按照史书记载，李靖的儿子有李德謇、李德奖，历史上对其儿子并没有太多的描述。也许是这两个儿子没有继承他们父亲李靖的军事能力，毕竟在战火纷飞的年代，学习是一件不容易的事。

接下来，我们再了解一下出现于古典神话小说《封神演义》《西游记》等书中的李靖。

按照《封神演义》里的交代，李靖是商朝末年陈塘关的总兵。李靖与夫人殷氏共生育有四个孩子。他的三子一女分别是：李金吒、李木吒、李哪吒、李贞英。李靖后来修道成仙，晋升仙班，因为其右手中常托玲珑宝塔，又被称为“托塔李天王”。

话说他的三儿子生下来是个肉球，有特异功能，在河里洗澡时动作太大，也不知道是引发了地震还是海啸，龙王不爽，派人去查，结果派的人被哪吒杀了，再派自己的儿子去，也被哪吒给杀了。儿子死了，龙王当然不高兴，到天宫告状，李靖就要杀自己儿子，哪吒把自己的命还给父母，然后哪吒的师父又让哪吒复活了。这就是《封神演义》中哪吒的形象。在《封神演义》之前的神话故事中，他已然是这个样子了，十足的恶霸官二代。比“封神”稍早的《西游记》里，也有哪吒的身影，只不过在面对孙悟空的时候，他有点吃不消了，完全没有“闹海”时的狂放与霸气。

《西游记》中，李靖是天宫中的卫戍司令，长子金吒侍奉如来佛祖，做其前部护法。二子木吒又称木叉，为惠岸行者，是南海观世音菩萨的大徒弟，曾奉师命收服沙僧，又向其父李靖借用三十六把天罡刀协助观音菩萨收服红孩儿，令其成为观音座下童子，帮唐僧师徒度过不少难关。三子哪吒，是个勇猛的年轻神祇，常与其父亲托塔李天王同时出现。孙

孙悟空大战哪吒三太子

孙悟空不满玉帝授予其“弼马温”的小官，杀出天界，回到花果山，自封“齐天大圣”。玉帝闻之，命哪吒与其父托塔李天王一同，奉旨前去花果山讨伐桀骜不驯的齐天大圣孙悟空。这是哪吒三太子在《西游记》中的第一次出现。

悟空不满玉帝授予其“弼马温”的小官，杀出天界，回到花果山，自封“齐天大圣”。玉帝闻之，命哪吒与其父托塔李天王一同，奉旨前去花果山讨伐桀骜不驯的齐天大圣孙悟空。这是哪吒三太子在《西游记》中的第一次出现。

《西游记》中的哪吒变成了好人，而闹海的哪吒形象换成了孙悟空。孙悟空去闹海了，去闹天宫了，谁来平定孙悟空？变成了李靖和他的儿子哪吒。当然他们也没怎么交手，最后如来佛抓了孙悟空压在五行山下。所以，在《封神演义》中，哪吒的形象是一个很能闹腾的人，在《西游记》中这闹腾的形象变成了孙悟空。

关于《西游记》中与孙悟空渊源颇深的托塔天王李靖和哪吒三太子，就先说到这里，下一篇说说王母娘娘和她家的蟠桃会。

09 玖

纪 连 海 说 西 游

王母娘娘和她家的蟠桃会

本篇我们说说引发了大闹天宫这个故事的王母娘娘和她家的蟠桃会。

王母娘娘并不是从《西游记》里才开始有的，中国记载有王母娘娘的历史很早。先秦时期，中国有一本神书叫《山海经》，里面有一篇《海内西经》就记载：

西王母……在昆仑虚北。

《山海经》的另一篇《西山经》说：

其状如人，豹尾虎齿而善啸，蓬发带胜。

之后的秦汉时期，有一本书叫《穆天子传》。《穆天子传》里西王母的形象就可爱多了。据说三千年前，爱好旅游的周天子穆王驾车西巡，渡黄河，过沙漠，登昆仑，赴瑶池，拜会了人间神仙西王母。据穆王的观察，西王母纯属一位仪态大方的贵妇人：

乘翠凤之辇而来……曳丹玉之履，敷碧蒲之席，黄莞之荐，共玉帐高会。

从此以后，西王母以女神兼贵妇人的形象呈现于人们心目中。有关西王母的传说越说越奇，越来越多。

到了汉朝，西王母的名气更大了，不仅民间传说着王母娘娘的神话，就连京城都给王母娘娘建了祠堂，王母娘娘成了官民都同时祭祀的神人。

这一时期有一本书叫《汉武故事》，记载了下面一段故事：汉武帝喜欢长生之术，且亲自登上了嵩山，修建了灵真台，斋戒精思。据传说，此事感动了西王母。一日在灵真台上，汉武帝正在闲居承华殿，并有东方朔和董仲舒在侧，突然有一位仙女出现，说："七月七日，西王母将亲自来看看。"汉武帝连忙跪拜感谢王母之恩。到了七月七日，汉武帝在大殿里，铺设紫罗，焚烧百合之香等候西王母的来临。到了二更后，西王母驾着祥云来到灵真台，五十名天仙环侍左右，由两名仙女扶下了辇车，并且侍女捧上了真果，西王母将其中的蟠桃自己吃下三个，四个送给汉武帝。后来，西王母又向汉武帝传授了益气之道，说完之后，驾祥云而去。故事有点西方圣诞老人驾鹿车派送礼物的意思。

这是汉朝人记载的神话中的西王母，经过长期的流传，西王母已经成为东方的美神、中国的维纳斯了。

后来到了唐朝，有一个人叫段成式，写了一本书《酉阳杂俎》。在这本书中记载王母娘娘姓杨，叫杨回，住在昆仑山北边，王母娘娘不是老太太，而是一个得道的中年妇女，成神之后负责管理人间婚姻和生育知识。

说到这里有个问题，王母娘娘跟玉皇大帝是什么关系？说法还真不少。第一种说法，王母娘娘跟玉皇大帝，肯定是夫妻关系。七仙女就是他们的女儿。第二种说法，王母娘娘跟玉皇大帝，肯定是同事关系。因为王母娘娘住昆仑山，她是昆仑仙境的统治者，是女性仙人的首领，玉皇大帝不住昆仑山，是男性先人的首领，所以他们是天上的同事。第三种说法，王母娘娘跟玉皇大帝，肯定是兄妹关系。有一部电视剧叫《奔月》，就是这么写的。第四种说法，王母娘娘跟玉皇大帝，肯定是母子关系。王母娘娘是玉皇大帝的母亲。第五种说法，王母娘娘跟玉皇大帝没有任何关系。王母娘娘是盘古后代时期的神，那个时期中国的神仙很多，除了王母娘娘之外，还有女娲、九天玄女。玉皇大帝是道教出现以后，中国才有的神灵，两人根本就不认识。

但是，王母娘娘怎么能单身呢？所以，道教就给王母娘娘引出了一个先生，王母娘娘住西边，她的先生住东边，她叫西王母，她的先生叫东王公。东王公一开始出现在晋朝葛洪写的一本书里，叫《枕中书》，说他叫扶桑大帝，是元始天尊与太元圣母生的，后来这东王公就成神了，在道教中被称为东华紫府少阳帝君，生日是阴历的二月初六。

为什么要给王母娘娘找一个配偶？因为中国人讲阴阳，讲五行，有了一个女神，必然得给她找一个男神。女神叫西，男神叫东，女神叫王，

男神也得是王。女神是母，男神就是公，所以才称东王公、西王母。西方属金，所以又称金母，东方属木，就叫木公。其实王母娘娘在先，东王公在后。

王母娘娘住哪儿呢？昆仑山。昆仑山是中国一个特别长的山，在新疆、西藏和青海境内，西起帕米尔山，全长 2500 多公里，平均海拔 5500 到 6000 米，最宽的地儿 200 多公里，最窄的地儿 130 多公里，方圆面积 50 多万平方公里。昆仑山在中国被称为万山之祖，是中国第一神山，因为中国的神都从这里发源。

历史上有王母娘娘这个人吗？史学家考察了，真有其人。在距今 3000 ~ 5000 多年前，在我们今天的青海昆仑山和祁连山中间有一个湖叫青海湖，有一个盆地叫柴达木盆地，这里有一个女性部落，领导人都是女性，是所谓的母系氏族社会，而且是游牧部落，其核心地带在今天青海省海西蒙古族，藏族自治州天均线一带。看来王母娘娘也许真有其人，也许穆天子真见过王母娘娘。

说完王母娘娘，再说说她家的桃园。在神话中他们家有一个桃园，种的都是蟠桃。如果没这蟠桃，孙悟空也许还不会大闹天宫，因为几个桃子引发一场血案实在不值得。既然王母娘娘家里有那么多桃子，让齐天大圣来吃几个能有什么？又花不了多少钱，怎么不请他参加蟠桃会呢？

这还得说说孙悟空，他跟菩提老祖修炼，武艺高强，后来当了弼马温。他发现弼马温官小，不想干。不干也就罢了，还支旗造了反，于是玉帝派李靖和哪吒捉拿，打输了，后来又派太白金星前来招安，说服了孙悟空，让他到天宫去看王母娘娘家的桃园。孙悟空想看桃这活不重，就去了。孙悟空一开始很努力、很认真打理桃园，每天清点桃子，每天剪枝，

但是架不住手下人说，这桃好几千年熟一回，吃了就能长生不老。孙悟空想这桃这么重要，让我看就对了，先捡大个儿的吃，把这蟠桃园中的大桃都给吃了。农历三月初三王母娘娘生日这天，王母娘娘派了一群神仙姐姐来摘桃，到这里一看，大桃都没了，就剩下小桃了，这可怎么摘，就问孙悟空怎么回事。孙悟空问，谁让你们来摘桃的？王母娘娘。摘桃干吗呀？请客吃饭。都请谁？神仙姐姐便说：

> “上会自有旧规，请的是西天佛老、菩萨、圣僧、罗汉，南方南极观音，东方崇恩圣帝、十洲三岛仙翁，北方北极玄灵，中央黄极黄角大仙，这个是五方五老。还有五斗星君，上八洞三清、四帝、太乙天仙等众。中八洞玉皇、九垒、海岳神仙。下八洞幽冥教主、注世地仙。各宫各殿大小尊神，俱一齐赴蟠桃嘉会。”大圣笑道：“可请我么？”仙女道：“不曾听得说。”大圣道：“我乃齐天大圣，就请我老孙做个席尊，有何不可？”仙女道：“此是上会旧规，今会不知如何。”大圣道：“此言也是，难怪汝等。你且立下，待老孙先去打听个消息，看可请老孙不请。”

这群神仙姐姐够耿直的，够实在的，把天上的这位那位，说了一溜够，就是没提孙悟空。于是孙悟空使了一个定身法，自己上天上大闹天宫去了。

是什么原因促使地位非常高的王母娘娘开蟠桃会，请各路神仙吃蟠桃呢？开蟠桃会的日期是每年的农历三月初三，是王母娘娘的诞辰，用今天的话来说，王母娘娘开蟠桃会实际上就是自己生日的时候开了个生日派对。这一天王母娘娘准备了非常隆重盛大的蟠桃会，宴请各路神仙菩萨。各位神仙也把参加蟠桃会作为自己身份地位的象征，这一点我们在孙悟空身上就可以看到，开蟠桃会宴请的神仙中没有他，所以他才大闹了这次蟠桃会。后来农历三月初三也成了一个非常重要的道教节日。相传王母娘娘的蟠桃，可不比寻常的桃子，神仙吃的自然是仙桃了，吃了之后能延年益寿、长生不老。

玉帝和西王母为何没请悟空参与蟠桃会？这里面有很多原因，主要原因在于：

第一，天上的神仙论资排辈，那都是讲资历的，孙悟空再牛，也是新进的神仙，充其量就是个“菜鸟神仙”，没请也正常。第二，天上还论师承，孙悟空是谁的徒弟？功夫再高也是“野生”的，是菩提祖师的徒弟他不敢说，因为菩提祖师交代了不让说。所以没有师承，就名不正言不顺。第三，孙悟空不认识天上的神仙，不认识就没人帮着说话，没朋友，没人脉，没圈子。第四，孙悟空不懂社交礼仪。《西游记》的第五回一开始介绍说：

> 话表齐天大圣到底是个妖猴，更不知官衔品从，也不较俸禄高低，但只注名便了。那齐天府下二司仙吏，早晚服侍，只知日食三餐，夜眠一榻，无事牵萦，自由自在。闲时节会友游宫，交朋结义。见三清称个“老”字，逢四帝道个“陛下”。与那九曜星、五方将、二十八宿、四大天王、十二元辰、五方五老、普天星相、河汉群神，俱只以弟兄相待，彼此称呼。今日东游，明日西荡，云去云来，行踪不定。

孙悟空见着玉帝叫老儿，见着别人也叫老儿，没大没小。大家当然不喜欢让他来，就没叫他，可是没叫他不就惹事了吗？引发了大闹天宫。

我们逆向思维想想，王母娘娘要是请了孙悟空，这故事应该怎么发展呢？还真有人给续了一段故事，是这么写的：

从明儿起，做一个幸福的弼马温，
放马风驰电掣；
从明儿起，关心股票和楼市，
也买一所宅子，
面朝马场，冬暖夏凉。
从明儿起，天天给牛魔王写信，
告诉他们老孙的幸福生活；
给每一匹马，
给每一株小草都起一个名字，
再同时告诉自己那些师弟们，
俺老孙在这，祝福您也长寿。

不过，这些都是瞎掰，一切都没有出现，“明儿”也永远不会到来，所以孙悟空大闹天宫的故事就出来了。

关于王母娘娘和他们家的蟠桃会，先讲到这里。孙悟空因为几个桃子而大闹天宫，引出两个人来，如来佛祖和观音菩萨，下一篇说说他们两人的故事。

王母娘娘的蟠桃盛会

农历三月初三王母娘娘生日这天，王母娘娘派了一群神仙姐姐来摘桃，到这里一看，大桃都没了，就剩下小桃了，这可怎么摘，就问孙悟空怎么回事。孙悟空问，谁让你们来摘桃的？王母娘娘。摘桃干吗呀？请客吃饭。

10

纪连海说西游

拾

如来佛祖与观音菩萨

本篇说一说如来佛祖和观音菩萨。

相信很多人都是从《西游记》中知道如来佛祖的。看过电视剧或者小说的人都知道，王母娘娘开蟠桃会，没让孙悟空去，孙悟空一怒便大闹天宫，连天兵天将都奈何不了他，被迫请来了如来佛祖。孙悟空是《西游记》中的第一男主角，虽然本领高强，但被如来佛祖一个翻手，压在了五行山下，可见如来佛祖本领更高强。这就叫“强中自有强中手”，山外有山，天外有天，人外有人，神外有神。

如来佛祖为什么这么厉害呢？他跟玉帝、观音菩萨、孙悟空、菩提老祖什么关系？如来佛祖的母亲、舅舅又是谁？我们一个一个来讲。

如来佛祖是中国古典神话中一个不可缺少的角色，他代表着佛学的最高境界，他代表的是权威，关于如来佛祖的传说有很多。

传说中如来佛祖是佛教的最高领导人，拥有无边的佛法。佛教源于印度，创始人是释迦牟尼，本名是乔达摩·悉达多，原本是印度一个小

本领高强的如来佛祖

孙悟空是《西游记》中的第一男主角，虽然本领高强，但被如来佛祖一个翻手，压在了五行山下，可见如来佛祖本领更高强。这就叫“强中自有强中手”，山外有山，天外有天，人外有人，神外有神。

国的王子。如来佛祖跟释迦牟尼是一个人吗？也是，也不是。“如来”其实是佛学中的一个称号，全称叫“乘如实之道而来成正觉”。佛教传入中国的时候出现了偏差，人们认为如来佛祖是特指佛教的最高领导人，其实不是那么回事。在中国我们又误认为如来佛祖就是他的创始人释迦牟尼，在中国的语境当中，如来佛祖就是释迦牟尼。

如来佛祖有没有师父呢？有，他的师父很可能是燃灯古佛。燃灯指他在世时，身边的事物都光明如灯一般。燃灯古佛又叫定光如来，是过去庄严劫中千佛之首，他代表的是过去，又称为过去佛。

燃灯古佛给释迦牟尼上过课，这段故事在《金刚经》里被提到过。说有一个男的在来世可修得佛身，法号释迦牟尼，在许多的寺庙中也都供奉了燃灯古佛。燃灯古佛、释迦牟尼如来佛和弥勒佛分别代表佛教的过去式、现在式和未来式。

如来佛祖的母亲，有两位，一个是生他的圣母，叫摩诃叶，是古印度天臂城善觉王的大女儿。那个时候跟现在不一样，怀孕可以，生孩子得回娘家生，不能在婆家生。所以如来佛祖的母亲就回到了娘家。在回娘家的路上，她走到一棵无忧树下时，孩子就降生了——这个孩子就是如来佛祖。如来成佛以后，曾经在灵山上修炼，正在修炼中被一只凶恶的孔雀吞到了肚子里，如来佛祖击破了孔雀的后背脊梁骨，从那里钻了出来。如来正要把这孔雀打死，身边同是修佛的人不同意了，说那是一条生命。扫地恐伤蝼蚁命，爱惜飞蛾纱罩灯，更别说是孔雀了。如来一想，那我放了你，你跟着我一块修行，封为佛母，这孔雀就成了如来佛祖的第二个母亲。

再说说如来佛祖的舅舅——大鹏金翅鸟。《西游记》中谈到了这只大鹏金翅鸟，谁都惹不起，孙悟空对它也是束手无策。如来佛祖管大鹏金翅鸟叫舅舅，因为在中国的语境中，大鹏金翅鸟是神兽凤凰的儿子，凤凰生了一儿一女，女儿是孔雀，儿子就是大鹏，孔雀既然成了如来佛祖的母亲，那大鹏金翅鸟可不就成了他的舅舅嘛。

另外，如来佛祖教了很多徒弟，最著名的有十大弟子摩诃迦叶、舍利弗、目犍连、须菩提、富楼那、迦旃延、阿那律、优波离、阿难陀、罗睺罗。这其中，最有名的一个是迦叶。关于他有“拈花一笑”的故事，说有一天如来佛祖在讲课，众位弟子都看着他，但是这天如来佛祖一句话没说，而是从讲台上的花盆中拿起一朵花在手中转来转去。大家都没看明白，只有迦叶微微一笑，如来佛祖就说了：

> 吾有正法眼藏，涅槃妙心，实相无相，微妙法门，不立文字，教外别传，付嘱摩诃迦叶。

意思很明显，说的是只有迦叶明白我的想法，得到了我的真传。而这据说也是禅宗的由来，禅宗讲究心领神会，无须文字言语表达。至于他这一笑里包含了什么含义，读者朋友您也笑一笑就好了。

玉皇大帝和如来佛祖到底谁厉害？有朋友说了，这还用比吗？孙悟空大闹天宫把玉皇大帝吓得屁滚尿流，还得请如来佛祖制服他，一看就知道谁厉害了。其实没那么简单，如来佛祖是西方极乐世界的教主，玉皇大帝是中国仙界的主宰，本来是毫不相干的，但是《西游记》非得把两拨不相干的人捏到一起。玉皇大帝就那么不堪？他经历了亿万劫，才成了至高无上的玉皇大帝，统领三界，也是一个超厉害的神，而且玉帝不仅仅是靠颜值，他是有实力的。只不过在《西游记》中一山难容二虎，只能有一个牛人，玉皇大帝就受委屈了。

如来佛祖和观音菩萨谁厉害呢？在中国老百姓的观念当中，佛教有两位大神，一个是如来佛祖，另外一个是观音菩萨。这两人是什么关系？观音是如来的弟子，这一点是没有疑问的。佛教的佛是指对佛学有正确的认知以及对世间大彻大悟者。在佛教中按照修行觉悟高低，分为佛、菩萨、阿罗汉。佛是佛教修行的最高境界，已经圆满，菩萨次之，是没有到达佛的境界，尚在苦海中修行的。观音被称为观世音菩萨，意思就是救助众生脱离苦海。这一对比，到底谁厉害，就很明显了。

虽然说观音菩萨是如来佛祖的弟子，但是她在老百姓心中的知名度可一点都不低。那么观音菩萨究竟是男是女，是什么样的穿戴打扮？有人说肯定是女性，法相端庄，亭亭玉立，左手托着净瓶，右手拿着柳枝，脚下一朵莲台。如果真觉得如来佛祖的大弟子是这样的形象，就错了。

在印度佛教中，观音菩萨是男的，因为印度传统佛教轻视女性，甚至认为女性得道只有在成为男身之后才可以。女性在印度地位很低。印度存在四大种姓，自高而低，依次是婆罗门、刹帝利、吠舍、首陀罗。女性的地位就跟最低贱的首陀罗一样，处于社会的最底层。所以观音怎么能是女性？肯定是男性。释迦牟尼创立佛教之初的佛教徒都是男性，他们出家，割断和家庭、社会的一切联系，过禁欲行乞的生活。佛教严禁女性入教，将妇女与禽兽、魔鬼相提并论，认为三者都是佛徒修行学道的大敌和破坏者。原始佛教在创建、巩固、宣扬自己的理论体系的同时，吸收婆罗门教的观音信仰创造了自己的菩萨，名叫“马头观音”或“马头明王”。

后来，佛教就有大乘佛教，小乘佛教之分了。而后，随着大乘佛教体系的进一步完善，“马头观音”改作男人身。同时，佛门弟子还对这位男相观音的身世做了许多新的解释，把他说成是阿弥陀佛的长子，与其二弟大势至菩萨辅助其父，弘化佛法，成为阿弥陀佛的左右胁侍，父子三人合称西方三圣。

藏传佛教中，观音也多呈男相。观音是藏区佛像供养中最为广泛的一个神，“莲花手”是其中最为典型的观音身形之一。传说藏族人的起源来自观音化现的猕猴与度母化现的罗刹女的结合。为了教化边地雪域妖魔出入的西藏的横野众生，莲花手——观音化现为一面四臂相：二主臂当心合掌结王者印，后右手持念珠，后左手持白莲花，莲花开放耳旁，左肩披仁兽皮，身体洁白如雪，以诸宝为饰，头顶中心变现阿弥陀佛为顶严。“莲花手”作为藏族的第一位男性祖先以及主要保护神受到极度崇拜。

什么时候观音菩萨变成女性了呢？在南北朝时期，偶尔有人把观音塑造成女性形象，但是不多。观音的女性形象开始多起来，要拜中国的一位女性皇帝——武则天所赐。武则天是女性都能当皇帝，那观音菩萨为什么不可以是女性？所以在武则天称帝以后，观音菩萨大量以女身的形象出现。她的作用很简单，中国人喜欢求子，如果向一位男性求子，不方便，观音是女性更方便。而且中国道教的神仙体系中，有很多女性，佛教界如果没有一个女性，肯定也不方便。因此，唐朝以后的观音形象，跟我们今天看到的差不多。

关于如来佛祖与观音菩萨我们就说到这里，下一篇说说唐僧的父母——陈光蕊与殷温娇夫妇的那些事儿。

11 拾壹

唐僧的父母

本篇讲讲唐僧父母陈光蕊与殷温娇夫妇的爱情悲剧。

《西游记》里其实有很多情侣，在众多的情侣当中，唐僧的父母陈光蕊和殷温娇这一对的描述是非常精彩的，最主要的原因是，陈光蕊和殷温娇都是没有法力的普通人。

按照《西游记》的说法，唐僧的父亲陈光蕊本来是海州的一个读书人，有一年正赶上唐王李世民主持科举考试，招贤纳士。对于一个中国传统的读书人来说，他的最高理想就是“学成文武艺，货卖帝王家”。陈光蕊也摆脱不了普通人的思维方式,于是就和家人一起商量进京赶考，去撞运气。居然考中了状元，这就有了《西游记》第十一回所谓的海州陈状元，海州陈状元就是唐僧的生身父亲。

当了状元之后，他按照中国传统戏剧中常用的那种惯例，骑着高头大马，在欢天喜地的音乐声和庆贺声中跨马游街。陈状元当时也是个未婚之人，年轻才俊，按照传统的思路，他游街当然也不是乱游的，游着游着就游到了当朝的宰相殷开山的楼下。宰相殷开山的女儿殷温娇是个风华绝代的小姐，书中写道：

> 面如满月，眼似秋波，樱桃小口，绿柳蛮腰，真个有沉鱼落雁之容，闭月羞花之貌。

殷温娇小姐还有个外号叫满堂娇，当时她正在自家的楼上抛绣球招亲。按照真实的历史记载，唐僧的父亲是一个非常英俊潇洒的人，身高八尺，美眉明目，还骑着高头大马，在整个人群里可以说是鹤立鸡群。殷小姐当然看到了，内心窃喜，瞄准了陈光蕊，把绣球“啪”地砸下去了，不偏不斜，正好砸在陈光蕊头上。陈光蕊抬头一看，殷小姐长得漂亮，两人一见钟情。

接下来的情节就简单了，正所谓择日不如撞日，殷家马上就下来几十个丫鬟，拉住了陈光蕊的马头，连人带马拉到府里去，立刻就成婚了。这就是所谓的双喜临门：洞房花烛夜，金榜题名时。当朝状元娶了宰相之女，喜上加喜。

按照小说《西游记》的说法，当时唐太宗很不通人情，他给玄奘的父母半天婚假都没放。当天夜里大约十二点半左右，小夫妻俩尚未起床呢——谁家夜里十二点起床，刚刚入睡——这么一会儿工夫，唐太宗就来找人开会了，旁边还有一个喜欢凑热闹的魏征。

> 太宗驾坐金銮宝殿，文武众臣趋朝。太宗问道：“新科状元陈光蕊应授何官？”魏征丞相奏道：“臣查所属州郡，有江

陈状元跨马游街

海州陈状元就是唐僧的生身父亲。当了状元之后，他按照中国传统戏剧中常用的那种惯例，骑着高头大马，在欢天喜地的音乐声和庆贺声中跨马游街。陈状元当时也是个未婚之人，年轻才俊，按照传统的思路，他游街当然也不是乱游的，游着游着就游到了当朝的宰相殷开山的楼下。

州缺官。乞我主授他此职。”太宗就命为江州州主，即令收拾起身，勿误限期。

陈状元接到圣旨，带了新娘殷温娇先要回家看望看望老母亲——在外面结了婚，父母都不知道，这事挺奇怪——然后就去江州上任了。这么一走却走出一段天大的祸事来。

陈光蕊带着殷温娇来到了洪江口要过江，正好又是深夜——这事真的很怪异，怎么什么事都赶上深夜——正好有两个艄公，也就是船家，一个叫刘洪，另外一个叫李彪，两个人在这里靠摆渡为生，帮客人渡过江，挣点运费钱。当时他们看到了这个身高八尺，美眉明目的陈光蕊，没什么兴趣，但是一看到美丽的殷小姐的时候，就动了歹心了。月黑风高夜，杀人放火天。当他们摆渡到江中间的时候，两人商量着先把陈光蕊的仆人给杀了，然后把陈光蕊也打死了，把主仆两人的尸首抛进了洪江。殷温娇刚结婚，丈夫就被贼人谋害，她当然不干了，要跳江随夫而去。哪知刘洪一直盯着殷温娇，当然不会让殷小姐跳江成功，他一把薅住了殷小姐，说了一段听起来特别奇怪的话：

你若从我，万事皆休！若不从时，一刀两断！

意思是你若跟了我，我们什么事都没有，你要不跟我，我们就一刀两断。究竟是我跟你的关系一刀两断，还是我把你一刀斩为两段？书中写到这里其实是有个问题的，接下来问题就更深了。后来这殷温娇居然没有跳江自杀！书上说她已经知道自己怀孕了，这才几天的工夫？刚十来天。结过婚怀过孕的人都知道，妊娠反应怎么也得 100 多天。她当时就知道自己怀孕了，很怪异。

另外刘洪也是一个特别有意思的贼，他居然穿了陈光蕊的状元衣冠，拿了陈光蕊的官凭，带了陈光蕊的妻子，冒充陈光蕊的名字到江州去上任了。真是胆大包天。

再说陈光蕊，泡尸江中以后，他的尸首到了江中间，“扑通”一声沉了下去，也不随江飘走。按照中国传统文化，尤其是民俗，无论是天上、地上、地下、水底都有一套管理人马，跟人间差不多。洪江底正好有个行海夜叉，听见“扑通”掉下个人来，一看这尸首不动，就跑着去报告龙王。一路喊着：龙王，龙王，大事不好！上面有个人被杀，尸体被扔下来了，但是这个尸体一动不动。龙王听了就让他给弄过来看看。这一看不要紧，龙王说：

> “此人正是救我的恩人，如何被人谋死？常言道：恩将恩报。我今日须索救他性命，以报日前之恩。”即写下牒文一道，差夜叉径往洪州城隍、土地处投下，要取秀才魂魄来，救他的性命。城隍、土地遂唤小鬼把陈光蕊的魂魄交付与夜叉去。夜叉带了魂魄到水晶宫，禀见了龙王。龙王问道：“你这秀才，姓甚名谁？何方人氏？因甚到此，被人打死？”光蕊施礼道：“小生陈萼，表字光蕊，系海州弘农县人。忝中新科状元，叨授江州州主，同妻赴任，行至江边上船，不料稍子刘洪，贪谋我妻，将我打死抛尸，乞大王救我一救！”龙王闻言道：“原来如此，先生，你前者所放金色鲤鱼，即我也。你是救我的恩人，你今

有难，我岂有不救你之理？”就把光蕊尸身安置一壁，口内含一颗定颜珠，休教损坏了，日后好还魂报仇。又道：“汝今真魂，权且在我水府中做个都领。”光蕊叩头拜谢，龙王设宴相待不题。

且说刘洪带殷小姐去江州上任，给江州老百姓的印象就是非常殷勤，勤于公事，因为大家看到他动不动就出差，有一次出差就发生事儿了。话说这一天大约是刘洪到江州上任三个月左右，他又出差了，殷小姐到了要生产的时候。《西游记》写得很奇怪，发现怀孕刚刚快到一百天的时候孩子就要生了。小说写得一定是有问题，不过问题出在哪里呢？其实要是仔细读过历史书，我们就知道这一段是有由来的，暂时按下不表。先说殷小姐怀胎百日便要分娩，正好“丈夫”不在，殷小姐疼晕过去了，在她疼晕没有知觉的时候，突然耳边传来一个声音：

“满堂娇，听吾叮嘱。吾乃南极星君，奉观音菩萨法旨，特送此子与你。异日声名远大，非比等闲。刘贼若回，必害此子，汝可用心保护。汝夫已得龙王相救，日后夫妻相会，子母团圆，雪冤报仇有日也。谨记吾言。快醒！快醒！”言讫而去。

殷温娇醒过来以后，每句话都记住了。更为怪异的是，等殷小姐醒过来的时候，孩子就生下来了。这个孩子，就是未来的唐僧。唐僧刚一生下来，刘洪就回来了。刘洪一看家里添了个孩子，杀心顿起，殷小姐连忙说：

今日天色已晚，容待明日抛去江中。

第二天一早，殷小姐来到了江边，即将把孩子抛入江中的时候，原文是这么写的：

幸喜次早刘洪忽有紧急公事远出。小姐暗思："此子若待贼人回来，性命休矣！不如及早抛弃江中，听其生死。倘或皇天见怜，有人救得，收养此子，他日还得相逢……"但恐难以识认，即咬破手指，写下血书一纸，将父母姓名、跟脚原由，备细开载；又将此子左脚上一个小指，用口咬下，以为记验；取贴身汗衫一件，包裹此子，乘空抱出衙门。幸喜官衙离江不远。小姐到了江边，大哭一场。正欲抛弃，忽见江岸岸侧飘起一片木板，小姐即朝天拜祷，将此子安在板上，用带缚住，血书系在胸前，推放江中，听其所之。小姐含泪回衙不题。

这个桥段，是为日后母子相认埋下的伏笔，有它在结构上的功能。但是，只是留下一个记号，做得也太绝了，孩子出生才一天不到啊！居然受断指的酷刑，虽说是故事，也太可怜了。更甚者，咬下孩子的脚趾之后，殷小姐也没做任何处理，直接把孩子绑在木板上顺江飘走。殷小姐这人也够怪异。

小唐僧顺江流下，漂流到了江苏镇江的金山寺，金山寺有个大和尚，但不叫法海——因为这故事发生在唐朝，法海是宋朝的事儿——此时，金山寺的长老叫法明和尚。

> 法明和尚，修真悟道，已得无生妙诀。正当打坐参禅，忽闻得小儿啼哭之声，一时心动，急到江边观看。只见涯边一片木板上，睡着一个婴儿，长老慌忙救起。见了怀中血书，方知来历。取个乳名，叫作江流，托人抚养。血书紧紧收藏。光阴似箭，日月如梭，不觉江流年长一十八岁。长老就叫他削发修行，取法名为玄奘，摩顶受戒，坚心修道。

一番周折之后，玄奘终于与他的母亲殷温娇相认了，并找来了外公殷开山，剿灭了刘洪这个恶贼，大势已定。但是就在大团圆的时候，又出事儿了。殷开山要见女儿，女儿却在里面要上吊自杀，说：

> 吾闻“妇人从一而终”。痛夫已被贼人所杀，岂可觍颜从贼？止因遗腹在身，只得忍耻偷生。今幸儿已长大，又见老父提兵报仇，为女儿者，有何面目相见！唯有一死以报丈夫耳！

这是明清小说里常见的封建贞节观，不料玄奘外公倒是非常开明，说：

此非我儿以盛衰改节，皆因出乎不得已，何得为耻！

在玄奘父母的描述中，还存在很多疑点。比如说，刘洪不过一个小小水贼，居然敢冒充朝廷命官，十八年竟然没有被发觉？刘洪身边天天带着一个活证人，殷小姐不揭穿杀夫凶手还在等什么？后来玄奘年满十八岁后到京城报信，丞相发六万御林军来捉，陈光蕊复活后，一家团圆，殷温娇竟然又从容自尽了，着实叫人费解。

关于殷温娇自尽身亡，完全符合作者所属的那个时代的特征。虽然此前的殷温娇活了下来，但这种苟且偷生事实上是生不如死，在她的内心世界，正忍受着难以排遣的痛苦煎熬。尽管有殷丞相这样开明的父亲和陈玄奘这样理解母亲苦衷的儿子，也不能使她从深深的负罪意识中解脱出来。小说中，殷温娇对父亲的一番表白鲜明地体现了这一点：

丞相直入衙门正厅坐下，请小姐出来相见。小姐欲待要出，羞见父亲，就要自缢。玄奘闻知，急急将母解救，双膝跪下，对母道："儿与外公，统兵至此，与父报仇。今日贼已擒捉，母亲何故反要寻死？母亲若死，孩儿岂能存乎？"丞相亦进衙劝解。

小说中曾经提到过殷温娇三次要自杀：第一次是在江中丈夫被杀的时候，她要自杀殉夫，但考虑到孩子即将出生，将来还要报仇，没有付诸实施。第二次就不一样了，丈夫的血海深仇已报，对于她来说，没有了生存的意义，所以她从容面对死亡，不过她的父亲和儿子苦苦哀求，

没有实施。第三次则是知道丈夫已经死而复生，这个时候应该是苦尽甘来，合家共享天伦之乐，但是自己的负罪意识，让她没有活下去的勇气。由此看来，《西游记》作者的安排肯定是符合宋明理学要求的。小说写到殷小姐从容自尽，作者是满怀欣喜和赞赏的心态看待她的自杀的。在那个时代，殷温娇受尽屈辱已经非常可怜了，却不被世俗所容，非得以自杀这种情节保持世俗的伦理秩序，真是非常恐怖。

唐僧父母的爱情故事，还是很有特点的，一是一见钟情，二是开创闪婚先例，三是感情受到了命运的捉弄。一见钟情也遭罪。

关于唐僧父母的爱情悲剧就先讲到这里，下一篇说说唐玄奘的前世今生。

12

拾贰 唐僧的前世今生

上篇讲了唐僧父母的爱情悲剧，本篇再说说唐僧的前世今生。

唐僧的形象是根据一个真实的人物创作的，这个人在历史上真实存在过，也确实非常有名气，那就是唐朝的一代高僧玄奘法师。玄奘法师确实曾经去过西天，也就是印度取过经，两人虽然是同一个名字，具有同样的时代背景，但是从形象上来说就千差万别了，可谓一个天上一个地下。

唐僧的俗家姓陈，但他到底叫陈什么呢？据学者研究，玄奘有三个名字：陈祎（yī）、陈袆（huī）、陈炜（wěi）。这三个名字在字典词典，甚至很多佛教典籍上都能查到，意思上差别很大。祎（yī），是美好的意思，常用作人名，诸葛亮《出师表》里就提到过一位名士叫费祎；袆（huī），是一种衣服，一般指古代王后穿的祭服；炜（wěi），则是明亮的意思。玄奘的这三个名字都有出处和证据，很多大学者都分辨不清楚到底哪一个才是玄奘的本名，我们就权且按照他姓陈名祎来说。

要说一个人，先要从他的名号说起，有人可能纳闷了：唐僧唐三藏，这谁不知道啊？难不成还有什么问题？事情还真没那么简单。唐僧，这个名字是有漏洞的。著名学者赵朴初先生曾经指出：将唐僧或唐三藏用在一个人身上并不合适，因为唐是当时的国号，用现在的话说唐僧的意思就是中国僧人，唐三藏的意思就是中国的三藏法师。这种称呼只能是外国人称呼的，或者他在外国这么称呼自己，但跟自己人这么说就不合适了。比如说我在外国的时候会说：我是中国人，我是中国的一个中学历史老师。但是在国内我跟人说：哥们儿，我是中国人，我是中国的历史老师。人家就会觉得我这个人忒怪了吧？我们在国内肯定得跟人说：我是北京人，我是北京某学校的一个中学历史老师。所以，唐僧或唐三藏这个名字，实际上是有很大问题的。

不过，仔细看原著就会发现在《西游记》中，唐僧并不是他一开始的称谓，陈玄奘才是。第十一回里唐太宗晚上做噩梦，要做法事超度地府冥魂，要从全国海选出一位得道高僧，此人便是陈玄奘。书上说：

灵通本讳号金蝉：只为无心听佛讲，转托尘凡苦受磨，降生世俗遭罗网。

投胎落地就逢凶，未出之前临恶党。父是海州陈状元，外公总管当朝长。

出身命犯落江星，顺水随波逐浪泱。海岛金山有大缘，迁安和尚将他养。

年方十八认亲娘，特赴京都求外长。总管开山调大军，洪州剿寇诛凶党。

状元光蕊脱天罗，子父相逢堪贺奖。复谒当今受主恩，凌烟阁上贤名响。

恩官不受愿为僧，洪福沙门将道访。小字江流古佛儿，法名唤做陈玄奘。

当日对众举出玄奘法师。这个人自幼为僧，出娘胎，就持斋受戒。他外公见是当朝一路总管殷开山，他父亲陈光蕊，中状元，官拜文渊殿大学士。一心不爱荣华，只喜修持寂灭。查得他根源又好，德行又高；千经万典，无所不通；佛号仙音，无般不会。

这就是陈玄奘的来历。而三藏是号。古人有字、号，直呼其名显得不尊重，一般只称其字、号。那么唐三藏是怎么来的呢？观音菩萨来到大唐显圣说法的时候，说西天有大乘佛法三藏，能度一切苦厄，所以玄奘取经临上路之时，唐王建议他“指经为号”，雅号三藏。

《西游记》接下来的几回一直称呼他为三藏。一直到“唐僧”出现。“唐僧”第一次出现是在第十四回“心猿归正　六贼无踪”。当时唐三藏已经从山下救出了孙悟空，两人一起翻越了两界山，也就是压着孙悟空的五行山，来到一个庄子上，碰到了一个姓陈的老人。老人也姓陈，他们要在这里化缘借宿，老人不相信孙悟空是两界山压了五百年的那个大圣，悟空便跟他解释了一番，两次说到了“唐僧”，原文说：

> 将菩萨劝善、令我等待唐僧揭帖脱身之事，对那老者细说了一遍。老者却才下拜，将唐僧请到里面，即唤老妻与儿女都来相见，具言前事，个个欣喜。

这一段话两次出现了“唐僧”两字，后面唐僧跟陈姓老人叙同宗之宜，说到了他的法名叫陈玄奘，只因大唐太宗皇帝赐他做御帝三藏，指唐为姓，故名唐僧。唐僧的名字是很有讲究的，这里面有三个特定的条件：

第一，“唐僧”二字最早是从孙悟空的口中说出。孙悟空是东胜神洲傲来国花果山人，唐僧是南赡部洲大唐国海州红龙县人，两人明显不是一个国家的，孙悟空叫他唐僧没错。

第二，陈老伯将唐僧请到家里，他是师徒二人翻过两界山遇到的第

一个人。两界山这本书上是有交代的，说：

这山旧名五行山，因我大唐王征西定国，改名两界山。

这座山可以看作是大唐领土边境的分界山，山这边是大唐，山那边是另外一个国家。所以陈老伯称呼唐僧也没问题——唐朝来的高僧。

第三，唐僧自己的解释，顺着前面的两位“外国友人”，一个是东胜神洲的人，一个已经翻越两界山了，他自己介绍说是以国为姓，便于以后跟大家打交道的时候身份明确一点。

按照佛教的教义，色即是空，空即是色，我既是我，我也非我，唐僧既是唐僧也不是唐僧，既不是唐僧也是唐僧，只不过是一个名号，一副皮囊而已，后面就约定俗成管他叫唐僧。不过，不要小看了唐僧这么一个区区的名称，这里面是有深意的。唐僧两个字是一个符号，一个标签，一个定位。

一方面在地理上说明唐僧已经出境，正式踏上了取经路途。另一方面，在身份上暗示唐僧开始和海外的凡人、神仙、妖怪打交道了，十万八千里的坎坷路途，九九八十一难的险恶经历，要以这个身份走下去。

辨明唐僧的本名与法名，是为了便于将真实的玄奘和虚构的唐僧这两个形象做个对比：父亲是状元，母亲是丞相的女儿，以唐僧的长相和良好的家世，长大以后，在正常情况下应该是一位翩翩公子。而坎坷不幸的家庭经历，促使唐僧走上了另外一条人生道路。小说终归是小说，我们现在要说的是唐僧的原型——玄奘法师，为什么会走上佛学之路。

玄奘公元602年出生在一个名门望族的家庭里，祖上是东汉的名臣陈寔。关于陈寔，我们知道最多的，是“梁上君子”的故事。一天晚上，有一个小偷溜到陈寔家里，躲藏在屋梁上面，想趁机偷窃。陈寔知道屋梁上面有人，并未喊人捉拿他，而是把子孙们叫到面前训示：“今后每个人都应该努力上进，勿走上邪路，做‘梁上君子’。做坏事的人并不是生来就坏，只是平常不学好，慢慢养成了坏习惯。本来也可以是正人君子的人却变成了小人，不要学梁上君子的行为！”小偷感惭交并，下地叩头请罪。陈寔勉励他改恶向善，并赠丝绢布匹于屋梁上的盗贼，后人常以“陈寔遗盗”比喻义行善举，“梁上君子”也成了小偷的代名词、雅号。

玄奘的曾祖父陈钦，曾任后魏上党太守；玄奘的祖父陈康，以学优出仕北齐，任国子博士，食邑周南；玄奘的父亲陈惠，身高体壮、美眉朗目，平时潜心学问，博览经书，为时人之所景仰，曾做江陵的县官，后来隋朝衰亡，便隐居乡间、托病不出，当时的有识之士都称赞他的志节。陈惠共有四个儿子，玄奘是陈惠的第四个儿子。受家庭氛围的影响，玄奘得到了良好的教育。他跟父亲学《孝经》等儒家典籍，“备通经典”“爱古尚贤”，年幼时就形成了良好的品德。

玄奘的父母在玄奘十岁左右双双因病去世，玄奘的二哥陈素在洛阳净土寺出家，也就是长捷法师。玄奘十一岁那年，跟随长捷法师入寺受学《法华经》《维摩经》，开始学佛。刚进寺的时候，玄奘还不是正式的僧人，只是一个童子，多亏一个人的赏识发现才成为真正的僧人。

公元614年，隋炀帝号令度僧，通过考试选择27人出家为僧，但应试者必须年满18岁。在举行考试的那一天，刚进净土寺的小玄奘早早站在公衙门外，正巧被主考官大理寺卿郑善果看见。郑善果问他为什么要出家，当时，年幼的玄奘脱口而出：

意欲远绍如来，近光遗法。

“远绍如来”，“绍”是继续、传承的意思，从远的讲是继承如来的佛法，把佛教佛法继承下来；从近的讲是“近光遗法”，要把释迦牟尼传下来的佛教发扬光大。郑善果欣赏他端丽的相貌，又钦佩他的志气，破例让他参加了考试，玄奘最终被破格录取。对于这样的“例外”，有人表示不满，但郑善果向同僚解释：“诵业易成，风骨难得。若度此子，必为释门伟器！”

那个时候，考和尚或者科举考试分两种：第一种，能默写多少纸佛经。佛经论纸，不是现在线装书这样一页一页的，而是卷轴，能够默写多少纸佛经是一个标准。第二种，能抄写多少卷佛经。也就是看你识字多少，是否读得懂，佛经上的字你是否都认得。诵业易成，就是背诵的功夫很容易，但是风骨难得。有这个风采，有这个骨相，有这个气度太难得了。剃度此子，必成释门伟器。释门是释迦牟尼之门，如果剃度了这个孩子，将来必会成为佛门的一个非常伟大的人物。这一点，证明了郑善果有知人之明，知士之鉴，他的确会看人，绝非浪得虚名。

玄奘就此出家，也在这时拥有了法号“玄奘”。玄奘 13 岁就当上和尚属于破格录取，相当于今天的大学少年班。事实证明，郑善果没有看错人。玄奘出家后，先在洛阳净土寺跟景法师学《涅槃经》，从严法师学《摄大乘论》，长达六年之久。唐僧为什么被称为唐三藏？史书上说因为他通晓佛教典籍中的经、律、论三藏。经是佛所说之经，律是戒律，论是菩萨根据经阐发自己观点而形成的言论。

公元618年，身逢战乱，玄奘与兄长捷离开洛阳赴四川，在空、景两法师处学习。在居蜀的四五年间，玄奘师从多师，研习大小乘经论及南北地论学派、摄论学派各家的学说。通过众多名师的指授，玄奘的学业大进，见地也愈发深厚，逐渐闻名蜀中。好学的玄奘并未就此满足，他继续各处学习，刻苦钻研。

公元624年，玄奘离开成都，先后在荆州、赵州、扬州等地讲道拜师。公元627年，玄奘到长安，师从几位名法师，学习各家学说，名满京师。玄奘从公元627年开始去印度取经，645年回到长安，总共经历了17年，这段路程单程两万多里，来回五万余里，期间走过的国家超过110个，相当于两个长征，而且是单枪匹马一个人。

据学者研究，玄奘具有非常好的语言天赋，据说他掌握了超过60种语言。他到底有多牛，举个例子，在那烂陀寺留学的时候，当时印度有个国王叫戒日王，非常欣赏他，想试试玄奘的学问到底有多深，就在曲女城召开佛学辩论大会，召集了古印度的18个国王，3000个大小乘的佛教学者和2000多个其他学派的学者，大会由玄奘主持，有人问答和辩论，开了好几天，没有一个人能问倒玄奘，玄奘自此名震天下。

关于玄奘的前世今生就讲到这里，下一篇讲讲唐僧取经需要的法宝。

13

拾叁

唐僧取经需要的法宝

上一篇讲了唐玄奘的前世今生，本篇我们说说唐僧取经需要的法宝。

唐僧的前世叫作金蝉子，这一点在《西游记》里先后有三次提到。

第一次是在第十二回“玄奘秉诚建大会　观音显像化金蝉”，观音上长安要点化金蝉子，在水陆大会上跟木叉说：

> 今日是水陆正会，以一七继七七，可矣了。我和你杂在众人丛中，一则看他那会何如，二则看金蝉子可有福穿我的宝贝，三则也听他讲的是哪一门经法。

第二次是在二十四回“万寿山大仙留故友　五庄观行者窃人参”，唐僧师徒来到五庄观之前，五庄观的主人镇元子，正好应元始天尊之邀，到上青天弥罗宫去听讲混元道果，去之前特意交代留守的清风、明月两位弟子说：

> “不可违了大天尊的简帖，要往弥罗宫听讲，你两个在家仔细。不日有一个故人从此经过，却莫怠慢了他，可将我人参果打两个与他吃，权表旧日之情。”二童道：“师父的故人是谁？望说与弟子，好接待。”大仙道：“他是东土大唐驾下的圣僧，道号三藏，今往西天拜佛求经的和尚。”二童笑道：“孔子云，道不同，不相为谋。我等是太乙玄门，怎么与那和尚做甚相识！”大仙道：“你那里得知。那和尚乃金蝉子转生，西方圣老如来佛祖第二个徒弟。五百年前，我与他在‘兰盆会’上相识，他曾亲手传茶，佛子敬我，故此是为故人也。”二仙童闻言，谨遵师命。那大仙临行，又叮咛嘱咐道：“我那果子有数，只许与他两个，不得多费。”清风道：“开园时，大众共吃了两个，还有二十八个在树，不敢多费。”大仙道：“唐三藏虽是故人，须要防备他手下人罗唣，不可惊动他知。”二童领命讫，那大仙承众徒弟飞升，径朝天界。

相识五百年以后，镇元大仙还记得唐僧这位老朋友，而且嘱咐清风、明月两位童子好好招待。招待之物是两个人参果，很珍贵，一万年才能结三十个，因为当初见过一面就要给两个。

第三次是在第一百回，也就是最后一回“径回东土　五圣成真”，如来佛亲口说出他的来历：

> 圣僧，汝前世原是我之二徒，名唤金蝉子。因为汝不听说法，轻慢我之大教，故贬汝之真灵，转生东土。今喜皈依，秉我迦持，

又乘吾教，取去真经，甚有功果，加升大职正果，汝为旃檀功德佛。

释迦牟尼佛有十大弟子，他们都有某一个方面的长处。释迦牟尼的十大弟子的称谓，包含了以下三个方面：他的姓名，他的功绩，他的特长。这十大弟子是：摩诃迦叶头陀第一、目犍连神通第一、富楼那说法第一、舍利弗智慧第一、须菩提解空第一、阿难陀多闻第一、优波离持戒第一、阿那律天眼第一、迦旃延论义第一、罗睺罗密行第一。里头没有一个叫金蝉子的。

小说《西游记》的作者吴承恩，本人不是专业的佛教徒，他掌握的佛教知识与专业的佛教知识有差距，所以他写出来的作品，有一些错误也是正常的——只要这小说写得精彩就行了。

那么，吴承恩为什么非要说唐僧是金蝉子转世呢？难道金蝉子有什么由来吗？说对了，这金蝉子还真是有用意的。金蝉子，本身喻有“金蝉脱壳”之意，所以人们将脱壳变身的蝉作为长生、再生的象征，在《西游记》中就有了吃“唐僧肉”可以长生不老的说法。

此外，金为金刚，就像《金刚般若波罗蜜多心经》的金刚一样，出身高贵，能断一切法，能破一切障碍和烦恼，能成圣成佛。金还是西方的象征。蝉与禅谐音。子是古代卓有成就的圣人尊称，如孔子、老子、广成子、孙子、韩非子等。“金蝉子”这三个字体现了儒释道的高度融合，也正是因为有了这个缘分，唐僧才担负起到西天求取真经的重任。

另外，说“真经”，难道还有假经吗？这个真字既有真假的含义，也有佛法真正法传的意思，这就要从佛教的传播来谈。释迦牟尼佛祖涅槃后，如何让佛的正法真真实实地传播下去，成为弟子们必须面对的严重问题。传说佛祖涅槃后，某一天弟子阿难陀在竹林中漫步，忽然听到一位比丘在念诵偈语："若人生百岁，不见水潦鹤，不如生一日，而能得见之。"阿难陀一听，心中说糟了，这是哪位师父传授的？真是离题万里。阿难陀走过去，告诉那位比丘说，佛祖的意思是这样的："若人生百岁，不解生灭法，不如生一日，而得解了之。"那位比丘不得其解，回去问他师父。师父说你听我的就对了，那个阿难陀老来昏聩，肯定记错了。阿难陀也没有办法，幸得当时有一位德高望重的人，将错误纠正过来。阿难陀觉得这个问题很严重，释迦牟尼佛祖往生没多久，教义就出现了这么大的偏离，应该趁着他们这些弟子在世的时机，赶快将佛祖所说的大法记录整理才行。因此，就有了后来的佛教经典的结集。

据说，佛经最早是小乘佛教三藏结集，之后才形成了大乘三藏。小乘结集前后经历了四次，第一次还富有传奇色彩。原来，最初由弟子迦叶主持，汇聚了得道的五百位阿罗汉。当时，阿难陀还没有完全悟道，因此师兄拒绝让他参与。虽然阿难陀多闻第一，但并非多闻就能快速悟道。阿难陀经过一天一夜的刻苦参禅后，第二天早晨顿悟，赶上了结集的末班车。第一次结集时，先由优波离尊者背诵了佛家戒律，形成《律藏》，为一切戒律的根本。由阿难陀回忆佛祖的教法，形成《阿含经》，这是释迦牟尼成道后，最初对五比丘所授之法，其中包含了四圣谛、八正道、十二因缘等佛教最根本的教义，被认为是最接近原始佛学的佛典。

当时有很多弟子反对五百罗汉代表佛祖教法，他们另起炉灶汇集一起也进行了结集，便有了原始佛教上座部和大众部之分。简单说，就是精英佛教与大众佛教的分歧。尔后，小乘佛教陆续又举行了三次结集，每一次都很认真虔诚，反复核实校对，此佛经的流传非常契合释迦牟尼佛祖的本意。

在印度佛教史上，出现了一位著名的龙树菩萨，在他的努力下，建立了大乘佛教的教理和体系，而后佛教进入了大乘时代，影响到了今天。

佛教是怎么传入中国的呢？史料记载，东汉汉明帝有一天晚上睡觉做梦，梦见金人，找到手下一问，手下人说那是西方佛教。于是，汉明帝派遣大臣去西域求取佛法，这就是中国最早的西天取经。使者从西域请来了两位高僧，一个叫摄摩腾，一个叫竺法兰，请到洛阳之后，给他们建了白马寺，他们就在洛阳白马寺翻译佛经。后来经过历朝历代的翻译，到唐初的时候，中国的佛经已经非常之多了。

但这里有一个问题：所有的佛经，由原始佛经转译为西域文字，再从西域文字转译为汉语，有可能出现背离，所以后人在学习时会发现这些经文里面互相之间有矛盾，就很疑惑。说到这里，就能解释唐僧为什么需要取经了，他需要获取最原始的经书，而不是别人翻译过的，需要正本溯源。

《西游记》里不论是神仙还是妖怪，每个人都少不了一个非常重要的东西：法宝。唐僧取经，当然也需要法宝。那么唐僧作为师父，他手里有什么法宝呢？小说第八回“我佛造经传极乐　观音奉旨上长安”中，如来给观音菩萨五件法宝，除了金、紧、禁三个箍儿之外，命阿难陀、摩诃迦叶取出锦澜袈裟一领，九环锡杖一根，对菩萨说：

> 这袈裟、锡杖，可与那取经人亲用。若肯坚心来此，穿我的袈裟，免堕轮回；持我的锡杖，不遭毒害。

这里需要说明一点，锡杖和禅杖是两回事。禅杖是禅门之中，在坐禅时用以警睡之具。《释氏要览》中说：

> 禅杖竹苇为之，用物包一头。令下座垫行；坐禅昏睡，以软头点之。

也就是说，和尚打坐时间长了容易瞌睡，师父用禅杖敲头，不让他睡着。禅杖是用竹苇做的，不会敲痛，不像擀面杖那么粗，后来说禅杖，是泛指了。而且长度也有规定，“长八肘”，也就是成年人手腕到手肘的距离的八倍，换算下来，大约在 1.8 米到 2 米之间。

锡杖是僧人随身携带的用具，化缘之用。和尚出去化缘时，不能像乞丐一样大声喊：行行好吧！只能用此杖击地出声，请人出来，故又名声杖。既然要出声，质地一般会带有金属，所以称锡杖。锡杖原有三个目的：第一，驱逐野兽害虫；第二，做拐杖；第三，当武器保卫自己。所谓锡杖，一般上部用锡，中部用木，下部用牙或角制成。僧人持杖往外云游时叫作“飞锡”，住在某处叫作“留锡”或“挂锡”，外出布教时叫作“巡锡”。后来又在上面添加各种装饰，变得更加庄严。为什么给的是九环锡杖呢？九环寓意“九转还丹”，是内丹修炼的过程。当然，九不是一个成数，而是一个虚数，因为九在中国文化里代表阳的极数。

再说袈裟。袈裟是圣贤的标志，自古就是佛教所尊用的。一般袈裟的颜色或青，或黑，或木兰色，这三个是基本的颜色。但唐僧的袈裟非同一般，不仅颜色十分的华丽，而且功能非常强大，最直接的一个功效就是与九环锡杖配合，确保唐僧免堕轮回，不遭毒害，这是如来亲自说的。锦澜袈裟还有一个功能，就是能与佛祖沟通，信息共享，这也是书上说的，相当于我们现在的 GPS 定位导航，所以唐僧遇难之时总有人能够及时到场保护。锦襕袈裟的第三个功能，是证明唐僧的特殊身份，是如来佛祖的人。

以上这几样宝贝都是神仙送的。对于唐僧来讲，还有一个法宝至关重要，就是唐王李世民送给唐僧的紫金钵盂。钵是比丘盛饭的东西，它有三个用处：一是色相应，钵要灰黑色，令人不起私心杂念。二是体相应，钵体粗制，使人不起贪念。三是大小，不要过多吃饭，别人赏你一口是一口，不能没完没了。唐僧虽然有这个紫金钵盂，但是真正用到的时候没有几次，因为有孙悟空在，紫金钵盂在整个取经路上的用处不大。

紫金钵盂在哪儿派上用场的呢？只有以下两次：第一次在女儿国的女儿河上，唐僧和猪八戒一人喝了一钵水，结果唐僧和猪八戒都怀孕了。第二次更让人啼笑皆非，师徒一行走到了西天，要取经书，管经文的阿难陀却百般刁难，不得已，唐僧把紫金钵盂拿出来行贿于他，这才取得真经。通过这一点，我们知道，在求取真经的过程中，紫金钵盂做出了最关键的贡献，如果没有它，孙悟空再怎么神勇也是白搭。所以说，还是吃饭的家伙管用，铁饭碗、金饭碗，不如一个紫金饭碗！

其实唐僧手上的这些法宝都不重要，最重要的是通关文牒。通关文牒就相当于我们现在的护照，有了它才能畅行无阻。在整个《西游记》中，通关文牒非常重要，无论走到哪个国家，第一件大事儿，都是互换关文。更重要的是，在真假美猴王那集，六耳猕猴什么都会做，他自己能变出假孙悟空、假唐僧、假猪八戒，也能变出假的白马和锡杖等，就是没有文牒。他为什么要抢唐僧呢？就是为了抢通关文牒，否则他什么事都做不了。

关于唐僧取经需要的法宝就讲到这儿，下一篇讲一讲令人抓狂的唐玄奘。

唐僧取经法宝——九环锡杖

锡杖是僧人随身携带的用具，化缘之用。和尚出去化缘时，不能像乞丐一样大声喊：行行好吧！只能用此杖击地出声，请人出来，故又名声杖。既然要出声，质地一般会带有金属，所以称锡杖。锡杖原有三个目的：第一，驱逐野兽害虫；第二，做拐杖；第三，当武器保卫自己。

14

纪 连 海 说 西 游

拾肆

令人抓狂的唐僧

本篇我们说说令人抓狂的唐僧。唐僧令人抓狂？这是什么意思？就是根据唐僧这个人的特点给他总结的一个词——令人抓狂。

唐僧这个人其实很有魅力，前面我们说过他语言天赋特别好，这里我们再说说他的相貌特征、脾气秉性等。关于他的相貌和性格，有五个关键词。

第一个关键词：精致。我们从两个方面来说。

第一，历史上的玄奘是一个什么样的人？根据他的弟子记载所说：

> 法师形长七尺余，身赤白色。眉目疏朗，端严若神，美丽如画，音词清远，言谈雅亮，听者无厌。或处徒众，或对嘉宾，一坐半朝，身不倾动……行步雍容。直前而视，辄不顾盼。

“赤白色”是什么颜色？就是那种夏天怎么晒也晒不黑，顶多能晒红一点的肤色。还有“眉目疏朗，端严若神，美丽如画”，把这几个词放到一个男人身上，绝对是美男子一枚。玄奘的声音是“音词清远，言谈雅亮，听者无厌”。经文本来就是晦涩难懂的，如果讲经的人声音不好听，很容易让人睡着。玄奘的优点是长相帅，让人看着特别喜欢，声音也好听。所以玄奘已经超越了小鲜肉、暖男的级别，完全可以称得上当时佛教界的亚洲一哥。这是历史上的玄奘。

在小说《西游记》中唐僧的长相就更好了，典型的例子在第五十四回，女儿国国王第一次见到唐僧的时候，是这样描述的：

> 丰姿英伟，相貌轩昂。齿白如银砌，唇红口四方。顶平额阔天仓满，目秀眉清地阁长。两耳有轮真杰士，一身不俗是才郎。好个妙龄聪俊风流子，堪配西梁窈窕娘。

这是女儿国国王眼里看到的，再看看国王当时的反应：

> 女王看到那心欢意美之处，不觉淫情汲汲，爱欲恣恣，展放樱桃小口，呼道："大唐御弟，还不来占凤乘鸾也？"三藏闻言，耳红面赤，羞答答不敢抬头。

女儿国国王是个典型的花痴形象。不过，也怪唐僧太有魅力了。正因为有如此的魅力，现实中的玄奘去世的时候，方圆五百里将近上百万的人都来送葬，夜里露宿在他墓旁为他守灵的就有两三万人。距我们现在1300多年前去世的一个大和尚，每天夜里有两三万人为他守灵，接近一百万人为他送葬，真可谓领袖级别。

《西游记》小说、影视剧中的唐僧和现实中的玄奘，两个人除了在相貌上比较相近，在其他方面还是有很大差别的。差别最大的一点是取经的合法性。在历史上，任何一个朝代的人民，都是不允许随便出境的。玄奘最初要去印度取经，申请了好几次“过所”——就是护照——都没有被批准。最后怎么出去的呢？贞观三年（公元627年）长安闹灾，朝廷允许百姓自谋出路，玄奘混入灾民中间才得以出关——也就是说，玄奘是偷渡出去的。小说中唐僧是由唐王亲自奉上通关文牒，还批给他一匹白马、两个随从，光明正大送出去的。其次是玄奘这一路上，有跟他拜把子做兄弟的，却没有像唐僧一样被逼婚。

第二个关键词是：唠叨。

说到唐僧的唠叨，有一段故事，妖怪把他的马吃了，之后他坐在那哭，一边哭一边说：

> “既是他吃了（马），我如何前进！可怜啊！这万水千山，怎生走得！”说着话，泪如雨落。行者见他哭将起来，他哪里忍得住暴躁，发声喊道：“师父莫要这等脓包行么！你坐着，坐着！等老孙去寻着那厮，教他还我马匹便了。”三藏却才扯住道：“徒弟啊，你哪里去寻他？只怕他暗地里撺将出来，却不又连我都害了？那时节人马两亡，怎生是好！”行者闻得这话，越加嗔怒，就叫喊如雷道：“你忒不济，不济！又要马骑，又不放我去，似这般看着行李，坐到老罢！”

另外在电影《大话西游》中还有一个最经典的桥段，就是“Only You”那段，罗家英扮演的唐僧唠唠叨叨，惹得孙悟空崩溃。

《西游记》中的唐僧确确实实就是这么写的，连原著的作者吴承恩都用“絮絮叨叨”四个字来形容唐僧。具体的例子太多了，第二十七回“尸魔三戏唐三藏　圣僧恨逐美猴王”中，唐僧要悟空化缘，因为悟空说了一句，这个地方前不着村后不着店的，有钱我也没处给您弄饭去，唐僧就从五行山下救悟空开始说起，先说他不努力，又说他懒惰，骂得悟空连连告饶。原文说：

> 三藏道：“悟空，我这一日，肚中饥了，你去那里化些斋吃。”行者赔笑道：“师父好不聪明。这等半山之中，前不巴村，后不着店，有钱也没买处，教往哪里寻斋？”三藏心中不快，口里骂道：“你这猴子！想你在两界山，被如来压在石匣之内，口能言，足不能行，也亏我救你性命，摩顶受戒，做了我的徒弟。怎么不肯努力，常怀懒惰之心！”行者道：“弟子亦颇殷勤，何尝懒惰？”三藏道：“你既殷勤，何不化斋我吃？我肚饥怎行？况此地山岚瘴气，怎么得上雷音？”

接下来说第三个关键词：刻薄。

也是第二十七回，三打白骨精的桥段。白骨精是唐僧收了沙僧做徒弟之后遇到的第一个妖怪。这个时候，孙悟空、猪八戒、沙和尚、白龙马和唐僧，取经团队所有成员已经齐备，唐僧认为此时自己要马有马，要徒弟有徒弟，猪八戒和沙和尚本事也都不错，孙悟空就不那么重要了。

在唐僧看来孙悟空不如猪八戒和沙和尚那样听话，本领又太高，功劳容易被孙悟空占完，显不出来他自己了。唐僧对孙悟空开始有了羡慕嫉妒恨和厌烦的心理，要故意刁难，过河拆桥了。

还是前面唐僧要悟空化缘那一段，把唐僧的刻薄和心胸狭窄写得淋漓尽致，把孙悟空的无奈和小心写得十分动人。穷山恶水之中，狼虫出没之时，“正行到嵯峨之处”，唐僧却让孙悟空去寻找斋饭，孙悟空稍稍辩解一句，唐僧就破口大骂外加揭短。书中说：

只见那行者自南山顶上，摘了几个桃子，托着钵盂，一筋斗，点将回来，睁火眼金睛观看，认得那女子是个妖精，放下钵盂，掣铁棒，当头就打。唬得个长老用手扯住道：“悟空！你走将来打谁？”行者道：“师父，你面前这个女子，莫当作个好人。她是个妖精，要来骗你哩。”三藏道：“你这猴头，当时倒也有些眼力，今日如何乱道！这女菩萨有此善心，将这饭要斋我等，你怎么说她是个妖精？”

唐僧哪里肯信，只说这是个好人，很伤孙悟空的心，因为孙悟空从来没有说过谎话，以前唐僧相信孙悟空的话，现在反而不信了。他说：“你这猴头，当时倒也有些眼力，今日如何乱道！这女菩萨有此善心，将这饭要斋我等，

你怎么说她是个妖精？”意思就是，你以为当初就你看得出来，别人就看不出来吗？此时在唐僧的眼里，猪八戒和沙和尚两人加一块，怎么也能抵得上一个孙悟空，唐僧觉得孙悟空已经是可有可无之人，对其不满意了。他觉得孙悟空这个人能力太强，做得太出彩，文武心机都很出色，是完人，而自己这个师父很明显被他比下去了，内心泛起了羡慕嫉妒恨。说唐僧对孙悟空羡慕嫉妒恨，会不会冤枉了唐僧？不是。孙悟空第三次打白骨精的时候，唐僧要赶他走，原文是这么写的：

> 行者道：“师父错怪了我也。这厮分明是个妖魔，他实有心害你。我倒打死他，替你除了害，你却不认得，反信了那呆子谗言冷语，屡次逐我。常言道，事不过三。我若不去，真是个下流无耻之徒。我去！我去！去便罢了，只是你手下无人。”唐僧发怒道：“这泼猴越发无礼！看起来，只你是人，那悟能、悟净，就不是人？”

唐僧的意思是：就你能，别人都不能？一句话暴露了本意，所以孙悟空凄凄惨惨地说道：

> 苦啊！你那时节，出了长安，有刘伯钦送你上路；到两界山，救我出来，投拜你为师，我曾穿古洞，入深林，擒魔捉怪，收八戒，得沙僧，吃尽千辛万苦。今日昧着惺惺使糊涂，只教我回去：这才是鸟尽弓藏，兔死狗烹！罢罢罢！但只是多了那《紧箍儿咒》。

没辙了，孙悟空，走吧。

我们再往后看，唐僧丢袈裟那一集，观音院失火，袈裟不见了之后，唐僧不去找正主，反而把责任推到孙悟空身上，让他去找回来，发狠地说道：

> 我不管你！但是有些儿损伤，我只把那话儿念动念动，你就是死了！

五庄观那一回，镇元大仙不依不饶，孙悟空承诺三天找到让人参果树起死回生的办法。唐僧又说道：

> 若三日之外不来，我就念那话儿了。

再一回，师徒四人途经西梁女国，误喝了了母河的水，唐僧和八戒腹痛成胎，孙悟空前去求取落胎泉水，唐僧却责怪孙悟空将他和八戒两个生病的留下，无人照看。

第五十七回孙悟空打杀了强盗，唐僧赶走了孙悟空，还自私地说道：

> 你这猢狲杀生害命，连累了我多少。

更有甚者，唐僧还说下大话：就是孙悟空回来，也再不用他。唐僧简直就是一个只记自己好，不记别人好的刻薄小人。

第四个关键词：胆小。

《西游记》小说中写到了很多唐僧胆小的情节。吴承恩说唐僧一旦摊上事儿害怕起来，不是泪如雨下，就是好似雷惊的孩子，或者像雨淋的蛤蟆，只是呆呆怔怔翻白眼。后面多少回，一遇到妖怪或者出什么状况，不是栽跟头，就是大呼救命，哪有点圣僧的形象。

最后一个关键词：多疑。

唐僧最矛盾，一方面认死理儿，只要他认为你不是妖怪，九头牛也拉不回来。比如信白骨精，白骨精是好人，怎么变都是好人，但是他也知道这地方出妖怪，走到一个地方一看，山这么高，肯定有妖怪，便吩咐悟空：你赶紧给我查，我觉得有妖怪。看到大山峻岭，又说：你赶紧给我看看这儿有没有妖怪。反倒是孙悟空经常劝他，师父，您别瞎想，有我在没事。

唐僧作为一个团队的领导，应当有让手下人信服自己的气质和度量，而不是借助于某种挟持的手段，动不动就"我念个咒，我念死你"，或者"我把你赶走"。这都不是一个领导该有的做派。"用人不疑，疑人不用"很重要，尤其在团队里面。唐僧取经，取的其实是得学会信任自己的团队，但是唐僧一开始完全做不到，各种所作所为真的是让人抓狂，让团队里的人抓狂，更让读者观众抓狂。

小说中的人物跟真实中的人物是有区别的，真实中的玄奘是一个历史形象，小说中的唐僧是一个文学形象，历史的形象可以是完美无缺的，而小说中塑造的人物绝对不可以完美无缺。正是因为如此，我们便能理解为什么在小说中唐僧如此不堪，如此让人抓狂，这是一种写作手法。

关于令人抓狂的唐僧就说到这儿，下一篇再说说观音禅院里的金池长老。

令人头疼的紧箍咒

孙悟空凄凄惨惨地说道："苦啊！你那时节，出了长安，有刘伯钦送你上路；到两界山，救我出来，投拜你为师，我曾穿古洞，入深林，擒魔捉怪，收八戒，得沙僧，吃尽千辛万苦。今日昧着惺惺使糊涂，只教我回去：这才是鸟尽弓藏，兔死狗烹！罢罢罢！但只是多了那《紧箍儿咒》。"

15 拾伍

观音禅院的金池长老

前面讲完了《西游记》中的两大男主角，男一号孙悟空，男二号唐僧。从本篇开始，我们进入配角环节。首先说说观音禅院的金池长老，他是两大主角取经路上遇到的第一个妖怪。

话说唐僧在五行山下收了悟空之后不久，师徒二人大概行有两个月的太平之路，遇到的都是些普通的妖怪，没什么厉害的，就这样悄然来到一座宏伟的寺院，“楼台影影，殿阁沉沉”。这个寺院叫作观音禅院，顾名思义，观音菩萨的主场，专门为观音外出办事，私人定制的一个会所。

观音禅院的主持和尚法名金池长老，是一位得道高僧。他在孙悟空面前吹牛“老衲痴长270多岁”，说自己年龄大，真是班门弄斧。想想看，五庄观两个小不点门童清风和明月，清风1320岁，明月1200岁。孙悟空一听，你还痴长了270岁，我在五行山下都压了500年了，这不是我的徒子徒孙嘛。当然，这不是重点，重点是后面发生的事。

《西游记》中有好多妖怪，多是以道士的身份出场，而且在遇到唐僧师徒之前混得据说都还不错。但是，再心细一点就会发现，《西游记》里不光有坏的道士，也有坏的和尚，这第一个出场的坏人就是个和尚，而这和尚就是金池长老。

第一，先说说他的打扮和容貌。从原文看，这个 270 岁的老头儿，穿什么戴什么呢：

> 头上戴一顶毗卢方帽，猫睛石的宝顶光辉；身上穿一领锦绒褊衫，翡翠毛的金边晃亮。一对僧鞋攒八宝，一根拄杖嵌云星。满面皱痕，好似骊山老母；一双昏眼，却如东海龙君。口不关风因齿落，腰驼背屈为筋挛。

戴的帽子上面亮晃晃的，身上穿的衣服明晃晃的，鞋和拐杖也是亮堂堂的，这就是一个一身珠光宝气的臭美老头儿。

第二，再说他的做派。金池长老十来岁就出家当了和尚，已经修行了 260 余年，作为一个佛门弟子，他对佛法并不关注，只向妖精学习修炼之法，原文说：

> 只因那黑大王修成人道，常来寺里与我师父讲经，他传了我师父些养神服气之术，故以朋友相称。

由此可见，这是一个离经叛道的人。

第三，再说他的习性。金池长老凭着多吃了几年的饭，在业界有了地位，有了地位就开始寻思玩点高雅的玩意儿，比如说搞收藏。他为一件袈裟，动了杀人之念。

中国历史上的收藏，始于两宋之交，中国历史上最有名的收藏大家是李清照和她的丈夫赵明诚，这对夫妇开创了中国收藏界的新时代。我有时参与录制一些收藏的电视节目，有一次遇到一个人，他收藏了一块石头。石头上有四个人物和一匹马，栩栩如生，专家鉴定说这块石头值两百万。一块普通石头而已，对于不懂行、不爱好收藏的人，这石头一文不值，搞收藏的人互相往多说，到了价值连城的两百万。有人愿卖，有人愿买。金池长老也热衷于收藏，他收藏的是什么呢？袈裟。原文中说：

> 在此处做了二百五六十年和尚，（收藏的袈裟）足有七八百件……抬出十二柜，放在天井中，开了锁，两边设下衣架，四围牵了绳子，将袈裟一件件抖开挂起……满堂绮绣，四壁绫罗。

孙悟空争强好胜，于是撺掇他师父：您把您那袈裟也拿出来显摆，秀一秀。唐僧不愿意。在这一点上，唐僧表现出了得道高僧的风范。以后孙悟空还得跟着去取经，唐僧就给他讲了一番大道理：

> 古人有云："珍奇玩好之物，不可使见贪婪奸伪之人。"倘若一经入目，必动其心；既动其心，必生其计。

虽然唐僧在取经的路上废话说了一箩筐，但是这两句是实实在在地做人的道理，说的是做人要有一些规矩，要有一些方圆，什么意思呢？第一，做人要低调，尤其是有钱的、有权的，你高调炫富，说不定哪天就把贼人招上来。第二，人心是最难保质的东西，在利益面前，很多人都会变质。第三，幸福感的缺失源于收益不均，这就是我们中国人的一个特点：中国人不怕穷，怕不均。别人没有，我也没有，挺好；别人有我也有，也挺好。怕的是我有别人没有，别人就恨；别人有我没有，我就有落差。有无之间，价值落差越大，矛盾就越尖锐。

《西游记》这段告诉了我们一个真经：别在朋友面前炫富，别在朋友面前炫富，别在朋友面前炫富。重要的事说三遍。可惜唐僧执拗不过孙悟空，只得把袈裟拿了出来。唐僧该坚持的时候不坚持，该妥协的时候又固执得要命。

接着说袈裟，这袈裟是如来佛祖送给观音的五件宝贝之一，叫锦襕袈裟。

> 这袈裟，龙披一缕，免大鹏蚕噬之灾；鹤挂一丝，得超凡入圣之妙。但坐处，有万神朝礼；凡举动，有七佛随身。
>
> 这袈裟是冰蚕造练抽丝，巧匠翻腾为线。仙娥织就，神女机成。方方簇幅绣花缝，片片相帮堆锦筘。玲珑散碎斗妆花，色亮飘光喷宝艳。穿上满身红雾绕，脱来一段彩云飞。三天门外透玄光，五岳山前生宝气。重重嵌就西番莲，灼灼悬珠星斗象。四角上有夜明珠，攒顶间一颗祖母绿。虽无全照原本体，也有生光八宝攒。
>
> 这袈裟，闲时折迭，遇圣才穿。闲时折迭，千层包裹透虹霓；遇圣才穿，惊动诸天神鬼怕。上边有如意珠、摩尼珠、辟尘珠、定风珠；又有那红玛瑙、紫珊瑚、夜明珠、舍利子。偷月沁白，与日争红。条条仙气盈空，朵朵祥光捧圣。条条仙气盈空，照彻

金池长老觊觎袈裟

锦襕袈裟一抖搂出来，金池长老心中暗表，我这一辈子白活了。绝望和贪婪，正如滔滔洪水一般，淹没了他的本性。金池长老也活了270多岁，他怎么不想说服自己？镇静，镇静，镇静，淡定，淡定，淡定，重要的话要说三遍。可这个时候说三十遍、三百遍都没用了。他完全控制不住，设计让唐僧把这件袈裟借给他，拿到屋子里看。

了天关；朵朵祥光捧圣，影遍了世界。照山川，惊虎豹；影海岛，动鱼龙。沿边两道销金锁，叩领连环白玉琮。

锦襕袈裟非常豪华，令金池长老毕生的收藏都黯然失色，真是蓬荜瞬间生辉。锦襕袈裟一抖搂出来，金池长老心中暗表，我这一辈子白活了。绝望和贪婪，正如滔滔洪水一般，淹没了他的本性。金池长老也活了二百七十多岁，他怎么不想说服自己？镇静，镇静，镇静，淡定，淡定，淡定，重要的话要说三遍。可这个时候说三十遍、三百遍都没用了。他完全控制不住，设计让唐僧把这件袈裟借给他，拿到屋子里看。而他拿进去连看都不看，只能去哭：

却说那和尚把袈裟骗到手，拿到后房灯下，对袈裟号啕痛哭，慌得那本寺僧，不敢先睡。小幸童也不知为何，却去报与众僧道："公公哭到二更时候，还不歇声。"有两个徒孙，是他心爱之人，上前问道："师父，你哭怎的？"老僧道："我哭无缘，看不得唐僧宝贝！"小和尚道："公公年纪高大，发过了。他的袈裟，放在你面前，你只消解开看便罢了，何须痛哭？"老僧道："看的不长久。我今年二百七十岁，空挣了几百件袈裟。怎么得有他这一件？怎么得做个唐僧？"

收藏本身很好，见着喜欢的东西，花钱买来便是。但是明知不可为而为之，明知道这件东西不可能是自己的，还非得想要，就叫贪了，没有底线了。干脆脸不要了，脸都不要了，还要命干吗？

金池长老震怒了，只要得到了，死也瞑目，重要的事情再次说三遍：我要，我要，我要。这个时候怎么办？坏人身边坏人多，两个小和尚一个叫广智，一个叫广谋，智谋很广，给他出了主意。也别一哭二闹三上吊了，不就想要吗？简单，放火把家一烧，我们往旁边一躲，把他们都烧死，锦襕袈裟据说是避火的，这不就结了吗？为了一件袈裟，金池长老不惜纵容属下放火烧了观音禅院，可见这个人的贪婪，可见这个人的心性。

僧人放火意图把这几个人烧死，但是孙悟空精明得很，上天借了一个避火罩，保着唐僧睡个安稳觉，在大风起时又借势烧了大半个观音禅院，将计就计，以欺人之道还治其人之身。第二天金池长老睁眼一看，唐僧师徒活着，自己的庙没了，自觉无颜，撞壁而亡。金池长老死得应不应该？应该。一是贪婪无底线，二是观音菩萨的禅院，烧了没法交代，撞壁而亡算是死有余辜。

以前的妖精，都是孙悟空不管三七二十一打死的，这次为什么要让金池长老自杀呢？看来孙悟空也逐渐上了道，取经不能动辄打打杀杀。孙悟空在取经路上很有进步。同时，不管你是和尚也好，老道也好，修炼的是心性，如果心性不好，都不会有一个好的结果。既然当了和尚、老道，心就得正。

《西游记》这本书的第一个坏人是一个和尚，还恰好让唐僧师徒给撞见了。看来哪一堆人里都有好人，哪一堆人里也都有坏人，需要我们睁大一双慧眼。

关于观音禅院的金池长老就讲到这儿，下一篇说说金池长老的好朋友，可爱的黑熊怪。

黑熊怪坐收渔翁之利

黑熊怪本来是好心想救火的，只不过是到达火灾现场的时候，发现了以下三个问题：第一个问题，看到了唐僧的袈裟；第二个问题，看到了有人在助风；第三个问题，看到了这些和尚们救火，没有性命危险。黑熊怪想到，他们这火是故意被人点着的，正所谓腾笼换鸟之计。那就不管了，于是顺了袈裟走人。

16 拾陆

可爱的黑熊怪

上一篇讲了观音禅院里的金池长老，本篇我们接着说说他的好朋友，小说里最可爱的妖怪——黑熊怪。

黑熊怪的故事在《西游记》中的第十六回“观音院僧谋宝贝　黑风山怪窃袈裟”。在《西游记》的妖精体系中，黑熊怪是孙悟空加入取经团队之后碰到的第一个对手，同时这也是一位非主流的妖精，非常值得我们去品读。

在小说《西游记》中，绝大部分妖怪都是冲着唐僧去的，而且冲的是唐僧的肉，甚至可以说整部《西游记》是一块肉引起的故事。也有个别的女妖精是冲着唐僧这个人去的。唐僧肉也好，唐僧这个人也罢，其实都是一种贪念在作祟：冲着唐僧肉的，是长生不老的欲望；冲着唐僧人的，是占有美色的欲望。但是黑熊怪怪异得很，两者都不是。黑熊怪是看中了唐僧取经团队的财产，是金钱的欲望在作祟。

上一篇，我们说到观音禅院金池长老看中了唐僧的宝贝袈裟，见财起意，他想一把火把唐僧师徒几人烧死。没想到孙悟空不是省油的灯，借了一个避火罩，将唐僧罩住，然后还扇了一阵风，火烧观音禅院。黑熊怪作为金池长老的好朋友，岂能坐视不管？张嘴说道：

> 呀！这必是观音院里失了火，这些和尚好不小心！我看时，与他救一救来。

黑熊怪本来是好心想救火的，只不过是到达火灾现场的时候，发现了以下三个问题：第一个问题，看到了唐僧的袈裟；第二个问题，看到了有人在助风；第三个问题，看到了这些和尚们救火，没有性命危险。黑熊怪想到，他们这火是故意被人点着的，正所谓腾笼换鸟之计。那就不管了，于是顺了袈裟走人。

说黑熊怪偷袈裟，这不符合事实。因为黑熊怪顺走了袈裟之后，准备开个佛衣会，他还给金池长老发了请柬。从金池那里拿的，又告诉金池我要开个佛衣会。由此看来，在黑熊怪自己心目中，他没觉得这是偷，觉得这袈裟是捡来的。他还准备开个展览，看来是个文化人。接下来我们会讲到这老黑还真是个文化人，妖也不可貌相。借用句古话：文化人的事怎么能叫“偷”呢？

黑熊怪到底是个怎样的妖精？这个妖精究竟可爱在哪里呢？

书中对黑熊怪外貌的描述很少，只说了他的打扮，长相就是一个黑汉，原文有一首诗：

> 碗子铁盔火漆光，乌金铠甲亮辉煌。皂罗袍罩风兜袖，黑绿

丝绦穗长。手执黑缨枪一杆，足踏乌皮靴一双。眼幌金睛如掣电，正是山中黑风王。

看来黑熊怪生得十分威猛，并且武艺高强。虽然长得不是很英俊，但是有了人形，这对于男妖精来说不容易。

再看黑熊怪这个人，很讲究生活格调。书中曾经介绍：

这观音院正南二十里远近，有座黑风山，山中有一个黑风洞。

洞中有一个妖精，名字叫作黑大王。观音院金池长老常常与这个黑大王讲道。

黑熊怪手里头有好几个朋友：一个朋友叫凌虚子，是苍狼变的，虽然武力平平，但是也是一位得道之人，还会自己炼制仙丹。黑熊怪交了一个会炼丹的朋友，想想也很了不起。

再说这黑熊怪住的地方——黑风山，原文是这样描写的：

万壑争流，千崖竞秀。鸟啼人不见，花落树犹香。雨过天连青壁润，风来松卷翠屏张。山草发，野花开，悬崖峭嶂；薜萝生，佳木丽，峻岭平岗。不遇幽人，那寻樵子？涧边双鹤饮，石上野猿狂。矗矗堆螺排黛色，巍巍拥翠弄岚光。

他的住所用人间胜景来形容毫不为过。黑熊怪的住地虽叫黑风山，听起来又俗又可怕，很容易使人联想到“月黑风高杀人夜”这样的凶险事情。但事实上，这却“是座好山”，简直就是个旅游胜地，住得很有品位。孙悟空这个对情调没感觉的人，不知道审美的人，一进来也觉得这地方美极了。

再看他住的洞府，原文这样写：

烟霞渺渺，松柏森森。烟霞渺渺采盈门，松柏森森青绕户。桥踏枯槎木，峰巅绕薜萝。鸟衔红蕊来云壑，鹿践芳丛上石台。那门前时催花发，风送花香。临堤绿柳转黄鹂，傍岸夭桃翻粉蝶。虽然旷野不堪夸，却赛蓬莱山下景。

黑熊怪选了个世外桃源住啊！再看他洞里面的布置，更能显出他的文艺气质。

天井中：

松篁交翠，桃李争妍，丛丛花发，簇簇兰香。

二门上，有一联对子，写着：

静隐深山无俗虑，幽居仙洞乐天真。

三层门里，都是些画栋雕梁，明窗彩户。

一头丑陋的黑熊怪，把自己的房间布置得跟女子的闺房似的，说明他不但品味不错，还有一定的家装设计功底，就连孙悟空见了都说：

是个脱垢离尘、知命的怪物。

甚至端庄的观音菩萨也说：

这孽畜占了这座山洞，却是也有些道分。

黑熊怪是不是有什么洁癖，有点像个“文艺男青年”。正因如此，黑熊怪的下场才能很不错。《西游记》中所有没背景的妖怪都被打死了，所有有背景的妖怪都活下来了。而黑熊怪是唯一的一位没有背景却结局很好的。这一点很不容易，居住环境虽只是一个外因，但从这个外因里我们能进一步探到黑熊怪的生活本真。

再说说黑熊怪的性情。他呼朋唤友，游山玩水，坐而论道，他的朋友圈子也很别致，都是一些有文化的人。观音禅院的金池长老是资深的收藏家，他都能够与其进行知识交流。这老黑虽出生在草莽，但是喜欢舞文弄墨，还关心国家大事，喜欢高谈阔论，口才也很好。书中有三处细节可以看出来。

第一个，书中写孙悟空找上门的时候，他正和两个朋友聊天，讲的是：

立鼎安炉，抟砂练汞，白雪黄芽，旁门外道。

可见黑熊怪是信奉道教的，并且很热爱学习，经常跟朋友交流探讨。而他在邀请朋友赴宴的时候，用的是“后日是我母难之日”。一个妖怪把自己的生日说成是母难之日，不单单是有文化，还很孝顺。

第二个，黑熊怪和孙悟空打架的时候，第一次见面双方互通姓名，孙悟空知道，自己被压在五行山下五百年了，外面的世界已经不是当年自己了解的那个世界，所以来了一个长篇的自我介绍，如何出生、如何学道、如何龙宫抢宝、如何大闹天宫，履历说了上千字，结果黑熊怪就说了一句话：

你原来是那闹天宫的弼马温么？

黑熊怪直接说出了重点。意思是：你说这些都有用吗？你那阵子牛气哄哄、牛气冲天，怎么现在保了一个傻和尚往西天取经去了？紧接着，双方对打。打架也打得很有意思，第一次打得十分激烈，不分胜负，黑熊怪便举枪架住铁棒道：

孙行者，我两个且收兵，等我进了膳来，再与你独斗。

黑熊怪居然要先回山洞“进膳”，还真是有生活规律，绝不加班。

第二天再来接着打，又是十分激烈，又是不分胜负，天又晚了，红日西沉，黑熊怪又说话了：

姓孙的，你且住了手。今日天晚，不好相持。你去，你去！

待明早来，与你定个死活。

孙悟空气坏了，叫道：

> 儿子莫走！要战便像个战的，不可以天晚相推。

此时的黑熊怪说，我不是个战的，我回家吃饭，吃完饭睡觉。

双方打到最后，孙悟空找观音菩萨搬救兵。观音菩萨说道：

> 那怪物有许多神通，却也不亚于你。

到最后，观音菩萨手上的三个箍，一个紧箍给了孙悟空，一个金箍后来给了牛魔王的儿子，剩下的那个禁箍给了黑熊怪。一个没有背景的妖怪，就是因为找了一个好地方，一个好山好洞，交了几个好朋友，有一个收藏的爱好，每天谈经论道，不杀人不放火，让观音菩萨喜欢了。最终被观音菩萨拿了一个禁箍套在他头上，收服了。

第三个，有一个细节是他请老朋友金池长老的时候，并没有派小妖直接去请，而是专门写了请帖，写得真是文采斐然，帖子是这么写的：

> 侍生熊罴顿首拜，启上大阐金池老上人丹房：屡承佳惠，感激渊深，夜观回禄之难，有失救护，谅仙机必无他害。生偶得佛衣一件，欲作雅会，谨具花酌，奉扳清赏。至期，千启仙驾过临一叙是荷。先二日具。

这请帖哪里像是一个妖怪写的，分明是个饱读诗书的读书人，对收藏也有鉴赏能力。他见到袈裟，第一反应就是解开一看，见是一领锦襴袈裟，乃是佛门之异宝，很专业；而且张嘴一个花梨木匣，可见他的收藏是有品位的，是有品级的。所以这黑熊怪的性情，也值得我们思考思考。

孙悟空讲：我想这桩事都是观音菩萨惹的，她有这个禅院在此，受了这里人的香火，又容那妖精临住。黑熊怪也混出来了，混到了在高干住宅区住。所以黑熊怪在小说里也罢，在真实的场景里也罢，那都是有身份、有地位的人。

总结一下，黑熊怪如果不是偶然救火，如果不是偶然看到了这件袈裟，如果不是在看到袈裟之后便顺走了，可能他还是那么低调地，在黑风山上悠闲地过着自己的小日子，隔三岔五，三朋五友，潜心论道。黑熊怪知道，最能保护自己的就是低调的生活，人越高调，死得越早。当然，低调了半天因为偶然顺走了一件袈裟，被观音收了去，结局还不错。如果不顺那件袈裟，当然一切都没有如果。但是我们读书的时候，就会想到这些问题，如果不顺走那件袈裟就没有这段因缘际会，可能黑熊怪和他的子子孙孙仍然在那儿很好地生活着。做人什么事都得想全了，想好了再做。

关于最可爱的黑熊怪就先说到这儿，下一篇我们说说猪八戒的前世今生。

17 拾柒

猪八戒的前世今生

本篇说一说猪八戒的前世今生。看过《西游记》的朋友们都清楚，猪八戒是其中一个非常重要的角色，为什么？因为没他不热闹。

猪八戒又名猪刚鬣，法号悟能，诨名八戒，唐僧的二徒弟，会三十六天罡变化，持的武器是太上老君所造、玉皇大帝钦赐的上宝沁金耙，通常称为九齿钉耙。在《西游记》中猪八戒的前世是天蓬元帅，那我们首先讲讲天蓬元帅到底是个什么官？

这个名头听着响亮，实际上也就相当于某某生产建设兵团司令员这样的一个角色。很简单，因为他的兵器是耙子。耙子是什么功能？一个就是耧耧地，另一个就是清理河沟里的水草淤泥等。所以这个某某生产建设兵团司令员，很有可能还兼任天河两岸的城管工作。一不留神往这天河里面扔点东西，他就得负责捞出来。小说中没有交代天蓬元帅的薪级、职务、工资、坐骑、手下秘书、车补、房补，我们也不好判断。但天蓬元帅绝不仅仅是一个生产建设兵团司令员，为什么？想想看，太上老君在《西游记》里绝对是一顶一的角色，上好的东西都是他这里造出来的。太上老君能够亲自给天蓬元帅打造兵器，就是在告诉读者，天蓬元帅不是一般人。另外，王母娘娘的蟠桃盛会，天蓬元帅是被邀请在场的，孙悟空没在场。天蓬元帅绝对是天庭军队高层极为少数的成员之一。

如果非要说天蓬元帅还要主管天庭的水军，是天庭的海军司令，有点站不住脚。比较靠谱的解释，天蓬元帅很有可能是天庭的后勤部队的指挥官，位置重要，待遇不低，地位也高，武艺一般。这些都是天蓬元帅的特点。

在《西游记》中天蓬元帅是一个角色，在历史上天蓬元帅是有渊源的。明朝初年，有一本道家典籍，叫《道法会元》，记载：

北斗九宸，应化分精，而为九神也。九神者，天蓬、天任、天衡、天辅、天英、天内、天柱、天心、天禽也。

这里面说天上的北斗区域，有九个神在主宰，叫作北斗九辰。北斗九辰化为九神：天蓬、天任、天衡、天辅、天英、天内、天柱、天心、天禽。在这九个神中，天蓬排在第一位，为北斗九辰的守神，主管四时八节和阴阳造化。四时：春夏秋冬；八节：立春、春分、立夏、夏至、立秋、秋分、立冬、冬至。

后来，天蓬进一步演变，成了道家修炼内丹过程的一个存思之神，而且形象非常高大——天蓬大将双手抱于胸前，身披金甲，面容英俊，其形象和善可亲，乃人体脑部泥丸君的化身。天蓬元帅不仅可以养护身心，亦是辟鬼驱邪的猛将，所以又演化为道教中最重要的一位护法神，他有很多神通，像天蓬咒、天蓬符、天蓬印、天蓬钟、天蓬神尺、天蓬大法等，威力甚大。这是在唐宋时期形成的。

这是道教中的天蓬的由来。但是我们知道佛教也好，道教也好，它源于历史又高于历史，那这个人物是怎么来的？还是这本《道法会元》，有这么一段介绍，说天蓬真君在人间的时候姓卞，名庄，三头六手，六个手拿着斧、索、弓箭、剑、戟等六物，黑衣玄冠，领兵30万。卞庄，历史上真有这么一个人，是春秋时期鲁国的一位勇士，《史记·张仪列传》中记载有一段著名的卞庄刺虎的故事。

话说在春秋时期的鲁国，有位勇士叫卞庄子。卞庄子想要去刺杀两只为害一方的老虎，一个小童制止了他，说："那两只老虎正要去吃一条牛，当它们吃得很香的时候，就会争抢起来。它们争抢时必定会撕咬起来。撕咬后，一定是大个子的老虎受重伤，小个子的老虎被咬死。到那个时候，你再去刺杀那只受了重伤的老虎。这样，你一下子就能得到杀死两只老虎的美名了。"

卞庄子认为这个孩子的建议非常好，就站在那里等待时机。过了一会儿，两只老虎果然为了吃肉而撕打起来，大个子的老虎受了重伤，小个子的老虎被咬死了。这时，卞庄子冲过去刺死了那只受了重伤的老虎。于是，卞庄子一下子就有了杀死两只老虎的美名。民间"坐山观虎斗"的谚语即来于此。

卞庄子刺虎的故事告诉我们，同样一件事情，由于掌握的时机、处理的方法不同，会得到完全不同的结果。只有善于分析矛盾，利用矛盾，把握时机，有智有勇，才能收到事半功倍的效果。这个故事还告诉我们，局部利益要服从整体利益，眼前利益要服从长远利益，小道理要服从大道理，否则，内部争斗不休，互不相让，只会两败俱伤，使第三者得利。

言归正传，我们继续说猪八戒。历史上还真有一个和尚叫“朱八戒”，不过“猪”应该是“朱”。翻看历史，发现这“朱八戒”是一个不得了的人物，竟然是唐僧的“师父”，小说完全写反了。

历史上“朱八戒”是一个叫朱士行的僧人，法号八戒，是三国时期的一位高僧，颍川（今河南禹州市）人。历史记载，魏齐王曹芳嘉平二年的时候，印度律学沙门昙河迦罗到洛阳译经，在白马寺设戒坛，朱士行首先登坛受戒，成为中国历史上汉家沙门第一人，比唐僧要早很多。朱八戒出家受戒后，在洛阳一带讲解《小品般若经》，因当初翻译的人把领会不透的内容删略了很多，讲解起来词意既不明确又不连贯。他听说西域有完备的《大品经》，就决心远行去寻找原本。

魏甘露五年的时候，朱士行，也就是朱八戒，从长安出发，越过流沙沙漠到于阗国（今新疆和田一带）得到了《大品经》梵本。他就在那里抄写，共抄了九十章。后来他一直留在于阗国，直到八十多岁客死他乡，一直没回到自己的家乡，估计是年龄大了，去的时候容易，想回到家乡比较难。不过他的弟子弗如檀等人历经二十余年，把抄写好的经本送回洛阳，完成了他的心愿。

从这段历史中我们看到，高僧朱士行才是西域求法（西天取经）的第一人，唐玄奘是后来者，朱八戒比唐玄奘早了三百多年。如今，西湖飞来峰东南角的龙泓洞中还有一组传神的“白马驮经”宋代浮雕，上面就刻有“朱八戒”三个字。所以这位“朱八戒”应该是玄奘的“师父”，不是他的“徒弟”。那为什么到了小说里，作者吴承恩就把“朱”变成了“猪”，还成了唐僧的徒弟了呢？

传说，在《西游记》作者吴承恩的家乡江苏淮安有个二流子，名叫朱八，又懒又馋，爱偷偷摸摸的。吴承恩认为朱八这种人经过磨炼才能变成好人，世人都应该以朱八为戒，不要学他，这才结合野猪精的故事，取名猪八戒。不但名字给改了，还让当初风流倜傥的天蓬元帅投胎成了猪。原著第八回“我佛造经传极乐　观音奉旨上长安”猪八戒自己对观音菩萨说：

只因带酒戏弄嫦娥，玉帝把我打了二千锤，贬下尘凡。

因为喝酒喝高了，调戏了嫦娥姐姐，然后被打了两千锤。要说在天庭中，嫦娥这样的女仙有很多，而且她也不是玉帝的妃子或亲戚，最多和天蓬元帅平起平坐。调戏了一番便受到如此严重的惩罚，看来玉皇大帝眼里不揉沙子。后来投胎又走错了道，变成了猪精。再后来被观音菩萨收服，成了唐僧的徒弟。可以看出，调戏嫦娥就是一个借口，为了让他下凡保护唐僧西天取经的借口。

话说猪八戒前世是英雄，怎么就投了猪胎？第八回“我佛造经传极乐　观音奉旨上长安”，他碰见菩萨说：

一灵真性，竟来夺舍投胎，不期错了道路，投在个母猪胎里，变得这般模样。

原来是投在了母猪胎里，才变得这般模样。根据佛教的理论，不管是人还是神，都跳不出“六道轮回”。是哪“六道”呢？天、人、阿修罗、畜生、饿鬼、地狱。“六道”又分善恶，“三善道”为天、人、阿修罗，“三恶道”为畜生、饿鬼、地狱。猪八戒投胎成猪，是入了“三恶道”中的“畜生道”，地位非常低。猪八戒在天界，得犯了多大的错误，才会被轮回到“三恶道”中的“畜生道”呢？就因为“带酒戏弄嫦娥”？这也未免太惨了吧？这绝对是一个刻意安排他保护唐僧去西天的借口，我们和《西游记》中其他几位比较一下就知道了。

唐僧，是金蝉子转世，他已经把前世所有的事情都忘记了，成了一位得道高僧。沙僧，同样是天庭大将遭贬，也没有失去灵性，好歹还是一方河神。第七十五回孙悟空被银角大王收进了阴阳瓶，妖怪很自负地说：

> 猴儿今番入我宝瓶之中，再莫想那西方之路！若还能彀拜佛求经，除是转背摇车，再去投胎夺舍是。

也就是说假如孙悟空再次投胎的话，还能拜佛取经，说明他投的胎也不会有什么问题。猪八戒还保持着“一灵真性”，前世什么事儿都记得，怎么会投成猪呢？恐怕不是“错了道路”那么简单。《西游记》里面的一个“常识”：人死后变成鬼，要想投胎，归阎王判官管；佛与菩萨要转世轮回，归佛祖管；天庭里神仙投胎具体归谁管呢？书中根本没提。假如真有这么一个负责人，猪八戒可能像孙悟空一样打上天去，找那位神仙算账；但现在没有这么一个人，就不了了之了，只能怨自己走错了路。从这一点来说，投错胎这件事恐怕也是背后有人早就谋划好的。

关于猪八戒的前世今生就说到这里，下一篇讲讲猪八戒的相貌和法宝。

18

拾捌

猪八戒的相貌和法宝

本篇讲讲猪八戒的相貌和法宝。

天蓬元帅猪八戒，长得肥头大耳，大肚子，长鼻子，能吃能喝，贪吃贪睡，喜欢女色，这我们都知道。但是，猪八戒长得是白白胖胖还是黑不溜秋？很多人都是看着八六版《西游记》长大的，从小被灌输的观念就是猪八戒是一头白猪，这个形象根深蒂固，所以电视连续剧，各种电影电视里只要有猪八戒都是白猪，但问题在于猪八戒真是白猪吗？

原著第十八回，高老要招女婿，猪八戒变化了身形，书中暗表：

> 说是福陵山上人家，姓猪，上无父母，下无兄弟，愿与人家做个女婿。我老拙见是这般一个无羁无绊的人，就招了他。

刚来的时候，这猪八戒：

猪八戒的庐山真面目

孙悟空第一次见到猪八戒的时候：那阵狂风过处，只见半空里来了一个妖精，果然生得丑陋。黑脸短毛，长喙大耳；穿一领青不青、蓝不蓝的梭布直裰，系一条花布手巾。行者暗笑道："原来是这个买卖！"

倒也勤谨：耕田耙地，不用牛具；收割田禾，不用刀杖。昏去明来，其实也好……初来时，是一条黑胖汉，后来就变做一个长嘴大耳朵的呆子，脑后又有一溜鬃毛，身体粗糙怕人，头脸就像个猪的模样。食肠却又甚大：一顿要吃三五斗米饭；早间点心，也得百十个烧饼才彀。

孙悟空第一次见到猪八戒的时候：

那阵狂风过处，只见半空里来了一个妖精，果然生得丑陋。黑脸短毛，长喙大耳；穿一领青不青、蓝不蓝的梭布直裰，系一条花布手巾。行者暗笑道："原来是这个买卖！"

到第七十六回，猪八戒被尸陀山上的妖精抓住捆起来的时候：

大圣却飞起来看处，那呆子四肢朝上，噘着嘴，半浮半沉，嘴里呼呼的，着然好笑，倒像八九月经霜落了子儿的一个大黑莲蓬。大圣见他那嘴脸，又恨他，又怜他。

猪八戒到底是白猪还是黑猪，还得说一下明朝历史。《西游记》小说成书于明朝，吴承恩写书的时候，中国就没有白猪，只有黑猪。换句话说，很多东西都是吴承恩那个时代没有的。瓜子儿，吴承恩那个时代有；花生，吴承恩那个时代没有，西红柿也没有，所以吴承恩不可能写出他没见过的东西。因此，猪八戒是个黑猪，不是白猪。

其实关于《西游记》中猪八戒的形象，如果沿着“猪”这一外在形象去寻找，可以追溯到中国早期的猪精，也有人追溯到印度佛教神话中的金色猪。比如陈寅恪先生就认为猪八戒的形象是从唐代一部经文中的故事来的。

鲁迅先生认为猪八戒的形象有可能来自于《搜神记》中“猪臂金铃”的故事。晋朝有一个王生，家在苏州一带，有些书呆子气，有一次乘船外出游玩，走到丹阳附近，看到河边一美女对他眉目传情，便请她上船饮酒，二人一见钟情，当晚美女便留宿船中。第二天，美女要回家，二人不忍分开，王生拿出一枚金铃系在美女胳膊上当作信物，相约以后去她家找她。过了几天，王生派家人去姑娘说的地址提亲，那家主人很纳闷，说我们家五个儿子，哪来的姑娘？把家里翻遍了也找不出个女孩来。

这时候突然听见外面有金铃的响声，出去一看，只见猪圈里一头母猪前腿上绑着王生那枚金铃。

从母猪变成公猪，这显然有点不靠谱。相比之下，唐代名人牛僧孺《玄怪录》里记载的一个“乌将军”的故事更相符。乌将军是一个雄性猪精，十分好色，仗着自己神通广大：

每岁求偶于乡人，乡人必择处女之美者而嫁焉。

有点像猪八戒的作风。

猪八戒不只不可能是母猪，不可能是白猪，一开始的形象甚至连猪都不是。那么，猪八戒最初的形态是什么呢？驴！胡适曾将《大唐三藏取经诗话》《大唐西域记》《大唐大慈恩寺三藏法师传》三部作品进行全面、深入的比较，发现《大唐三藏取经诗话》和《西游记》的关系远比另两部作品与《西游记》的关系密切，因此提出了《大唐三藏取经诗话》是《西游记》祖宗的说法。后来鲁迅也发表了相似的观点。时至今日，胡适和鲁迅的这种观点已经成为学界共识。

《大唐三藏取经诗话》故事中有一个情节，讲到三藏法师取经团体一行七人来到树人国，投宿于一处小屋；第二天一早，打发小行者出去买菜，准备回来做饭，结果小行者被当地一户人家施妖法变成了一头驴。这位被施妖法所化之“驴行者”即是猪八戒的前身。《大唐三藏取经诗话》里的师徒不是后来的四个人或五个人，而是七个人。这七个人中只有三个身份明确：三藏法师、猴行者和“驴行者”。后来又出现了一个叫作“深沙神”的。通过两相对比，我们用排除法可以确定：猴行者是孙悟空的原型，深沙神是沙僧的原型，“驴行者”就是猪八戒的原型了。

为什么后来猪八戒的形象不是“驴八戒”而是猪八戒呢？因为在中国文化中，驴的传说比较少，比较小众，而猪呢，被人类驯化得更早，离普通人的生活更近，故事比较多，再加上猪的形象就是贪吃好色，所以就选猪不选驴了。

接下来讲讲猪八戒的法宝。在猪八戒的眼中，他最自豪的有五件事儿：第一，担任过天蓬元帅，属下八万水军；第二，拥有三十六天罡变化；第三，所向披靡的仙界至宝九齿钉耙；第四，与五方五老之一的九天荡魔祖师是好朋友；第五，太上老君是他的授业恩师。

以上这五点，小说中都介绍得非常详细，第十八回“观音院唐僧脱难　高老庄行者降魔”，猪八戒对孙悟空变成的翠兰吹牛说：

> 我有天罡数的变化，九齿的钉耙，怕什么法师、和尚、道士？

还说：你即使请下九天荡魔祖师下界，我与他是好朋友，他敢把我怎么样？九天荡魔祖师就是真武大帝。真武大帝又叫玄武大帝，想当年孙悟空为收复黄眉老妖，去求过武当山的荡魔天尊。荡魔天尊常驻在武当山，在明朝的时候被皇帝册封为真武大帝。

其中，猪八戒倚仗的最重要的是：三十六变和九齿钉耙。孙悟空的金箍棒叫如意金箍棒，猪八戒的耙子全名叫什么？叫“上宝沁金耙”，来历可大了。第十九回猪八戒与孙悟空斗法，有一大段诗文介绍他的耙子，说：

> 你错认了！这耙岂是凡间之物？你且听我道来——

此是锻炼神冰铁，磨琢成工光皎洁。
老君自己动钤锤，荧惑亲身添炭屑。
五方五帝用心机，六丁六甲费周折。
造成九齿玉垂牙，铸就双环金坠叶。
身妆六曜排五星，体按四时依八节。
短长上下定乾坤，左右阴阳分日月。
六爻神将按天条，八卦星辰依斗列。
名为上宝沁金耙，进与玉皇镇丹阙。
因我修成大罗仙，为吾养就长生客。
敕封元帅号天蓬，钦赐钉耙为御节。
举起烈焰并毫光，落下猛风飘瑞雪。
天曹神将尽皆惊，地府阎罗心胆怯。
人间哪有这般兵，世上更无此等铁。
随身变化可心怀，任意翻腾依口诀。
相携数载未曾离，伴我几年无日别。
日食三餐并不丢，夜眠一宿浑无撇。
也曾佩去赴蟠桃，也曾带他朝帝阙。
皆因仗酒却行凶，只为倚强便撒泼。
上天贬我降凡尘，下世尽我作罪孽。
石洞心邪曾吃人，高庄情喜婚姻结。
这耙下海掀翻龙鼍窝，上山抓碎虎狼穴。
诸般兵刃且休提，唯有吾当耙最切。
相持取胜有何难，赌斗求功不用说。

何怕你铜头铁脑一身钢，耙到魂消神气泄！

猪八戒手中的“上宝沁金耙”是仙界之宝。孙悟空的金箍棒反被闲置在东海龙宫中无人问津了好几千年，到了孙悟空这里，才变成了可大可小、可长可短的玩意儿了。而九齿钉耙那可是天生的，一出生就是至宝。太上老君又不是要耕地，为什么要如此费劲做一个耙子？这两年有些新的考古出土文物和发现，有一些关于唐僧取经故事的塑像、壁画，前一段时间陕西又发现了一组，其中已经有猪八戒的形象了，但他手里拿的不是钉耙，而是一个像棒子一样的东西。吴承恩之所以将八戒的武器设计成钉耙，而且还是带齿的，是为了暗示猪八戒的贪吃，是猪的本性。

再说说他另外一个倚仗：三十六天罡变化。小说里孙悟空的七十二变是七十二般地煞变化，猪八戒的三十六变是三十六天罡变化。仔细看《水浒传》一百单八将，前面的三十六个叫天罡，后边的七十二个叫地煞。

理论上猪八戒的功夫应该在孙悟空之上，但是为什么在小说中猪八戒屡屡打不过孙悟空呢？原因不用问，完全就是作者的意思，因为孙悟空是第一男主角啊。猪八戒要是比孙悟空还强了，那猪八戒不就成了男主角？所以，猪八戒被吴承恩塑造成了一个呆子，安排他投错胎，投在母猪胎里，打仗永远打不过孙悟空。天庭中那么多人，下界为妖都打得过孙悟空，而天庭中的天蓬元帅居然打不过孙悟空，猪八戒被黑得惨啊。不怕你生前做得好，就怕作者给你写坏了。

其实钉耙和三十六天罡变化还都不是猪八戒最厉害的法宝，猪八戒最厉害的是猪这种动物最明显的地方——嘴。《西游记》里降妖除魔的工作基本都给了孙悟空，耍嘴皮子的工作就交给猪八戒了。猪八戒是个天生的乐天派，是取经五人组中的开心果，用他的嘴赢得了读者和观众的喜欢。我们都觉得猪八戒傻，但是猪八戒真的那么傻吗？其实他一点都不傻，还有比他更精明的吗？这可真是没谁了。

有时遇到了困难，比如唐僧被妖怪抓走了，猪八戒总是第一个张罗要分家散伙：大师兄回花果山当大王，沙僧回流沙河吃人，他自己回高老庄陪媳妇。但在第二十一回中，当唐僧质疑猪八戒的取经决心时，八戒对唐僧说：

> 我受了菩萨的戒行，又承师父怜悯，情愿要服侍师父往西天去，誓无退悔，这叫恨苦修行。

猪八戒这话说得多实在！还是在这一回，听到唐僧怪他模样丑吓到了别人，八戒说：

> 不瞒师父说，老猪自从跟了你，这些时俊了许多哩。

这话既有奉承唐僧长得好的意思，又把自己给夸了，说得非常俏皮、应景。

第二十三回中，刚归入唐僧门下不久的猪八戒看到孙悟空要去请观音菩萨帮忙降妖，便说：

> 师兄，你去时，千万与我上复一声：向日多承指教。

见到菩萨派来的木叉，又托他向菩萨说：

这一向在途中奔碌，未及致谢。

意思是他心里一直感念菩萨点化他跟着唐僧取经的事情，见了相关人员就及时表白感恩之情，多么知恩图报！孙悟空因三打白骨精被唐僧赶走后，猪八戒担当重任去化缘。当唐僧问他去哪里化缘时，八戒说：

莫管，我这一去，钻冰取火寻斋至，压雪求油化饭来。

就是说我上刀山下火海也要保证师父不饿着肚皮，态度多坚决！结果，没走多远就偷懒睡着了。

关于猪八戒的相貌和法宝就讲到这里，下一篇我们说说相声鼻祖——猪八戒。

19

拾玖

相声鼻祖猪八戒

本篇我们说一说相声鼻祖猪八戒。

《西游记》中的取经五人组，白龙马压根儿不说话，说话的四个人中最可爱的便是猪八戒。这一点从很多地方都能看到。比如说第二十一回“护法设庄留大圣　须弥灵吉定风魔”，听到悟空说八戒相貌丑陋，唐僧不干了：

> 你看悟空说的话！相貌是生成的，你教他怎么收拾?

唐僧这话很明显，相貌是天生的，自己改变不了，你不能以貌取人。

第二十四回“万寿山大仙留故友　五庄观行者窃人参”，猪八戒被菩萨略施惩戒绑到了树上，第二天早上被解救下来之后，他表态说：

> 从今后，再也不敢妄为。就是累折骨头，也只是摩肩压担，

随师父西域去也。

听了猪八戒的检讨，唐僧只是说了句：既如此说才是。唐僧马上就对猪八戒宽容了。如果这事是孙悟空犯的呢？那肯定就两招：第一，念紧箍咒；第二，絮絮叨叨没完没了。

第三十二回“平顶山功曹传信　莲花洞木母逢灾”，在平顶山上，孙悟空为了敲打猪八戒，给了他两项任务，让他自己选，一是看师父，二是巡山。猪八戒一听看师父挺麻烦，选择了巡山。这时唐僧就护着八戒，骂孙悟空：

> 你这个泼猴！兄弟们全无爱怜之意，常怀嫉妒之心。你做出这样獐智，巧言令色，撮弄他去什么巡山，却又在这里笑他！

明明是猪八戒自己选的，唐僧却不干：你让他巡山多累。结果孙悟空尾随猪八戒，亲耳听到猪八戒在编瞎话，回来后告诉唐僧，但唐僧还是怪孙悟空：

> 他两个耳朵盖眼睛，愚拙之人也，他会编什么谎？又是你捏合什么鬼话赖他哩。

唐僧说孙悟空造谣，孙悟空说唐僧护短。猪八戒回来后果然把孙悟空听到的谎言再次说了一遍，于是孙悟空就要打猪八戒，唐僧又拦着：

如今过山少人使唤，悟空，你且饶他，待过了山再打罢。

明明知道是猪八戒的错，唐僧还是护着。从这件事就能看出，在唐僧这个师父眼中，他是偏听偏信猪八戒的。孙悟空做再多的事，也不信，也不表扬，而猪八戒做再多的错事，也可以饶过他，浑身的毛病都看不见。

猪八戒的身上有非常明显的喜剧人物的特点，很会讨人喜欢，讨唐僧喜欢，也讨读者喜欢。《西游记》不只是在情节上这样安排，还表现在猪八戒具有非常丰富的幽默细胞，从语言风格方面就可以看到。

他取经路上的遭遇可以概括为四个字，“蒸煮捆吊”，因为猪八戒经历九九八十一难，被妖怪抓起来后就这四种处理办法：蒸、煮、捆、吊。在第八十八回“禅到玉华施法会　心猿木母授门人”，孙悟空猪八戒两人聊起来，猪八戒顺嘴说大师兄什么都好，只是经常作践他老猪，孙悟空问我哪里作践你了，猪八戒说：

也彀了！也彀了！常照顾我捆，照顾我吊，照顾我煮，照顾我蒸！

有时候遇到妖怪，孙悟空自已化个身跑了，要么搬救兵去了，要么去救师父去了，就剩猪八戒可怜兮兮的。虽然很可怜，但是他的表现却很可爱，这就说到了猪八戒的幽默艺术。猪八戒如果是一个相声演员，那肯定既是一个好的逗哏，也是一个好的捧哏，所以我们这期的题目叫相声鼻祖猪八戒。

说到相声的鼻祖，历史上有三种说法：

“张三禄说”。张三禄是八角鼓艺人。八角鼓为满族曲种，该曲种伴奏乐器为一“八角”形状的单面蒙皮鼓。所以制成“八角”形状，意指满族之“八旗”，另取“八卦”之意。依此再生化出八种艺术：吹、打、弹、拉、说、学、逗、唱。因为形式很多，艺人便组班演出，每个人分担角色不同，有生、旦、净、末、丑。“全堂八角鼓”中的“逗哏”和“拆唱八角鼓”均不以正旦、小旦为主，而以丑角为主要角色。丑角的滑稽逗乐，可以说对相声的形成和发展有重大的影响。张三禄即为丑角，很有名声，他在演出中经常即景生情，当场抓哏，所以很受观众欢迎。然而，因他性情怪僻，同行不愿与他搭班合作。他便一人“撂地”，演艺“说、学、逗、唱”四种艺术技能。离开八角鼓班子，称自己的表演为“相声”，取“相”貌之“相”，“声”音之“声”，即靠“相”与“声”来表演。他常说的单口相声有《贼鬼夺刀》《九头案》等。其中《贼鬼夺刀》流传了下来，至今仍是传统相声名篇。“相声”一词始于张三禄，是他把“相声”确立为一种独立的艺术形式，尊他为相声的“开山鼻祖”并不为过。

“朱少文说”。朱少文，幼年学唱京剧丑角，后来改为架子花脸，曾搭“嵩祝成班”演出。他钦佩张三禄的技艺，当时张三禄已经年近古稀，而他只有二十多岁，他说的笑话里，有的是向张三禄学的，故尊称张三禄为“老师”，但没有任何拜师的记载。他在“撂地”时带有一副竹板，上书对联：满腹文章穷不怕，五车书史落地贫。观众看到这副对联，便管他叫“穷不怕”。“穷不怕”也就成了他的艺名。在这副竹板上还镌刻了一首五言诗：日吃千家饭，夜宿古庙堂。不作犯法事，哪怕见君王。这首诗是他的自白，前一句极为生动形象地描绘了“穷不怕”贫困艰苦的生活，实际上也是整个旧社会穷苦艺人的一个写照，后一句则抒发了

相声鼻祖猪八戒

有时候遇到妖怪，孙悟空自己化个身跑了，要么搬救兵去了，要么去救师父去了，就剩猪八戒可怜兮兮的。虽然很可怜，但是他的表现却很可爱，这就说到了猪八戒的幽默艺术。

他的高尚情操和坦荡的胸怀。

“东方朔说”。西周时期，我国便有以讽刺逗笑为职业的艺人，时人称之为“俳优”。这种以语言为载体，以讽谏和娱乐为目的的艺术形态到了唐代又发展为“参军戏”，即由一个演员扮成参军官人，另一个演员在一旁讽刺戏弄他。演员以即兴表演为主，经常跳入跳出情节和所扮角色。有不少学者认为“参军戏”是相声的滥觞。西汉的东方朔学识渊博，谈吐幽默，算得上是相声一行的祖师爷了。因他号“曼倩”，过去有人称相声是“曼倩艺术”。著名的相声表演艺术家马三立，年轻时还给东方朔的塑像磕过头呢。

在东方朔的诸多轶事中，最令人津津乐道的莫过于他和汉武帝之间的故事。有一次，东方朔跟随汉武帝到上林苑游玩，见到一棵枝叶繁茂的大树。汉武帝问他是什么树，东方朔顺口说树叫“善哉”。汉武帝暗中派人削掉树的枝干，并在树身上做了记号。两年后君臣二人又路过此树，汉武帝故意问东方朔：“这棵树叫什么名字？”东方朔又顺口说叫“瞿所”。汉武帝沉下脸说：“同一棵树过了两年，怎么名儿就不一样了？你竟敢欺骗我！”东方朔沉着回答：“小马叫‘驹’，大了才叫‘马’；小鸡叫‘雏’，大了才叫‘鸡’；小牛叫‘犊’，大了才叫‘牛’；人生下来叫‘儿’，老了才叫‘老头’，这棵树也是一样啊！”汉武帝呵呵乐了。

相声的鼻祖肯定不是猪八戒，但是猪八戒把相声的说学逗唱算是学到家了，起码是小说《西游记》里面的相声大师。相声有逗哏的，有捧哏的，逗哏当然是主角了，先看猪八戒当逗哏。第八回“我佛造经传极乐　观音奉旨上长安”，观音菩萨跟木叉上长安，二人碰见了猪八戒，猪八戒和木叉二人一言不合就打杀起来，正在半截，观音菩萨在半空中抛下莲花，隔开他的九齿钉耙和木叉的铁棒，猪八戒见了心情憋闷，便问：

你是哪里和尚，敢弄什么眼前花儿哄我？

猪八戒不认识观音菩萨，把莲花当成鲜花，以为是送花给他劝架的。接下来观音菩萨劝他弃恶向善，说了一大段话：

古人云："若要有前程，莫做没前程。"你既上界违法，今又不改凶心，伤生造孽，却不是二罪俱罚？

猪八戒是这么回答的：

前程！前程！若依你，教我喝风！常言道："依着官法打杀，依着佛法饿杀。"去也！去也！还不如捉个行人，肥腻腻的吃他家娘！管什么二罪，三罪，千罪，万罪！

意思是：管他呢，我吃饱了全家不饿，这才是真的。菩萨又一番劝说，猪八戒这才明白，说：

我欲从正，奈何"获罪于天，无所祷也"！

这是《论语》里孔夫子的话。孔夫子的话从猪八戒这张猪嘴里说出来，反差真是大。

第二十五回“镇元仙赶捉取经僧　孙行者大闹五庄观”，镇元大仙要将抓回的师徒四人投入油锅，动手前先用布将师徒四人裹了起来。八戒告诉大仙：

先生，上头倒不打紧，只是下面还留孔儿，我们好出恭。

都要把他蒸了、煮了、吊了、涮了，他说上头给包严点没事，下面还要拉臭臭，这是恶心自己，还是恶心别人。这就是猪八戒的逗哏艺术。

最有意思的一次，是第七十六回，孙悟空变成虫子，说是阎王差来勾猪八戒的命的：

好大圣，飞近他耳边，假捏声音叫声：“猪悟能，猪悟能！”八戒慌了道：“晦气呀！我这悟能是观世音菩萨起的，自跟了唐僧，又呼做八戒，此间怎么有人知道我叫作悟能？”呆子忍不住问道：“是哪个叫我的法名？”行者道：“是我。”呆子道：“你是哪个？”行者道：“我是勾司人。”那呆子慌了道：“长官，你是哪里来的？”行者道：“我是五阎王差来勾你的。”那呆子道：“长官，你且回去，上复五阎王，他与我师兄孙悟空交得甚好，教他让我一日儿，明日来勾罢。”行者道：“胡说！阎王注定三更死，谁敢留人到四更！趁早跟我去，免得套上绳子扯拉！”呆子道：“长官，哪里不是方便，看我这般嘴脸，还想活哩。死是一定死，只等一日，这妖精连我师父们都拿来，会一会，

> 就都了帐也。”行者暗笑道：“也罢，我这批上有三十个人，都在这中前后，等我拘将来就你，便有一日耽搁。你可有盘缠，把些儿我去。”八戒道：“可怜啊！出家人哪里有什么盘缠？”行者道：“若无盘缠索了去！跟着我走！”呆子慌了道：“长官不要索，我晓得你这绳儿叫作追命绳，索上就要断气。有，有，有！有便有些儿，只是不多。”行者道：“在哪里？快拿出来！”八戒道：“可怜，可怜！我自做了和尚，到如今，有些善信的人家斋僧，见我食肠大，衬钱比他们略多些儿，我拿了攒在这里，零零碎碎有五钱银子，因不好收拾，前者到城中，央了个银匠煎在一处，他又没天理，偷了我几分，只得四钱六分一块儿，你拿了去罢。”行者暗笑道：“这呆子裤子也没得穿，却藏在何处？……咄！你银子在哪里？”八戒道：“在我左耳朵眼儿里揌着哩。我捆了拿不得，你自家拿了去罢。”行者闻言，即伸手在耳朵窍中摸出，真个是块马鞍儿银子，足有四钱五六分重，拿在手里，忍不住哈哈的大笑一声。

最后剧情反转，孙悟空露出了真面目，两人终于解脱。猪八戒被捆得脚也麻了，只能忍着痛苦跑出去。整个一段描写，活脱脱是一个精彩的相声段子，稍微改编一下上春晚都没问题，而这其中的包袱，都是猪八戒在不知情理的情况下逗出来的。

说完猪八戒的逗哏艺术，我们再来看看猪八戒的捧哏艺术。孙悟空三打白骨精之后，猪八戒为了救唐僧，鼓起勇气前往花果山去找大师兄。但他不敢直接见，就混在猴子群里向上磕头。偏偏孙悟空眼尖发现了：

不知孙大圣坐得高，眼又乖滑，看得他明白，便问："那班部中乱拜的是个夷人，是哪里来的？拿上来！"说不了，那些小猴一窝蜂把个八戒推将上来，按倒在地。行者道："你是哪里来的夷人？"八戒低着头道："不敢，承问了。不是夷人，是熟人。"行者道："我这大圣部下的群猴，都是一般模样。你这嘴脸生得各样，相貌有些雷堆，定是别处来的妖魔。既是别处来的，若要投我部下，先来递个脚色手本，报了名字，我好留你在这随班点扎。若不留你，你敢在这里乱拜！"八戒低着头，拱着嘴道："不羞，就拿出这副嘴脸来了！我和你兄弟也做了几年，又推认不得，说是什么夷人！"行者笑道："抬起头来我看。"那呆子把嘴往上一伸道："你看么！你认不得我，好道认得嘴耶！"行者忍不住笑道："猪八戒。"他听见一声叫，就一骨碌跳将起来道："正是，正是！我是猪八戒！"他又思量道："认得就好说话了。"

这个时候，如果不是猪八戒顺着、捧着孙悟空，孙悟空能再回来？

第七十七回"群魔欺本性　一体拜真如"，在石头山上，师徒四人全被抓住了，准备在笼屉里蒸。孙悟空、猪八戒还在那里观察负责蒸他们的妖精：

行者道："不要怕，等我看他是雏儿妖精，是把势妖精。"沙和尚哭道："哥呀！且不要说宽话，如今已与阎王隔壁哩，且讲什么雏儿把势！"说不了，又听得二怪说："猪八戒不好蒸。”八戒欢喜道：“阿弥陀佛，是那个积阴骘的，说我不好蒸？”三怪道：“不好蒸，剥了皮蒸。”八戒慌了，厉声喊道：“不要剥皮！粗自粗，汤响就烂了！” 老怪道：“不好蒸的，安在底下一格。”行者笑道：“八戒莫怕，是雏儿，不是把势。”沙僧道：“怎么认得？”行者道：“大凡蒸东西，都从上边起。不好蒸的，安在上头一格，多烧把火，圆了气，就好了；若安在底下，一住了气，就烧半年也是不得气上的。他说八戒不好蒸，安在底下，不是雏儿是甚的！”八戒道：“哥啊，依你说，就活活的弄杀人了！他打紧见不上气，抬开了，把我翻转过来，再烧起火，弄得我两边俱熟，中间不夹生了？”

后来，还是把猪八戒放在了第一格，沙僧第二格，孙悟空第三格，唐僧第四格。孙悟空跑出去，请龙王用冷气护法蒸了一会儿，八戒又在那里念叨：

“晦气，晦气！不知是闷气蒸，又不知是出气蒸哩。”沙僧道：“二哥，怎么叫作闷气、出气？”八戒道：“闷气蒸是盖了笼头，出气蒸不盖。”三藏在浮上一层应声道：“徒弟，不曾盖。”八戒道：“造化！今夜还不得死！这是出气蒸了！”行者听得他三人都说话，未曾伤命，便就飞了去，把个铁笼盖，轻轻儿盖上。三藏慌了道：“徒弟！盖上了！”八戒道：“罢了！这个是闷气蒸，今夜必是死了！”沙僧与长老嘤嘤的啼哭。八戒道：“且不要哭，这一会烧火的换了班了。”沙僧道：“你怎么知道？”八戒道：“早先抬上来时，正合我意：我有些儿寒湿气的病，要他腾腾。这会子反冷气上来了。咦！烧火的长官，添上些柴便怎的？要了你的哩！”

看，都要被蒸了，猪八戒还在那里逗闷子呢。

关于相声鼻祖猪八戒就说到这里，下一篇我们说说为什么人人都爱猪八戒。

20

贰拾

人人都爱猪八戒

本篇我们说一说，为什么人人都爱猪八戒?

前几年网上有过调查，试问《西游记》里面最受欢迎的是谁?结果出来之后，最受欢迎的不是孙悟空，居然是猪八戒，而且喜欢猪八戒的还以女性居多。起因是电视连续剧《春光灿烂猪八戒》播出以后，人们对于猪八戒的认识态度有了巨大的改变，猪八戒已经不是原来的那个猪八戒，他身上的缺点和毛病在这部电视剧里居然都成了优点，都变得那么可爱。于是关于猪八戒的电视连续剧一拍再拍，没完没了，《春光灿烂猪八戒》之后又有了《喜气洋洋猪八戒》，猪八戒变得越来越憨态可掬，可爱乖巧。《西游记》中的男一号孙悟空却变得越来越僵硬、冷漠，越来越令我们讨厌。这主要有三个方面的原因。

第一个原因是社会方面，人们的观念随着社会的发展而发生变化，人们对于《西游记》里角色的接受和喜欢，受了时代影响。比如说闹革命的时候，最受欢迎的是孙悟空，因为那个时候我们强调的是积极做阶级斗争，宣扬孙悟空那样的大无畏的革命精神。20 世纪 90 年代之后，人们崇尚自由，在崇尚自由的时代也可以推崇孙悟空，但此时的孙悟空已经逐渐在往下走了，因为这个时代我们的思想，我们接受的东西已经多元化了。到了 21 世纪，新的社会环境、新的社会风气让人们的价值观更加个性化，而且由于我们的物质生活越来越丰富，人们开始追求快乐，所以猪八戒受喜欢的程度也就逐渐上升了。

猪八戒受欢迎还有一个更重要的原因——猪八戒是不断变化的，不是一成不变的死心眼，他的形象最真实，最贴近生活，也最人性化。比如说他实在，第七十四回“长庚传报魔头狠　行者施为变化能”，在狮驼岭，孙悟空去探路没探成，改派猪八戒去：

> 八戒道：“师父，莫怪我说。若论赌变化，使促掐，捉弄人，我们三五个也不如师兄；若论老实，像师兄就摆一队伍，也不如我。”唐僧道：“正是，正是！你还老实。”

猪八戒没使什么变化，肥头大耳地就去了，虽然他也把山上的老公公吓了一跳，但他语言能力强，说：

> “你这老公公不高兴，有些儿好褒贬人，你是怎的看我哩？丑便丑，奈看，再停一时就俊了。”那老者见他说出人话来，只得开言问他：“你是哪里来的？”八戒道：“我是唐僧第二个徒弟，法名叫作悟能八戒。才自先问的，叫作悟空行者，是我师兄。师父怪他冲撞了公公，不曾问得实信，所以特着我来拜问。此处

果是甚山甚洞，洞里果是甚妖精，哪里是西去大路，烦公公指示指示。”老者道：“可老实吗？”八戒道：“我生平不敢有一毫虚的。”老者道：“你莫像才来的那个和尚走花弄水地胡缠。”八戒道：“我不像他。”

第二个原因，孙悟空吹嘘的是自己的本领，猪八戒吹嘘的是自己的老实。

孙悟空是把自己往强里吹，而猪八戒是把自己往弱里吹。孙悟空总是喜欢嘲笑别人，臭显摆自己的聪明能干。猪八戒则相反，喜欢作践自己，夸张自己的愚钝，不以为耻，反以为荣。孙悟空一听说有妖精就兴奋不已，打打杀杀或者是让别人去打。而猪八戒一听说有妖精，第一反应就是：我说沙师弟快卸下担子，我们拿上行李分了走人。孙悟空说过：

我老孙也捉得怪，降得魔，伏虎擒龙踢天弄井，都晓得行。

我这左耳往上一扯，晓得三十三天人说话。我这右耳往下一扯，晓得十代阎王与判官算账。

猪八戒说的是：若论老实，师兄就算有一排也不如我。所以我们可以看到，猪八戒的自我塑造很有效果。别说猪八戒自己了，唐僧都认定猪八戒老实，甚至金角大王、银角大王这些妖精，都在被猪八戒戏弄了之后说：只说猪八戒老实，原来甚不老实。可见猪八戒老实的名声，那是声名远播了。

第三个原因，是当今社会中的人物与小说中猪八戒角色的互动。

一直以来，聪明和能干是令人仰慕的，老实且笨，是叫人疼惜的。逞强是让人害怕地走远，示弱却是让人愉快地走近。很显然，在取经队伍里，猪八戒的人缘比孙悟空好；在读者眼里，猪八戒的人缘也比孙悟空好，因为我们对孙悟空这样的人颇有些羡慕嫉妒恨，却喜欢猪八戒这样优点和缺点都非常明显的人。比如说笨，笨其实是懒人的借口，猪八戒自称笨，唐僧也说他笨，猪八戒的笨好像是一道特权。他都这么笨了，要再跟他计较是不是就是我们的问题了，懒点，少干点，是应该的，就得为他多担待点。那些难啃的骨头，是聪明人的事。笨像是一道天然的屏障，让猪八戒可以少操点心，安心地不求上进。

此外，猪八戒这个形象还承担了小说讽刺的艺术追求。尤其在他的语言上，与孙悟空相比那是毫无愧色。有时候实在，有时候冷嘲热讽、插科打诨，还往往能一针见血。在四圣庄上遇见菩萨变的美貌女子，猪八戒色心大起，以“和尚是色中饿鬼”为自己开脱。猪八戒还带着市井无赖的特点，比如他骂牛魔王“我把你这血皮胀的遭瘟，你怎敢变成你祖宗的模样！”要么就对一些看不惯的事情进行直接反抗，后面会说到他对“三星”的态度。还有为了戏弄鹿角大仙、羊角大仙等人，为了自己享受供果方便，竟把自己原来的祖师爷太上老君、元始天尊、灵宝道君的塑像扔进“五谷轮回之所”，等等。

小说第二十六回“孙悟空三岛求方　观世音甘泉活树”，孙悟空从蓬莱请了福禄寿三星来救治人参果树，“三星”来的时候，是一大片祥云，有挺长的一段赞语，最后说“三老乘祥谒大仙，福堂和气皆无极”。但是猪八戒的态度呢？

那八戒见了寿星，近前扯住，笑道：“你这肉头老儿，许久不见，还是这般脱洒，帽儿也不带个来。”遂把自家一个僧帽，扑的套在他头上，扑着手呵呵大笑道：“好，好，好！真是加冠进禄也！”那寿星将帽子掼了骂道：“你这个夯货，老大不知高低！”八戒道：“我不是夯货，你等真是奴才！”福星道：“你倒是个夯货，反敢骂人是奴才！”八戒又笑道：“既不是人家奴才，好道叫作添寿、添福、添禄？”

福禄寿三星本来是到哪里，哪里一片尊敬和歌颂，因为他们会给人带来好运，但猪八戒就把这种假象给揭穿了：他们只是“奴才”而已，如果天庭或者人间不需要他们添寿、添福、添禄，他们将一无是处。“三星”走的时候呢？

八戒又跑进来，扯住福星，要讨果子吃。他去袖里乱摸，腰里乱揣，不住地揭他衣服搜检。三藏笑道：“那八戒是什么规矩！”八戒道：“不是没规矩，此叫作番番是福。”三藏又叱令出去。那呆子出门，瞅着福星，眼不转睛地发狠，福星道：“夯货！我那里恼了你来，你这等恨我？”八戒道：“不是恨你，这叫回头望福。”那呆子出得门来，只见一个小童，拿了四把茶匙，方去寻锺取果看茶，被他一把夺过，跑上殿，拿着小磬儿，用手乱敲乱打，两头玩耍。大仙道：“这个和尚，越发不尊重了！”

八戒笑道：“不是不尊重，这叫作四时吉庆。”

这样有些胡闹的举动大概除了孙悟空之外，也就只有猪八戒能做得出来了，但孙悟空只是顽皮，不把人放在眼里，猪八戒却是有心为之，有深意在里面。

猪八戒在读者中受欢迎，还不仅如此，他名叫八戒，寓意是一戒杀生、二戒偷盗、三戒淫、四戒妄语、五戒饮酒、六戒着香华、七戒坐卧高广大床、八戒非时食。但实际上猪八戒什么都不戒，好吃好色，贪小便宜，说瞎话。总之，这八戒前面加个“猪”就百无禁忌，百不戒了。

前面我们说过作者是把猪八戒当作反面教材的，但现在很多人却喜欢上了猪八戒，最重要的是我们现在的人不喜欢“装”。唐僧就装，所以他被人耻笑。正是因为唐僧的装，衬托出猪八戒的真实；猪八戒的不装，使他的百无禁忌变得理直气壮。

不过话说回来，不装不一定就要低俗，不装不一定就没有追求，不装不一定就不谈理想。有时候我们每一个人都活得很累，活得很急，越低俗是不是越迷人？猪八戒就是把我们人类身上的小毛病夸张开来，娱乐化了。人们通过纵容猪八戒来纵容自己，人们通过原谅猪八戒原谅了自己，人们都是为了快乐而喜爱上猪八戒的。但是不能忘记，如果没有劳苦功高的孙悟空，就取不了真经。在文化多元观念杂陈的今天，我们可以喜欢猪八戒，但是我们必须得歌颂孙悟空。

猪八戒是小说中一个极为重要也极为有意思的人物，让人又爱、又怜、又气、又笑。关于他我们就说到这里，下一篇说说预测大师乌巢禅师。

真实可爱的猪八戒

一直以来，聪明和能干是令人仰慕的，老实且笨，是叫人疼惜的。逞强是让人害怕地走远，示弱却是让人愉快地走近。很显然，在取经队伍里，猪八戒的人缘比孙悟空好，在读者眼里，猪八戒的人缘也比孙悟空好，因为我们对孙悟空这样的人颇有些羡慕嫉妒恨，却喜欢猪八戒这样优点和缺点都非常明显的人。

预测大师乌巢禅师

“乌巢禅师”到底是什么意思？乌巢有两种解释：第一种解释，乌，就是乌鸦；巢，就是老窝。乌巢的意思，就是乌鸦的老窝。第二种解释，乌，是黑的意思；巢，还是鸟窝。换句话说，乌巢就是黑窝。一个禅师，很高大上的身份，居然住在一个黑鸟窝里，这不就是一个“鸟人”嘛。

21

贰壹

预测大师乌巢禅师

本篇我们讲讲预测大师乌巢禅师。

《西游记》里的怪人真的很多，乌巢禅师就是其中的一个。乌巢禅师是唐僧刚收了猪八戒之后，师徒三人在浮屠山上遇见的。具体说是在《西游记》第十九回“云栈洞悟空收八戒　浮屠山玄奘受心经”。

“乌巢禅师”到底是什么意思？乌巢有两种解释：第一种解释，乌，就是乌鸦；巢，就是老窝。乌巢的意思，就是乌鸦的老窝。第二种解释，乌，是黑的意思；巢，还是鸟窝。换句话说，乌巢就是黑窝。一个禅师，很高大上的身份，居然住在一个黑鸟窝里，这不就是一个“鸟人”嘛。

这个人物并非小说杜撰的，乌巢禅师是有原型的。中国历史上真有这样一个人物，而且还跟唐僧生活在一个时代——唐朝。话说，唐朝有个禅师，法号叫道林，浙江富阳人，俗家姓潘。他出家之后，四处云游。在杭州一个叫秦望山的地方，道林看到了一棵超大的松树。这棵松树，枝叶繁茂，树枝盘屈，树冠展开像一把巨伞。道林禅师一见，特别喜欢，便在上面搭了个铺，自己住在树上，真的就是个“鸟人”。当时的人们管他叫鸟窠禅师——不叫乌巢，“鸟窠”与“乌巢”的写法虽然不太一样，但的确很像。另外，鸟窠禅师的居所旁边，有鹊构巢，故而当时的人们又管他叫鹊巢和尚。

鸟窠禅师跟大诗人白居易有过一段故事。想当年白居易也在杭州做过官——现在西湖上还有白堤——白居易在杭州做官时慕名去拜访这位鸟窠禅师。见他住在树上，就说：大师，您住的这个地方，整天风吹雨淋的，太危险了。鸟窠大师说：你说我危险？我看你才危险呢。白居易说：我在这里郡守做得好好的，有什么危险？大师说：官场沉浮，钩心斗角，就你那小心思，够用吗？这不是把你往火上烤一样吗？你还不危险？鸟窠禅师说得还是很有道理的，颇有点世外“高”人的意思。因为不做官，住得高——世外“高”人。

回到小说，乌巢禅师除了名字怪，还有以下方面与众不同。

第一，乌巢禅师所在的地方特别有意思——浮屠山，这个浮屠山风景特别好，书上讲：

> 山南有青松碧桧，山北有绿柳红桃。闹聒聒，山禽对语；舞翩翩，仙鹤齐飞。香馥馥，诸花千样色；青冉冉，杂草万般奇。涧下有滔滔绿水，崖前有朵朵祥云。真个是景致非常幽雅处，寂然不见往来人。

一看就是个非常优雅的地方。浮屠有很多种翻译方法，如果把浮屠翻译成一个字，那就是佛，浮屠山的意思就是佛山。这个得道的高僧，他放着好地方不待，偏偏住在一个柴草窝里，比那个鸟窠禅师住在树上还不讲究。

第二，乌巢禅师这个人物本身也很有意思，他认识猪八戒和唐僧，还想让猪八戒跟着他去修行，只不过八戒没有去；他和唐僧一见面，唐僧就给他行礼，他说：

圣僧请起。失迎，失迎。

唐僧是人间的和尚，他怎么认识的呢？还有，奇怪的是，乌巢禅师说他不认识孙悟空。一个认识唐僧，唐僧也认识的人，怎么会不认识孙悟空呢？他见到孙悟空就问唐僧，这位是谁？这就有问题了。孙悟空闹过天宫，偷过金丹，被压在五行山下，知名度比猪八戒大多了。虽然他说不认识孙悟空，但后面他又说：

多年老石猴。

由此断定，乌巢禅师是认识孙悟空的，装作不认识孙悟空的样子而已。第三个特点，是从猪八戒的口中说的。书中暗表：

三众进西路途，有个月平稳。行过了乌斯藏界，猛抬头见一座高山。三藏停鞭勒马道："悟空、悟能，前面山高，须索仔细，仔细。"八戒道："没事。这山唤做浮屠山，山中有一个乌巢禅师，在此修行，老猪也曾会他。"三藏道："他有些什么勾当？"八戒道：“他倒也有些道行。他曾劝我跟他修行，我不曾去罢了。”

猪八戒在上山之前就已经说了，这山上没妖怪，只有一个在此修行的乌巢禅师，说明乌巢禅师是有些来历的，但是作者却只字未提，可谓虚晃了一枪。猪八戒说乌巢禅师曾劝自己跟他修行，说的是当年的事，截止到现在应该有一些年头了，可见乌巢禅师是一直住在这里的。但是，这一次碰到唐僧师徒以后，乌巢禅师说了没几句话，转身化作金光走了，连那些献花、献果的麋鹿、山猴、青鸾、彩凤等都不要了，好像乌巢禅师到这里来就是专门等着取经团队的。

第四，乌巢禅师传授给了唐僧一卷《多心经》，这一卷《多心经》功能很强大，按照禅师的说法：

我有《多心经》一卷，凡五十四句，共计二百七十字。若遇魔瘴之处，但念此经，自无伤害。

在小说里，《多心经》很了不起，它是佛教经典的浓缩和精华：

乃修真之总经，作佛之会门也。

也就是说，只要念了《多心经》，就会避免各种魔障。日后唐僧取经的整个过程，几乎每天都在念《多心经》，唐僧每次受到妖怪伤害，最终的结果都是逢凶化吉。这似乎印证了《多心经》的厉害之处。乌巢禅师是要以《多心经》来鼓励唐僧西天取经的信心，不让他半途而废。

由此可见，这个乌巢禅师不是一般的禅师，绝对够得上大牌的佛教人物。

《多心经》这么厉害，到底是什么经呢？《多心经》，全称《般若波罗蜜多心经》，有时也称《般若波罗蜜心经》，为《金刚经》降伏其心篇，简称《心经》。《多心经》是佛教的著名经典。要注意，不能把波（bo）若（re）读成般（ban）若（ruo）。《摩诃波若波罗蜜多心经》是《西游记》全书中唯一的一个全文出现的佛经，吴承恩一个字不少的，把这个经典都写在了书上：

观自在菩萨，行深般若波罗蜜多时，照见五蕴皆空，度一切苦厄。

舍利子，色不异空，空不异色，色即是空，空即是色，受想行识亦复如是。

舍利子，是诸法空相，不生不灭，不垢不净，不增不减。是故空中无色，无受想行识，无眼耳鼻舌身意，无色声香味触法，无眼界乃至无意识界，无无明亦无无明尽，乃至无老死，亦无老死尽，无苦集灭道，无智亦无得，以无所得故。

菩提萨埵。依般若波罗蜜多故，心无挂碍；无挂碍故，无有恐怖，远离颠倒梦想，究竟涅槃。

三世诸佛，依般若波罗蜜多故，得阿耨多罗三藐三菩提。

故知般若波罗蜜多，是大神咒，是大明咒，是无上咒，是无等等咒，能除一切苦，真实不虚。

故说般若波罗蜜多咒，即说咒曰：揭谛！揭谛！波罗揭谛！波罗僧揭谛！菩提萨婆诃！

《多心经》在浩如烟海的佛教经典中有着非比寻常的地位，这部经自传入中国以来流传至今，一共有七八个译本，在中国佛经翻译史上可以说是绝无仅有的。在众多的译本当中，影响最为深远的《多心经》是谁翻译的呢？是《西游记》真正理论上的主角——唐僧，唐玄奘翻译的。

《多心经》是佛经中字数最少的经书，文字超级简约。虽然简单，但包含了博大而深邃的智慧，堪称佛教经典的巅峰，甚至有人认为，在这短短的270个字里包含了全部的佛学要义，可以称得上是佛学经典的核心著作。《西游记》所引用的译本恰恰就是唐僧的译本，这就是历史的真实和小说的虚幻的奇妙结合。

继续介绍乌巢禅师。人心正如巢中的鸟，来自鸟巢的乌巢禅师传授给了唐僧这部《心经》，唐僧虽然立刻就记在心里了，但是一开始并不明白这部《心经》的真正意思，更没有弄懂为什么乌巢禅师不回答自己的问题，只是说了这部经的内容。唐僧纳闷的时候，乌巢禅师要走了，唐僧一把扯住禅师不肯放手，继续问去西天的路应该怎么走？禅师说我都告诉你了，你怎么就不明白呢？算了，我再告诉你一个通俗的解说，于是他就说上了这么一段顺口溜：

> 道路不难行，试听我吩咐：千山千水深，多瘴多魔处。
> 若遇接天崖，放心休恐怖。行来摩耳岩，侧着脚踪步。
> 仔细黑松林，妖狐多截路。精灵满国城，魔主盈山住。
> 老虎坐琴堂，苍狼为主簿。狮象尽称王，虎豹皆作御。
> 野猪挑担子，水怪前头遇。多年老石猴，那里怀嗔怒。

历史上，曾经有太多的高僧对这部佛经进行过解释，但是哪一个像这段顺口溜这样生动形象。其实经不是用嘴念，而是应当作路来走的，念经就好比看行进图，按图索骥，便知道了应该遵循的方向。乌巢禅师说的顺口溜，是对自己刚才所说的《心经》经文专门给唐僧所做的通俗解释，是唐僧一行的行进图，他的意思是西天的路总体是平坦的，路上有一些妖怪为难是难免的，道路是曲折的，前途是光明的。

顺口溜中说“野猪挑担子，水怪前头遇。多年老石猴，那里怀嗔怒”。“水怪”指的是谁？沙僧！“野猪”指的是猪八戒，“老石猴”是孙悟空。你看，乌巢禅师是认识孙悟空的，但他非装作不认识。

总之，乌巢禅师可以知道过去、现在和未来的事，所以我们称他为“预测大师”。说到取经的“经”字，“经”的另外一种解释就是径，路径的径，也就是说经就是道，道就是路。从这个角度说，唐僧取经本身就是对这部经书最生动、最通俗的解释。佛经本身没有固定的解释，对佛经的理解完全要靠个人的悟性。对于唐僧来讲，经历了千山万水，多魔多障的九九八十一难，除去了一路上的妖魔鬼怪，最终取到真经，魔障消失，觐见灵山，到时候，《心经》也就自然而然地读懂了。

《心经》是用实践才能表达出来的真理，真理与文字并没有直接的关系，也就是说真经是没有文字的，用文字写成的经，仅仅是一种描述，一种说明，一种引导，经文本身并不是真理，仅仅是引导读他的人去领悟奔向真理的路怎么走。所以当乌巢禅师把经传授给唐僧的时候，称其为《多心经》。这个叫法是非常有意思的，因为此时不管是唐僧还是孙悟空乃至猪八戒，都有太多的杂念，太多的心思，太多的误解，谁也没有领悟。领悟只有一种，错误却有无数，当经历过了千山万水、多魔多障，唐僧和徒弟们磨去了许多杂念，从无数的错误中间得到了领悟，把多心修炼成了一心，此时此刻《多心经》就变成了《心经》。

继续说乌巢禅师，他的第五个特点：武功高强，法力深厚。

孙悟空因为乌巢禅师调侃他是“老石猴”，很生气，临走的时候想把乌巢禅师的草窝一棒子捣碎，没想到：

> 只见莲花生万朵，祥雾护千层。行者纵有搅海翻江力，莫想挽着乌巢一缕藤。

孙悟空有再大的本事，竟然连根草也没能破坏。在《西游记》里能抵得住孙悟空金箍棒一击的，是屈指可数的。乌巢禅师的草窝竟然是个宝贝。

小说里的乌巢禅师如此神秘，他到底是谁呢?

有人说乌巢禅师就是乌巢禅师，没有必要和哪个人物连起来。但这样说的话，乌巢禅师就是《西游记》小说中的一个败笔：因为一个重要人物的出现，没有前后回应的写法，在文学上行不通，所以乌巢禅师的身份是个谜。

在《西游记》中知道过去、现在和未来之事的，只有如来和观音两个人。乌巢禅师理应就是如来和观音二者中的一位。孙悟空绝顶聪明，他敢用金箍棒打乌巢禅师，可见他并不怕乌巢禅师。我们知道孙悟空是绝对怕如来的，但孙悟空并不怕观音菩萨——在黑风山孙悟空一把火就烧了观音菩萨的观音庙。所以乌巢禅师还真挺像观音菩萨的。证据有以下四点：

第一点，观音菩萨高度关注取经队伍，特意前来传授《多心经》。

第二点，《多心经》的第一句话是这么写的：观自在菩萨，行深般若波罗蜜多时，照见五蕴皆空，度一切苦厄。《多心经》一开始就说到了菩萨，是不是观音菩萨在介绍自己呢？

第三点，当孙悟空要捣烂草窝的时候，小说里写：只见莲花生万朵，祥雾护千层。草窝有莲花保护，或者说草窝变成了莲花。有莲花、祥云的可不就是观音菩萨嘛。

第四点，取经途中孙悟空经常提醒唐僧是否忘记念《多心经》，这是不是在提醒唐僧忘没忘记观音菩萨对他的教诲？难道乌巢禅师就是观音菩萨不成？但问题是，如果观音菩萨就是乌巢禅师，那我们又怎么解释猪八戒也认识乌巢禅师呢？谜就是谜，不是我们能够解决的，这也是小说的魅力所在。

关于预测大师乌巢禅师我们就讲到这里，下一篇我们说说黄风怪与骊山老母。

狡猾的黄风怪

孙悟空败阵之后，黄风怪不去抓，只是收风回去，为什么？这是给自己留后路，他知道孙悟空肯定得找观音菩萨报信。孙悟空找来了菩萨，黄风怪被菩萨带回佛祖那里受罚，虽然说是受罚，但是受罚跟受罚不一样，这次受罚比蹲在深山老林里好多了，在菩萨身边谋个苦差事，从头再来，早早晚晚还能修成正果。黄风怪看似受苦，实则谋了一个好的前程。

22 贰贰

黄风怪与骊山老母

本篇我们说说黄风怪与骊山老母。

先来说一说黄风怪。黄风怪的故事出自《西游记》第二十回“黄风岭唐僧有难　半山中八戒争先”和第二十一回“护法设庄留大圣　须弥灵吉定风魔”。黄风怪是孙悟空收服猪八戒之后遇到的第一个妖怪，也是《西游记》中唯一一位会三昧神风的妖怪。说到黄风怪，要介绍三个方面的内容。

第一个是黄风怪的本领，三昧神风。

黄风怪是得道的老鼠精，常在灵山脚下听如来说法。有一回偷吃了琉璃盏内的清油，怕纸里包不住火，于是三十六计走为上策，跑到黄风岭居住下来。虽然妖精住在黄风岭上，但还保持着佛教的习惯，从头到尾都没说要吃唐僧肉，可见他也没吃过人肉，只是手下惹了孙悟空，他才使出了独门绝技三昧神风。这三昧神风我们仔细品读，发现里面藏着天大的秘密！

《西游记》里这么多的妖怪都是哪儿来的呢？都是因为黄风怪惹出

的祸灾！小说中有这么一段，说黄风怪与孙悟空大战，孙悟空拔出猴毛变出了百十个孙猴子围着黄风怪打，黄风怪忽然吹出一口气，这口气还真能吹破牛皮，小说里是这么写的：

冷冷飕飕天地变，无影无形黄沙旋。穿林折岭倒松梅，播土扬尘崩岭坫。黄河浪泼彻底浑，湘江水涌翻波转。碧天振动斗牛宫，争些刮倒森罗殿。五百罗汉闹喧天，八大金刚齐嚷乱。文殊走了青毛狮，普贤白象难寻见。真武龟蛇失了群，梓橦骡子飘其韂。行商喊叫告苍天，艄公拜许诸般愿。烟波性命浪中流，名利残生随水办。仙山洞府黑黝黝，海岛蓬莱昏暗暗。老君难顾炼丹炉，寿星收了龙须扇。王母正去赴蟠桃，一风吹断裙腰钏。二郎迷失灌州城，哪吒难取匣中剑。天王不见手心塔，鲁班掉了金头钻。雷音宝阙倒三层，赵州石桥崩两断。一轮红日荡无光，满天星斗皆昏乱。南山鸟往北山飞，东湖水向西湖漫。雌雄拆对不相呼，子母分离难叫唤。龙王遍海找夜叉，雷公到处寻闪电。十代阎王觅判官，地府牛头追马面。这风吹倒普陀山，卷起观音经一卷。白莲花卸海边飞，欢倒菩萨十二院。盘古至今曾见风，不似这风来不善。唿喇喇，乾坤险不炸崩开，万里江山都是颤！

这一段话是什么意思呢？自从盘古开天辟地以来，就没见过这么厉害的风。太上老君顾不上炼丹，到处查看，结果金角、银角两位大王钻了空子跑到平顶山占山为王去了，王母娘娘裙子被大风吹断了，哪吒本来早就可以用宝剑收服牛魔王却因此耽搁住了，普陀山听观音说法的鲤

鱼精也跑到通天河当起了灵感大王……天上地下被吹得乱七八糟，各路神仙都“蒙圈”了。

黄风怪不过是个小小的老鼠精，却拥有如此不容小觑的实力，这与他出身名门有很大关系。灵山是如来佛祖的地盘儿，如来佛祖是整个佛家的一把手，翻翻手掌都能把悟空压在山下五百年，这是何等的厉害？所以，即使再弱小的生物，在离他那么近的地方，受到他的熏陶，也会成为实力派的人物——这也就是我们说的那句俗话，“宰相门前七品官”。

除了黄风怪前无古人后无来者的“吹”的本领，接下来我们再说说这黄风怪到底是什么妖精。根据小说里所写，黄风怪在黄风岭成精作怪，但是他未曾伤生造孽，相反还保了一方平安。原著说到了黄风怪的邻居，在黄风岭东面三十里处住着老王一家，老王有两个儿子，三个小孙子。老王 61 岁，在当时也算高寿了。这一段清楚地说明了几个事实：第一，老王一家距离黄风岭很近，三十里而已，黄风怪没有骚扰邻居。第二，再看黄风怪的隔壁是谁？东隔壁是我们前面讲到的乌巢禅师，往西是流沙河，流沙河里住的是曾经的卷帘大将，后来的沙和尚。你看，住在这两大邻居的中间，黄风怪其实很弱势。第三，老鼠的性格，就是胆小。从虎先锋抓来唐僧时他的反应就能看出来。原著里说：

> 那洞主闻得此言，吃了一惊道："我闻得前后有人传说：三藏法师乃大唐奉旨意取经的神僧，他手下有一个徒弟，名唤孙行者，神通广大，智力高强。你怎么能彀捉得他来？"

原著又说：

> 那洞主惊惶，即唤虎先锋道："我教你去巡山，只该拿些山牛、野彘、肥鹿、胡羊，怎么拿那唐僧来，却惹他那徒弟来此闹吵，怎生区处？"

黄风怪先是吃惊，说他那徒弟很厉害，你怎么把他抓来了，很怕孙悟空。因为怕，所以并没有立刻吃唐僧，他说：

> 你不晓得，吃了他不打紧，只恐怕他那两个徒弟上门吵闹，未为稳便，且把他绑在后园定风桩上，待三五日，他两个不来搅扰，那时节，一则图他身子干净，二来不动口舌，却不任我们心意？或煮或蒸，或煎或炒，慢慢地自在受用不迟。

放着现成的唐僧肉不吃，难道是慈悲为怀吗？其实就是胆小。

除了胆小之外，作者还写了他的一个特点——自我救赎。黄风怪虽然是个老鼠精，但是他毕竟是灵山脚下的黄毛貂鼠，受到了佛教的影响，这样做完全是种自我救赎。想想看，他是一个得道的小老鼠，因为吃琉璃盏内的青油这么一个小错，一下从刻苦修行的小老鼠变成了人人喊打的过街鼠，本来是可以修成正果，有个好结局的。就像一个人一辈子做了很多很多的好事，突然不经意间做了一件坏事，生活立马出现了天翻地覆的变化。你说谁愿意这样？但是既成的事实必须得接受，所以他自知难逃惩罚，逃跑，又被菩萨拿住压在了这里。菩萨虽然饶恕了他的性命，不许他伤生造孽，但是没有给他翻身的机会。跟当年孙悟空被压在五行山下，没别的出路一样，只能是漫长无聊地等。

黄风怪不想这样，作者吴承恩也不愿意看到他这样。那可怎么办呢？于是就安排了这么一个在佛祖面前展示的机会。要见佛祖，就得闹出点动静，本来黄风怪没这个机会，但是他手下的虎先锋给了他机会——抓了唐僧。孙悟空不是个善茬，一看师父被抓了便找上门来。黄风怪清楚，虎先锋不是孙悟空、猪八戒的对手，结果虎先锋真就不敌，死了。这个时候黄风怪能不能放掉唐僧呢？放是一个功劳，但是并不能证明自己的功劳，那是被迫的。只能先亲自上场捉拿孙悟空为自家先锋报仇。

黄风怪正式出山，手持三股钢叉与孙悟空打了三十个回合，吹出的黄风所向无敌。孙悟空后来才知道黄风怪的这股阴风叫三昧神风，是他的拿手绝活，连孙悟空的火眼金睛都给吹坏了。孙悟空败阵之后，黄风怪不去抓，只是收风回去，为什么？这是给自己留后路，他知道孙悟空肯定得找观音菩萨报信。孙悟空找来了菩萨，黄风怪被菩萨带回佛祖那里受罚，虽然说是受罚，但是受罚跟受罚不一样，这次受罚比蹲在深山老林里好多了，在菩萨身边谋个苦差事，从头再来，早早晚晚还能修成正果。黄风怪看似受苦，实则谋了一个好的前程。

黄风怪因为一点小错就受这么重的惩罚，最后被迫成了妖怪，也揭示了当时的一种社会现实。在另外一部名著《水浒传》里，很多江湖好汉是“逼上梁山”成了匪寇。通过黄风怪的故事，吴承恩写出了很多修行者的结局，被“逼下天界”占山为王，成了妖怪。

我们再说骊山老母，在小说《西游记》中骊山老母是观音菩萨请来的“特邀嘉宾”。她在第二十三回“三藏不忘本　四圣试禅心”里，仅仅出场客串了一下就走了。这一回的故事里，骊山老母、观音、普贤、文殊几个人变成了美女，来考验、警告唐僧师徒。骊山老母伙同观音、文殊、普贤几位弄了个莫家庄出来，自己扮演寡妇妈，其余三位菩萨扮作三个美貌的小姑娘，把猪八戒迷得七荤八素，把唐僧逗得面红耳赤，要招唐僧还俗结婚。好在唐僧始终没有表态，最后把心急如焚的猪八戒给吊起来了，这场“考试”猪八戒不及格，受到了惩罚。

骊山老母是哪来的呢？还别说，中国古代传说中真有这么一位骊山老母，而且她还是道教供奉的一位远古的尊神。《集仙录》载：

骊山老母天姿绰约，风华绝代。秦始皇游骊山遇之，惊其艳，欲侮之！因受老母施法以惩，乃罢。自此之后化为老妪，人遂以老母称之。

《神仙感遇传》载：

> 唐少室书生李筌常游嵩山，得《黄帝阴符经》，遇骊山老母，指授秘要。

再后来，骊山老母的故事就多了，尤其是唐朝时期的故事。在唐太宗贞观年间，据说骊山老母收了樊梨花做徒弟，樊梨花成了骊山老母的首席大弟子。骊山老母教会了樊梨花撒豆成兵、移山填海的能力，让樊梨花去找对象，樊梨花找到了薛丁山，成就了不少佳话。

到了唐玄宗开元年间，还是这个骊山老母，在李白年少读书不用心之际，跑去他面前磨绣花针，等着李白问她，你磨什么？她就说了，只要你有恒心，铁杵也能磨成针，李白大受启发成了诗仙。到了宋朝，据说骊山老母又收了穆桂英做徒弟，穆桂英多牛，巾帼英雄，居然也是骊山老母的徒弟。在穆桂英之后，南宋年间还有个白素贞，白蛇跟许仙的故事。据说白素贞也是骊山老母的徒弟。再说一个故事——梁山伯与祝英台。有人说祝英台没死，被骊山老母救起来了。民间神话传说中，骊山老母还曾经炼石补天，也就是我们经常提到的女娲娘娘干的活。

其实骊山老母是谁已经不重要了，她是老百姓自古以来的一个美好的信仰。总之骊山老母肯定比较有地位，连观音、文殊、普贤这三位菩萨都给她当的是女儿。

关于黄风怪与骊山老母我们就说到这儿，下一篇我们讲讲沙和尚的前世今生。

23

贰叁

沙和尚的形象和兵器

本篇我们说说沙和尚，首先说说他的形象。

在《西游记》里，孙悟空和猪八戒的戏份可是多了去，棒打白骨精，真假美猴王，猪八戒背媳妇，等等。可以说，这两位是被塑造得最为成功的经典角色。唐僧虽然有点木讷，但是一心虔诚向善，西天取经路上颇有女人缘，所以唐僧也吸引了很多粉丝，尤其是女粉丝。真是不比不知道，一比吓一跳，本篇的主人公沙和尚就显得逊色了不少。

在电视连续剧《西游记》中沙和尚说得最多的话是什么呢？“大师兄，师父被妖怪抓走了”“二师兄，师父被妖怪抓走了”“大师兄、二师兄，师父被妖怪抓走了”“师父，大师兄会来救我们的”……想起王小波

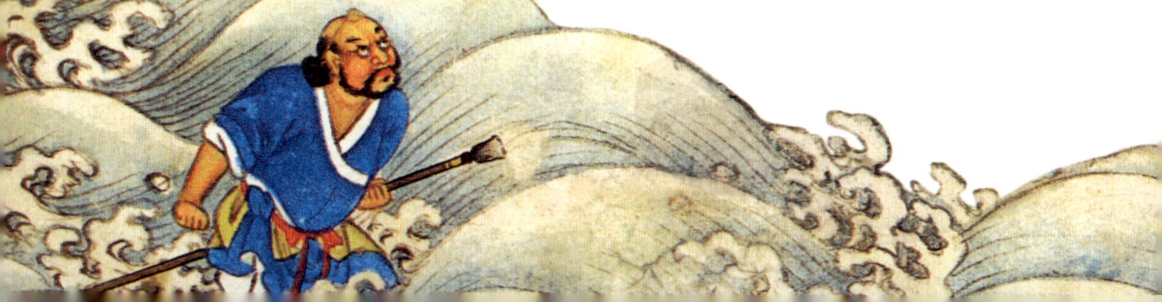

有一个很经典的小说叫《沉默的大多数》，沙和尚在《西游记》里简直是沉默的极少数，电视剧《西游记》里的妖怪都比沙和尚话多。有人觉得，电视剧《西游记》里沙僧说这些话是故意刷存在感的，他的戏本来就不多，再不说两句真的就一点儿戏份都没有了。

当然，在电视剧《西游记》里，有一个角色比他的话还少——白龙马。

说到唐僧师徒四人在电视剧《西游记》和小说《西游记》中形象的异同点，反差最大的应该是沙僧了。在小说中经常看到孙悟空与唐僧、猪八戒的对话，沙僧的台词很少，他似乎只是在调和其他三人之间的矛盾，或者是在商量降妖策略的时候才发言。憨厚寡言的沙和尚话少，他的故事就不精彩吗？套用一句俗语——社会我沙哥，人狠话不多。

在小说《西游记》里，沙和尚被称为夜叉。在佛教中，夜叉是对恶鬼的称呼，也用来比喻相貌丑陋、凶恶的人。把沙和尚叫作夜叉，自然是因为他容貌丑陋，面相凶恶。另外在很多古典小说中，夜叉这种生物多靠水而居，或者直接居住在水中。在《西游记》中，龙宫里有夜叉；《聊斋志异》中也有记载居住在海边峭壁上的母夜叉。沙和尚是住在水里的，所以被称为夜叉是很正常的。

因为受了电视剧的影响，一提起沙和尚的长相，大多数人会想到戴着一串佛珠的络腮胡的头陀形象。在小说《西游记》中是这样描述的吗？小说《西游记》里有几段关于沙和尚的精彩描述。第八回“我佛造经传极乐　观音奉旨上长安”，观音菩萨受佛祖释迦牟尼的委托来到东土大唐寻找取经人，当时观音菩萨携着的是惠岸行者，也就是木叉，在流沙河界初次遇到这位卷帘大将：

青不青，黑不黑，晦气色脸；长不长，短不短，赤脚筋躯。眼光闪烁，好似灶底双灯；口角丫叉，就如屠家火钵。獠牙撑剑刃，红发乱蓬松。一声叱咤如雷吼，两脚奔波似滚风。

第二十二回“八戒大战流沙河　木叉奉法收悟净”，唐僧师徒三人行经流沙河，沙僧从河里蹿出来欲吃唐僧，那个时候他的长相是：

一头红焰发蓬松，两只圆睛亮似灯。不黑不青蓝靛脸，如雷如鼓老龙声。身披一领鹅黄氅，腰束双攒露白藤。项下骷髅悬九个，手持宝杖甚峥嵘。

单从相貌描写很难断定沙僧到底是个什么怪物，总而言之一句话，就是“十分凶丑”，又凶又丑。

出家之后，沙和尚的红头发被剃去了，成了光头。他肤色一定是很黑的，可能比猪八戒更黑。因为在第九十三回“给孤园问古谈因　天竺国朝王遇偶”猪八戒与沙和尚的对话中，猪八戒曾经说过这样一句话：“你这黑子不知趣。”可见沙和尚应该是比猪八戒还要黑一些的。不过，有那么一句俗话，叫“老鸹落在猪身上，光看到别人黑，看不到自己黑”，可能猪八戒就是这样的人吧。

《西游记》第二十九回“脱难江流来国土　承恩八戒转山林”，唐僧向宝象国国王介绍沙僧时，有详细的外貌描写：

第二个徒弟姓沙，法名悟净和尚，他生得身长丈二，臂阔三停，脸如蓝靛，口似血盆，眼光闪灼，牙齿排钉。

沙和尚的脸是蓝靛色的，蓝得发黑，口是血盆大口，眼睛大得像两盏灯似的，牙齿如两排钉似的。沙和尚的脸是由这几种颜色构成：蓝、红、白，就像开染色铺的，太辣眼睛了，这是一个典型的凶神模样。沙和尚的身高是一丈二，是孙悟空身高的好几倍——孙悟空是四尺。在《西游记》的正神中，如来佛祖的个子最大，他是一丈六，沙和尚是一丈二。

沙和尚不仅个儿大，而且饭量也大，我们都知道猪八戒的饭量大，沙和尚的饭量也不小。猪八戒虽然能吃，但是还吃素斋，沙和尚就不一样，他是专吃荤的，是专业的吃货。在《西游记》第八回，沙和尚就说了，“没奈何，饥寒难忍，三二日间出波涛，寻一个行人食用”。第二十二回，说沙和尚是“久占流沙界吃人精”。

沙和尚为什么要吃人呢？因为流沙河没有东西可吃，不吃人就没吃的。看来，神仙不吃东西也不行——可能和凡人一样会饿死。“三二日间出波涛，寻一个行人使用。”一个行人怎么着也得百八十斤，三两天吃一个，平均每天要吃 40 斤左右的人肉，即使是这样，沙和尚还吃不饱，说“没奈何，饥寒难忍”。沙和尚一天的饭量怎么着也得 40 斤，少于这个数他就不能正常工作了。话说到这里，有的朋友就会怀疑：你这就过于机械了。按照这种说法，沙和尚比猪八戒吃得还多？那当然了。

沙和尚吃得比猪八戒多，在书中是有依据的。我们知道，吃得多，排泄得就多，吃得少排泄得就少。第四十五回“三清观大圣留名　车迟国猴王显法”，在车迟国，孙悟空、猪八戒、沙和尚三人变成三精偷吃供品时，三个国师来向他们讨要圣水，孙悟空就出馊点子，一人撒一泡尿给他们喝。虎力大仙抬了一口缸在殿上，鹿力大仙端了一个砂盆放在桌上，羊力大仙把这花瓶摘了花，移在中间。注意，缸是两人以上抬的，沙盆是一个人端的，花瓶一只手拿就可以了。书中写道：

那行者立将起来，掀着虎皮裙，撒了一花瓶臊溺。猪八戒见了欢喜道："哥啊，我把你做这几年兄弟，只这些儿不曾弄我。我才吃了些东西，道要干这个事儿哩。"那呆子揭衣服，忽喇喇，就似吕梁洪倒下坂来，沙沙的溺了一砂盆，沙和尚却也撒了半缸，依旧整衣端坐在上道："小仙领圣水。"

看到三人的排泄量没有？孙悟空是一个花瓶，猪八戒是一个砂盆，沙和尚是半缸。沙和尚的食量比猪八戒大多了。

沙和尚归正之后，跟着唐僧取经，唐僧不让他再吃人，于是沙和尚就改吃素了。想想看，这点儿素斋怎么能够沙和尚填饱肚子呢？猪八戒曾经说："依着官法打杀，依着佛法饿杀。"所以猪八戒不老实，一直都不肯依着佛法，就饿得轻一些。而沙和尚比较老实，跟了唐僧之后就完全依着佛法了，当然就饿得厉害。所以，从加入取经队伍开始，沙和尚就一直是处在饥一顿饱一顿的状态之下，吃了上顿没下顿的，也就没工夫跟人打架了，也不想打了。为什么呢？当然是吃不饱就没劲啊。很多人奇怪，沙和尚也有武艺，怎么就不打妖怪，怎么就不挑担子，怎么就两手空空的走呢？原因就在这儿，跟着唐僧走，没肉吃，即使有再好的武器，有再好的武艺，也施展不开。所以最容易被妖怪抓住的，就是沙和尚了。

第九十四回“四僧宴乐御花园　一怪空怀情欲喜”，一行三人向天竺国国王介绍自己时，沙和尚说：

老沙原系凡夫，因怕轮回访道。云游海角，浪荡天涯。

他说自已就一个普通人，但这副尊容也太让人觉着不普通了。是沙和尚谦虚低调吗？还真不是，他说的是实话。在明清小说中，长得像沙和尚这样的人，其实挺多的。换句话说，沙和尚的相貌就是一个脸谱化的形象。比如说《封神演义》中张桂芳的先锋风林，长得就是面如蓝靛；《连环套》中的窦尔敦就是蓝靛的脸；《济公全传》中的雷鸣也是蓝靛的脸；《隋唐演义》中的单雄信也是蓝靛的脸。

说完了沙和尚的相貌，我们再说沙和尚的武器。

在很多人的心目中，沙和尚的武器是一端为凸形铲，另一端是月牙铲这样的兵器，古称日月铲，或者是月牙铲，又名方便铲。日月铲是古代的僧人云游之时惯用的兵器，比如《水浒传》里鲁智深用的便是月牙铲，《少林拳谱》上也有这种说法：

少林月牙铲，大开方便门。魔鬼皆退避，英雄敬三分。

电视连续剧、连环画或动画片等文艺作品，都让沙和尚用了这样的兵器。不过仔细读《西游记》，就会对卷帘大将的兵器有新的认识。《西游记》中沙和尚用的不是月牙铲，第二十二回“八戒大战流沙河　木叉奉法收悟净”，对沙和尚手中武器的描述：

八戒举耙架住道：“你是个什么哭丧杖，叫你祖宗看杖！”那怪道：“你这厮甚不晓得哩！我这——

宝杖原来名誉大，本是月里梭罗派。吴刚伐下一枝来，鲁班制造工夫盖。

里边一条金趁心，外边万道珠丝玠。名称宝杖善降妖，永镇灵霄能伏怪。

只因官拜大将军，玉皇赐我随身带。或长或短任吾心，要细要粗凭意态。

也曾护驾宴蟠桃，也曾随朝居上界。值殿曾经众圣参，卷帘曾见诸仙拜。

养成灵性一神兵，不是人间凡器械。自从遭贬下天门，任意纵横游海外。

不当大胆自称夸，天下枪刀难比赛。看你那个锈钉耙，只好锄田与筑菜。”

从沙和尚自己的描述和猪八戒的比喻看，沙和尚的兵器应该是木质的棍一样的东西，应该更像孙悟空的金箍棒，也能随意变长、变短，而不应该像是电视剧、连环画或动画片等文艺作品中的月牙铲。

第四十九回“三藏有灾沉水宅　观音救难现鱼篮”，沙和尚与灵感大王争斗时的对话也是这么说的，这妖邪说道：

你不是磨博士，怎么会使擀面杖？

在妖怪看来，沙和尚的武器像根擀面杖，接着沙僧骂道：

你这孽障，是也不曾见——

这般兵器人间少，故此难知宝杖名。出自月宫无影处，梭罗仙木琢磨成。

外边嵌宝霞光耀，内里钻金瑞气凝。先日也曾陪御宴，今朝秉正保唐僧。

西方路上无知识，上界宫中有大名。唤做降妖真宝杖，管教一下碎天灵！

这里出现了一个词，梭罗仙木。出自月宫的梭罗仙木，跟月宫、吴刚有莫大的关联。它是由鲁班打造琢磨而成，外边嵌宝霞光耀，内里钻金瑞气凝，如擀面杖样的乌油黑棒子，重五千零四十八斤。沙僧官拜卷帘大将军时由玉皇大帝赐给，随身携带，大小如意，善能降妖。沙和尚被贬流沙河后，宝杖也随身携带。后来在唐僧西行取经的路上，沙和尚的降妖宝杖也立下了不少的功绩。

为什么沙和尚的兵器被忽略掉了呢？这和下一篇要讲的内容有关。都说“好马配好鞍”，沙僧到底是个什么样的人，为什么能有这么一件很有来头的兵器？那就要从他的前世讲起。

下一篇我们就说说沙和尚的前世今生与沙和尚的启示。

沙和尚的形象

唐僧师徒三人行经流沙河，沙僧从河里蹿出来欲吃唐僧，那个时候他的长相是：一头红焰发蓬松，两只圆睛亮似灯。不黑不青蓝靛脸，如雷如鼓老龙声。身披一领鹅黄氅，腰束双攒露白藤。项下骷髅悬九个，手持宝杖甚峥嵘。

24

贰肆

沙和尚的前世今生

本篇讲讲沙和尚的前世今生和他带给我们的启示。

我们一想到沙和尚，往往先想到“老实”“厚道”“本分”这些词儿，另外还有一个让人记得住的，是他脖子上挂着的巨大“念珠”。我们就从这一大串“珠子”讲起。

在小说里，沙僧脖颈上起初戴的可不是什么珠子项链，而是九颗骷髅头！《西游记》第八回“我佛造经传极乐　观音奉旨上长安”，当时沙和尚被观音菩萨降伏，情愿皈依正果，他主动说：

> 我在此间吃人无数，向来有几次取经人来，都被我吃了。凡吃的人头，抛落流沙，竟沉水底。这个水，鹅毛也不能浮。唯有九个取经人的骷髅，浮在水面，再不能沉。我以为异物，将索儿穿在一处，闲时拿来玩耍。

“九个取经人的骷髅”，这是沙和尚自己说的板上钉钉的事。那么，这九个取经人又是谁？我们先从沙和尚的前世今生说起。

都知道沙和尚的前世是卷帘大将，可是这卷帘大将到底是个什么样的职务？真的是给玉皇大帝卷窗帘的吗？中国历史上真有卷帘大将这个职务，比如说作者吴承恩所在的明朝。在《明史·卷五十三·登极仪》中就详细记载了明太祖朱元璋的登基大典，在记述了各种职官就位的次序和位置之后写道：

> 卷帘将军二人于帘前，俱东西向。

《新五代史·后蜀世家》记载，孟昶曾封宠臣王昭远为卷帘使。

清代有一本研究《西游记》的专著很出名，就是清初山阴人陈士斌所著的《西游真诠》，其中说到：

> 帘者，所以隔别内外，防闲廉耻，彼能卷之而无嫌忌。

由此可见，混到卷帘使或卷帘将军这个地位的人，怎么也是皇帝的绝对心腹。

而在神仙的世界中，古代道士们在请神仙下凡时，也要举行开坛启请仪式，其中卷帘是最为重要的一环。道士们先进行化坛仪式，将坛场幻化为神仙世界，接着以卷帘象征神仙们下凡，如同帝王临朝听政，卷帘听取奏疏。据南宋时编成的《灵宝领教济度金书·宣表卷帘》记载，卷帘之前：“星斗飞芒，龙灯凤烛，并在帘里，惟遥迎而已。”帘外则昏暗无光，就好像人在凡间遥望仙境。法事完毕之时：“忽然卷帘内外，华灯璀璨，宛如浮黎土矣。”在视听技术不发达的古代，这一过程无疑会给人们带来不小的视觉震撼，从而增进对神仙的敬意和崇拜。

我们再查阅一下史料，这卷帘的帘，在古代又叫“薄”。这里的“薄”字是不是“簿”字的通假字呢？如果是，那么，卷薄就是卷簿。在玉皇大帝身边卷簿，就是将玉帝批的奏章收起来。此外，“将军”两个字在中国古代，除了表示中军将领、主帅的意思以外，还借指某一集团内的重要人物。

卷帘应该相当于皇帝身边的四品带刀侍卫，专门负责圣旨的安全。之前说的沙和尚形象，是青不青、蓝不蓝、黑不黑的脸。想想看，伴君如伴虎，天天伺候皇上，你敢嬉皮笑脸？皇上您今天的圣旨不错，能这么说吗？天天伺候皇上，脸不能有颜色，不能有表情，还得宣示皇族的威严。外人看着，天天跟在皇上身边多好，只有天天在皇上身边的人才知道，这是人过的日子吗？所以有时候，我会和我的学生说：我告诉你，你再折腾，下辈子我就让你托生在皇上身边。

话说回来。待在皇帝身边虽不好，但再不好也比那流沙河强啊，接下来我们说说，好好的卷帘大将为什么就被罚下天庭了呢？《西游记》说，卷帘大将失手打破了玉皇大帝的一个琉璃盏被贬下界，这个琉璃盏很有可能是玉皇大帝御用的酒杯或者茶杯。因为打破了这个琉璃盏，不仅被赶下界，还受到了酷刑，这个酷刑是非常可怕的，书中讲道：

七日一次，飞剑穿胸百余下。

也就是说，每周都要遭到飞剑穿胸一百多下，这比死刑还痛苦！是不是有点儿量刑过重了呢？相比孙悟空大闹天宫，猪八戒调戏嫦娥，沙和尚不就打碎了一个玻璃盏吗？这里面是不是有什么猫腻？这是不是天庭的苦肉计？沙和尚是不是个卧底？是谁派来的卧底呢？于是就有了两种说法。

第一种说法，沙和尚是如来佛祖安排的卧底，主要的任务就是观察、监督取经团队其他成员对于取经的坚定性，是如来的眼线。至于证据，以下几个方面的故事可以证明：

途经女儿国时，别人都喝了子母河的水，就沙和尚没喝，显然他知道这子母河的水也是九九八十一难中的一项内容。更有甚者，每次遇到困难的时候，别说猪八戒了，当一向可以镇定自若的唐僧都不那么淡定的时候，沙和尚永远是不慌不忙地安慰他们说：别着急，师兄自会有办法的。看来沙和尚知道这些艰难险阻只是一项考验而已。这种说法有一定的道理，但还是说不通。想想看，如来佛祖过去、现在、未来都知道，实在没必要安排一个卧底。所以这就有了下面的第二种说法。

第二种说法，沙和尚是玉皇大帝派的卧底，目的就只有一个：破坏取经。问题在于：沙和尚有没有破坏取经呢？不仅没有，每次取经团队出现不团结，尤其是猪八戒要散伙分行李，各回各家，各找各妈的时候，都是沙和尚充当了政委的角色，稳定军心。有的朋友会说，也不尽然。沙和尚加入取经队伍之前，曾经破坏过取经行为，因为他曾经吃了九个取经的僧人。这就回到了开篇说到的沙和尚戴的那串“珠子”。

九个取经人到底是谁？这要从沙和尚的原型深沙神说起。早在吴承恩写成《西游记》之前，玄奘取经的故事在民间已经流传起来，甚至被

编写成了神话故事，吴承恩就是在继承了这些故事之后创作的小说《西游记》。

追溯沙僧的前身，我们首先可以从《大唐大慈恩寺三藏法师传》中窥见某些端倪。据载，玄奘在途经敦煌西方长达八百余里的沙河时，无意中倾倒水袋：

> 于是时四夜五日，无一滴沾喉，口腹干焦，必将殒绝，不能复进，遂卧沙中，默念观音，虽困不舍。至第五夜半，忽有凉风触身，冷快如沐寒水，遂得目明，马亦能起。体既苏息，得少睡眠，即于睡中，梦一大神，长数丈，执戟麾曰："何不强行，而更卧也。"法师惊寤进发。行可十里，马忽异路，制之，不回。经数里，忽见青草数亩。下马恣食，去草十步欲回转，又到一池水，甘澄镜澈，下而就饮，身命重全，人马俱得苏息。

到了《大唐三藏取经诗话》，就有了三藏法师和猴行者的记载，其中猴行者是主角，猪八戒和沙和尚还没有出现。但《大唐三藏取经诗话》里面有个深沙神，脖子上那串骷髅是三藏法师的前身，据说三藏法师曾几度被深沙神吃掉。

深沙云："项下是和尚两度被我吃你，袋(戴)得枯骨在此。"和尚曰："你最无知；此回若不改过，教你一门灭绝！"深沙合掌谢恩："伏蒙慈照！"深沙当时哮吼，教和尚莫敬。只见红尘隐隐，白雪纷纷。良久，一时三五道火裂，深沙衮衮，雷声喊喊，遥望一道金桥，两边银线，尽是深沙神，身长三丈，将两手托定；师行七人便从金桥上过。过了，深沙神合掌相送。法师曰："谢汝心力。我回东土，奉答前恩，从今去更莫作罪。"两岸骨肉，合掌顶礼，唱喏连声。深沙神前来辞，吟诗曰："一坠深沙五百春，浑家眷属受灾殃。金桥手托从师过，乞荐幽神化却身。"法师诗曰："两度曾遭汝吃来，更将枯骨问元才。而今赦汝残生去，东土专心次第排。"

到了元人的《西游记》杂剧中，深沙神已变成了沙和尚，他脖项上挂着九个骷髅头，据说唐僧"九世为僧"，被沙和尚"吃他九遭"。也就

是说，《大唐三藏取经诗话》和元杂剧《西游记》都说沙和尚脖子上的骷髅是唐僧的前身。吴承恩的小说《西游记》里也提到，唐僧不是一般的和尚，《西游记》第一百回中有这样的话：

如来道："圣僧，汝前世原是我二徒，名唤金蝉子。因为汝不听说法，轻慢我之大教，故贬汝之真灵，转生东土。"

既然唐僧浑身上下都是宝，将他前身的头骨摆成九宫形状，再加上菩萨的宝葫芦居中，得以顺利渡过弱水就好解释了。《西游记》第二十二回，"八戒大战流沙河　木叉奉法收悟净"当中，菩萨吩咐惠岸道：

"你可将此葫芦，同孙悟空到流沙河水面上，只叫'悟净'，他就出来了。先要引他归依了唐僧，然后把他那九个骷髅穿在一处，按九宫布列，却把这葫芦安在当中，就是法船一只，能渡唐僧过流沙河界。"惠岸闻言，谨遵师命，当时与大圣捧葫芦出了潮音洞，奉法旨辞了紫竹林。

有诗为证，诗曰：五行匹配合天真，认得从前旧主人。

按照佛教的因果理论，那九个失败的取经人的骷髅代表了唐僧的过去，正是那些"因"，成就今天的"果"，他便能够顺利地渡过流沙河了。后面跟着的证诗更是说明了这一点，说那些骷髅果然"认得从前旧主人"，将他渡过河去。至此，我们可以肯定地说，沙僧吃掉的那九个取经人，即是金蝉子的九次转世。于是有人就说，沙和尚吃了唐僧是来破坏取经的。

但是，需要注意的是，所有上述这些，都是在沙和尚加入取经队伍之前的事。而沙和尚加入取经队伍之后，取经五人组中只有沙和尚任劳任怨，默默无闻。至于原因，肯定是罪孽深重。想想看，悟空被压在五行山下，根本没机会为非作歹。八戒被贬后投胎为猪，虽然也曾在高老庄兴风作浪，但也不过就是将高小姐关押起来而已，没有多少恶念、恶性。只有沙和尚遭贬流沙河之后，大开杀戒，专门干一些伤天害理、打家劫舍的勾当，特别是吃了太多太多的人，甚至饿极了，连取经人都给吃了，所以沙和尚在取经五人组里面，罪孽是最深重的。

正是因为他的罪孽最为深重，他在取经的问题上也最为虔诚。比如说第四十回“婴儿戏化禅心乱　猿马刀归木母空”，红孩儿捉去了唐僧，八戒和悟空都提出散伙，沙僧一听大吃一惊，浑身僵硬地说：

> 师兄，你都说的是哪里话。我等因为前生有罪，感蒙观世音菩萨劝化，与我们摩顶受戒，改换法名，皈依佛果，情愿保护唐僧上西方拜佛求经，将功折罪。

看来沙和尚取经的目的就是为了将功赎罪，这也导致了沙和尚的特点就是依顺随和、忍辱负重。所以他在取经的这一路之上，一次次劝说所有曾经动摇过的人，不管是孙悟空也好，还是猪八戒也好，他总是劝大家一定要努力努力再努力，这是由沙和尚的性格和地位决定的，

沙和尚不像孙悟空那样好名，那样叛逆，也不像八戒那样有贪欲。自从放弃妖怪的身份，沙和尚就全心全意地跟着唐僧，照顾唐僧的取经生活，登山牵马。可以看出，沙和尚代表了农耕文明背景下普通民众的

基本性格特征。沙和尚善良，老实，埋头苦干，任劳任怨，默默奉献，都表现出了中国人的传统美德。比如第一百回“径回东土　五圣成真”，猪八戒被封为净坛使者，当面表示出了不满，沙僧仅仅被授予金身罗汉，却默默地接受，这也是他的性格使然。

猪八戒常常说自己老实，实际上取经队伍里真正的老实人是沙和尚。猪八戒号称八戒，实际上一戒都不戒。取经路上牢骚满腹，心猿意马，一遇到女色、富贵马上就丑态百出。孙悟空也曾经两次回到花果山，说因为头上戴着紧箍咒没办法罢了，甚至唐僧也时不时地老想家。在整个取经过程当中，只有沙和尚任劳任怨，既不像悟空那样桀骜不驯，也不像八戒那样偷奸耍滑，这与沙和尚的地位也有关系。

《西游记》中的沙和尚名为卷帘大将，但是其实就是玉皇大帝的一个奴才。他的职责就是伺候玉皇大帝，一丝一毫的松懈都不敢有，这也是他顺从的一个原因，是他奴性人格的一个典型表现。比如说当唐僧数次念紧箍咒，特别是唐僧两次驱赶孙悟空时，沙和尚一句公正话都没有。孙悟空正是因为如此，才表现出了对沙和尚的不满。这和沙和尚的安分守已，循规蹈矩，驯良服从，明哲保身的奴性密不可分。

正因为有了沙和尚，孙悟空、猪八戒等角色才更加突出，所以沙和尚在小说中是不可或缺的。从小说布局的角度来说，沙和尚的角色设置是神来之笔，他是一个血肉饱满的典型人物，作为艺术形象，侧面反映出了一种社会生活的真实，描写了一种社会现象，也揭露了一种人性，这也是沙和尚这个角色给我们的启示。

关于沙和尚我们就先讲到这里，下一篇我们再讲讲镇元大仙和他的人参果。

镇元大仙的风采

镇元大仙在《西游记》里面是形象最有风采和风度的一个人物。这一点在他的两个童子身上就有伏笔，清风、明月给唐僧师徒的第一印象是：骨清神爽容颜丽，顶结丫髻短发戟。道服自然襟绕雾，羽衣偏是袖飘风。环绦紧束龙头结，芒履轻缠蚕口绒。丰采异常非俗辈，正是那清风明月二仙童。

25

贰伍

镇元大仙和他的人参果

本篇我们来讲讲镇元大仙和他的人参果。

《西游记》里，万寿山五庄观这个故事总共写了三回，其实并不算太复杂，但是却足够重要，因为这个故事当中的主要人物镇元子，看起来是个打酱油的，其实他的内心戏非常之多，精明算计丝毫不输给如来佛祖。

《西游记》第二十四回“万寿山大仙留故友　五庄观行者窃人参”，唐僧师徒就遇到了这位高人——镇元大仙。镇元大仙是地仙之祖，道号叫作镇元子，但他的出身却不是很高。在《西游记》的神话体系里，仙人分天仙、地仙、鬼仙，天仙就是天上的神仙，以玉皇大帝为首的那一批；鬼仙就是像土地老儿这样的；地仙处在中间，也叫散仙，没有在天庭位列仙班，通俗的理解就是只能在地上晃悠。关于地仙的解释，道教有一本书叫《钟吕传道集》，是讲八仙过海中钟离权和吕洞宾修道的，这里面就记载说：

> 法有三成者，小成、中成、大成之不同也。仙有五等者，鬼仙、人仙、地仙、神仙、天仙之不等，皆是仙也。鬼仙不离于鬼，人仙不离于人，地仙不离于地，神仙不离于神，天仙不离于天……地仙者，天地之半，神仙之才。不悟大道，止于小成之法。不可见功，唯以长生住世，而不死于人间者也。

地仙能做到长生不死，但只能说是“小成”，悟不了大道，镇元大仙就是这样有点尴尬的身份。

另外，据说镇元大仙最早像他手下的清风、明月一样，是帮师父看园子的童子，后来才得道成仙，镇元子也有可能是从“镇园子”转来的，就像“菜园子”张青一样。所以孙悟空和猪八戒去偷人参果时，看到五庄观的菜园里种了好多萝卜蔓菁什么的，就笑话说：

> 他也是个自种自吃的道士。

今天生活在城里的人都喜欢自种自吃，但是把这件事搁到唐朝，是很有问题的。认识到这一点，对于分析镇元子这个人物非常重要。镇元子在人参果被孙悟空撬倒、打光之后，还能尽释前嫌，最后与孙悟空结拜为兄弟，也有与之交好的意思。由此看来，镇元子是一位纯粹的道士，而他的尴尬地位，也在某种程度上隐含了《西游记》中佛教昌兴，道教地位不高的意蕴。

话说唐僧师徒见到五庄观的二门上有一副对联：

长生不老神仙府，与天同寿道人家。

孙悟空笑话说这是大话唬人，岂不知镇元子还真是有说大话的资本。当时唐僧看观里只拜天地二字，就很纳闷，清风、明月说：

三清是家师的朋友，四帝是家师的故人，九曜是家师的晚辈，元辰是家师的下宾。

这几位都是什么来头。三清好说，道教的三清，指的是玉清元始天尊、上清灵宝天尊、太清道德天尊，也就是孙悟空师兄弟三人在车迟国变化之后戏弄妖怪的那三个人。四帝，指东西南北四个方位的执掌者，苍帝、黄帝、白帝、黑帝。九曜，一说是指北斗七星及其辅佐二星，另一说是历法中的九星。元辰为人的八字里不太好的一个神煞，会给人带来动荡不安。镇元子能跟这些人平起平坐，甚至辈分比他们高，而且镇元大仙被称为“地仙之祖”，是祖师级别的人，应该与太上老君、如来佛祖平级，至少不相上下。巧的是，镇元大仙也住在西牛贺洲，书上说人参果是：

盖天下四大部洲，惟西牛贺洲五庄观出此。

可见，镇元子也住在如来佛祖的眼皮子底下。而且作者写人物，先写住的地方做铺垫，一看就不是普通的地方，住的人能差到哪儿去呢?

说了镇元大仙住的地方，接下来就该说说镇元大仙本人了。镇元大仙在《西游记》里面是形象最有风采和风度的一个人物。这一点在他的两个童子身上就有伏笔，清风、明月给唐僧师徒的第一印象是：

骨清神爽容颜丽，顶结丫髻短发蓬。道服自然襟绕雾，羽衣偏是袖飘风。环绦紧束龙头结，芒履轻缠蚕口绒。丰采异常非俗辈，正是那清风明月二仙童。

想想看，手下两个看门童子都这么风采异常，那正主儿得讲究到什么程度？

果不其然，等到镇元子以真面目出场的时候，是这样的：

头戴紫金冠，无忧鹤氅穿。履鞋登足下，丝带束腰间。体如童子貌，面似美人颜。三须飘颔下，鸦翎叠鬓边。

体如童子貌，面似美人颜，从穿的、戴的到相貌，全都是一派仙风道骨。

这么有风采的人，用的武器也有风采。镇元大仙的法宝，一个是拂尘，另一个就是“袖里乾坤”，大袖飘飘，孙悟空、猪八戒、沙僧三个人拿着兵器一块上都没用，一挥袖就把唐僧师徒都装进去了，而且还装了两回，都是很轻松写意的感觉。

镇元大仙不光有风采，还有风度。从一开始他知道唐僧要经过五庄观，就嘱咐好童子，要把人参果打两个给这位“故人”尝一尝，只因为五百年前大家一起开会的时候他给镇元大仙倒过一杯茶。小说里写了这么一段话，镇元子吩咐清风、明月两个门童说：

“不日有一个故人从此经过，却莫怠慢了他，可将我人参果打两个与他吃，权表旧日之情。”二童道：“师父的故人是谁？望说与弟子，好接待。”大仙道：“他是东土大唐驾下的圣僧，道号三藏，今往西天拜佛求经的和尚。”二童笑道：“孔子云，道不同，不相为谋。我等是太乙玄门，怎么与那和尚做甚相识！”大仙道：“你哪里得知。那和尚乃金蝉子转生，西方圣老如来佛第二个徒弟。五百年前，我与他在兰盆会上相识，他曾亲手传茶，佛子敬我，故此是为故人也。”二仙童闻言，谨遵师命。那大仙临行，又叮咛嘱咐道：“我那果子有数，只许与他两个，不得多费。”

清风、明月一听，既然师父这么说了，就听他的吧，但是心里还是老大不愿意的。这都什么交情啊？传过一杯茶就变成了你口中的所谓“故友”？不就是一起开过一次会嘛，金蝉子作为会议主办方的参会人员，给来捧场的小伙伴们倒了杯茶，这就算有交情了吗？说明镇元子是很有风度的，你给我一杯茶，我这次用两个人参果来招待。这人参果了不得，小说里是这么写的：

又名草还丹，三千年一开花，三千年一结果，再三千年才得熟，短头一万年方得吃。似这万年，只结得三十个果子。果子的模样，就如三朝未满的小孩相似，四肢俱全，五官咸备。人若有缘，得那果子闻了一闻，就活三百六十岁；吃一个，就活四万七千年。

这果子闻一闻就能多活三百六十岁，吃一个就能多活四万七千年。在天庭里面什么可以跟它相媲美？一个是蟠桃，另外一个就是太上老君的金丹。蟠桃，是王母娘娘的；金丹，是太上老君的。在《西游记》这本书里，能让人长生不老的宝贝就三个：蟠桃、金丹、人参果。人参果是吴承恩自己捏造出来的吗？其实，人参果是有原型的，早在南北朝时期，南梁有一个人叫任昉，他写过一本书叫《述异记》，书里就说：

大食王国，在西海中。有一方石，石上多树，干赤叶青，枝上总生小儿，长六七寸，见人皆笑，动其手足，头著树枝。使摘一枝，小儿便死。

《述异记》中，还说这果子：

遇金而落，遇木而枯，遇水而化，遇火而焦，遇土而入。

后来这个果子就渐渐地改叫人参果了。类似的记载在《酉阳杂俎》《太平广记》都记载过。关于人参果，本来就是一个传说而已。但到了宋元时期，三藏取经的故事开始不断地丰满，吸收各种神话的元素，最终人参果和蟠桃就凑到了一起。这也很正常，都是吃的，都这么神奇。

再后来，《大唐三藏取经诗话》中就有偷吃蟠桃的情节，猴行者说：

> 我因八百岁时，偷吃十颗（蟠桃），被王母捉下，左肋判八百，右肋判三千铁棒，配在花果山紫云洞，至今肋下尚痛。

接下来，猴行者第二次吃蟠桃就不像是吃蟠桃了，倒像是吃人参果。书中记载：

> 熟透的蟠桃落入王母池边中，猴行者在池边以金镮杖敲石，三下敲出个面带青色、爪似鹰鹞的三千岁孩儿，五下敲出个面如满月、身挂绣缨的五千岁孩儿，直到敲出七千岁孩儿才化作乳枣与法师服用，后来法师东归吐枣核于西川，当地乃产人参。

关于人参果与蟠桃、镇元大仙与西王母的关系，小说《西游记》中也有过多次暗示，比如说一见人参果，沙和尚就说：这人参果我认识，在蟠桃宴上曾经有人给王母娘娘送过。

人参果的来历就先说到这里。后来的故事我们都知道了，这么好的果子唐僧不敢吃，结果让孙悟空等人知道了，连根拔了。等镇元子回来一看，生气归生气，却是从容不迫地追上去，变成了文质彬彬的道士，问唐僧他们是不是经过五庄观。待确认了嫌疑人，把他们抓回来，也是从轻发落，不打不杀，只要求抽三十鞭子，给人参果树赔罪。最后还说：孙悟空，你如果把我这棵树医活，我就跟你八拜为交，结为兄弟。孙悟空做到了，镇元子也做到了。镇元子一个那么大岁数的老人，跟孙悟空结拜了。

这个结拜其实是大有文章的，谁是兄谁是弟很明显，地仙之祖是兄，孙悟空是弟。意思就是：小弟你有什么事，将来遇到什么麻烦，当大哥的我地仙之祖镇元子罩着你。

另外要特别说明的是，镇元大仙这个人不仅仅有风采和风度，还是一个很较真儿的人，非常执着，一定要追求个“对错”。他向孙悟空讨还公道，就是明证。他和孙悟空说：

> 我也知道你的本事，我也闻得你的英名，只是你今番越理欺心，纵有腾那，脱不得我手。我就和你讲到西天，见了你那佛祖，也少不得还我人参果树。你莫弄神通！

这一段说出了镇元子的心里话。其实，镇元大仙并不在意几个草还丹，他是不能容忍孙悟空这种不光明正大“越理欺心”的行为，如同秋菊打官司，就是要个态度、讨个说法。所以说，镇元大仙这种人，种菜种得好、又认真，特别适合搞农业研究。但是正因为他较真，才有了后边孙悟空三打白骨精的劫难。

关于镇元大仙和他的人参果我们就说到这里，下一篇我们说说白骨精“吃”唐僧肉。

26

贰陆

白骨精“吃”唐僧肉

本篇我们来讲讲白骨精“吃”唐僧肉。我们知道白骨精没吃上唐僧肉，但是在小说《西游记》中，“白骨”与“肉”却有着深层的联系。

白骨精的故事出自《西游记》第二十七回“尸魔三戏唐三藏　圣僧恨逐美猴王”。白骨精是整本《西游记》中最早出现的女妖怪，可见吴承恩对于这个女妖怪抱有厚望。而且《西游记》里写了那么多的妖精，但是留给观众印象最深的是白骨精。孙悟空三打白骨精的故事，那是妇孺皆知。

其实，在《西游记》中，从来就没有过一个“白骨精”。“白骨”加“精”的组合不知道是怎么来的。这个妖怪的故事在小说中只占了第二十七回这一回，回目中称其为“尸魔”。这个妖怪刚一出场时，书中交代说：

> 却说常言有云：山高必有怪，岭峻却生精。果然这山上有一个妖精。孙大圣去时，惊动那怪。他在云端里，踏着阴风，看见

长老坐在地下，就不胜欢喜……

《西游记》中并没有点明这是一个什么妖怪。直到三次变化被悟空识破，“三打”之后才交代其原型：

唐僧正要念咒，行者急到马前，叫道：“师父，莫念！莫念！你且来看看他的模样。”却是一堆粉骷髅在那里。唐僧大惊道：“悟空，这个人才死了，怎么就化作一堆骷髅？”行者道：“他是个潜灵作怪的僵尸，在此迷人败本，被我打杀，他就现了本相。他那脊梁上有一行字，叫作‘白骨夫人’。”

原来这个妖怪是一具尸体腐烂后剩余的一副骷髅，小说只称其为“尸魔”“僵尸”，最霸气也不过是称“白骨夫人”，并没有叫过“白骨精”。白骨夫人也好，白骨精也罢，为什么会给我们留下这么深刻的印象？先来回忆一下在唐僧师徒遇上白骨夫人之前遇到过的几个妖怪。

最早是刚刚出了大唐边界的时候，唐僧曾经带着两个随从——那时唐僧还不认识孙悟空、猪八戒、沙和尚——就遇到了三个妖怪，野牛精、黑熊精和老虎精。这三个妖怪把唐僧和两个随从抓起来之后，先把两个随从吃了，留下了唐僧。幸亏太白金星来搭救，唐僧才逃过一劫。后来大多数的妖怪都是奔着唐僧肉来的，这野牛精、黑熊精和老虎精却先吃了唐僧的两个随从，由此可见，三妖并不知道唐僧肉能够长生不老这件事。

接着，唐僧又遇到了黑熊怪。这黑熊怪也够怪的，偷了唐僧的袈裟，却没有打唐僧肉的主意。那件袈裟再宝贝，难道还能跟长生不老的唐僧

肉比吗？所以，黑熊怪也不知道吃唐僧肉能长生不老。再后来，唐僧又遇到了黄风怪。黄风怪手下的虎先锋，确实有要抓几个人做下酒菜的意思，但是也没有提吃唐僧肉这件事。黄风怪他们也只是把唐僧当成了普通的肉，而不是能让人长生不老的补品。

吃唐僧肉究竟能不能长生不老？这一点是值得怀疑的。在《西游记》里经过官方认证的长生不老的食品，只有我们之前讲过的蟠桃、人参果，还有太上老君的仙丹。吃唐僧肉可以长生不老这件事，是没有经过专门机构认定的。那么这个说法是从哪儿来的呢？

第一个说出吃唐僧肉可以长生不老这句话的，就是白骨夫人。按照白骨夫人的说法：

> 造化，造化！几年家人都讲东土的唐和尚取大乘，他本是金蝉子化身，十世修行的原体。有人吃他一块肉，长寿长生。真个今日到了。

暂且不论这消息是真是假，白骨精是如何第一个知道的？到底是谁散布出来的？这个消息出现的时间不长，不然此前的那些妖怪肯定不会轻易地放唐僧过关，更不会发生黑熊怪舍唐僧肉不顾，只顾偷一件袈裟，做出这种舍本逐末的事。也就是说，吃唐僧肉可以长生不老这个消息，是在唐僧到达白骨夫人所在地不久之前刚刚传出来的。那么，遇上白骨精之前，唐僧都经过了哪里呢？镇元大仙的万寿山五庄观！会不会是镇元大仙散布出去这个消息的？很有可能。

我们知道，唐僧师徒一行可是在五庄观惹了大麻烦的。镇元大仙的人参果树三千年一开花，三千年一结果，三千年一成熟，加起来就近一万年了。孙悟空一怒之下把这棵树毁了，镇元大仙能一点意见都没有？能不心疼吗？镇元大仙当然会有意见，当然会心疼。《西游记》里记载：

> 那长老自服了草还丹，真似脱胎换骨，神爽体健。

可见吃了人参果，不仅是一口气爬五楼不费劲的事儿，而是脱胎换骨了。《西游记》里还记载说，唐僧一行非得要离开五庄观：

> 镇元子决不肯放，又留住了五六日，然后相别登程。

镇元大仙的做法是不是很可疑？孙悟空他们非要走，你为什么非得要留五六日？这五六天你是不是就散布谣言去了？且不说是谣言，说说唐僧吃了他的人参果这事还是很有可能的吧？所以，镇元大仙是很值得怀疑的。

不管怎么说，唐僧一行离开五庄观后，就有了吃唐僧肉可以长生不老的这种说法。而离开五庄观唐僧一行首先遇到的妖精是谁？就是白骨夫人。作者这样安排很巧妙。唐僧吃了五庄观的人参果已经可以长生不老了，所以吃唐僧肉也可以长生不老。紧接着，唐僧这肉身就遇到了一堆骨头。您想，当“骨头”遇到了“肉”，那是很般配的。也就是说，白骨夫人一定要去吃唐僧肉。正是因为如此，白骨夫人一见唐僧就特别高兴，说道：

> 造化，造化！几年家人都讲东土的唐和尚取大乘，他本是金蝉子化身，十世修行的原体。有人吃他一块肉，长寿长生。真个今日到了。

所以在《西游记》里，要吃唐僧肉的妖精，这白骨夫人是头一个。

唐僧一路取经，但凡被妖精们捉住，除了两个是要跟他成亲的，其余都是要吃他肉的。那么，《西游记》里谁真的吃过唐僧肉呢？只有唐僧的母亲。想当年，唐僧母亲为了给自己的儿子做标记，狠狠地咬下一口唐僧的小拇指，所以，真正吃过唐僧肉的只有他的母亲。

接着说遇到了“肉”的白骨夫人。在《西游记》里，白骨夫人没有来历，就一句话：

> 却说常言有云：山高必有怪，岭峻却生精。果然这山上有一个妖精。

这就没了，关于白骨夫人的来历，《西游记》里就这二十几个字。白骨夫人虽然有点儿来路不明，但是却是一个相当厉害的角色。白骨夫人厉害的地方，表现在以下几个方面：

第一，白骨夫人是一个非常有智慧的女妖精。为了吃上唐僧肉，白骨夫人变换了三次人形，属于所有女妖当中变化多端的一个。除了变化多端之外，白骨夫人还诡计多端：白骨夫人的这三次变化不是随意变的，而是有组织、有预谋的，每次变成什么样的人都很有讲究。

第一次，白骨夫人变成了村姑，貌美如花，朴实善良，首先让猪八戒非常有好感，巧妙抓住了猪八戒好色的心理特点，抓住了取经团队中最薄弱、最容易被攻破的一个环节。白骨夫人让猪八戒给她当说客，在唐僧面前帮她说好话，初步打消了唐僧的防范心理，唤起了唐僧的同情心。虽说还是被孙悟空一棒子给打死了，但白骨夫人已经完全赢得了唐僧的信任，成功地孤立了孙悟空——孙悟空在唐僧面前没了话语权。更有甚者，白骨夫人的这次变化还为后来的变化做好了铺垫，白骨夫人说她的“家里还有双亲”，接下来的故事就更加顺理成章了。

第二次，白骨夫人变成了一个老妇，跑到唐僧面前哭诉自己的女儿被人打死了。这下唐僧更加招架不住了，孙悟空一棒子打将下去，立即就换来了 20 多遍的紧箍咒，把猴子疼得呼爹喊娘。唐僧真是发了狠了，说不定他想反正二胎政策也放开了，这满山的石头，想要个“二胎”孙悟空还不简单嘛。虽然这一次白骨夫人还是失败了，但是她已经完全将取经团队从内部给拆散了。

第三次，白骨夫人变成了一个诵经念佛的老者。这下可不得了，老者的老伴和女儿都被唐僧的徒弟打死了，并且这个老者还是唐僧的同行——也会念“阿弥陀佛”——完全把唐僧给征服了。唐僧恨不得拉着这个老者一起去取经。结果自然就是孙悟空被开除回了花果山。

白骨夫人的三次变化，让取经团队的内部关系紧张到了极致。纵观整部《西游记》，取经团队遇到任何妖魔鬼怪都可以自己或者借助其他神仙的办法来解决，都不会引起内部人这么激烈的斗争。这也侧面反映了白骨夫人的智慧。白骨夫人根本不用和孙悟空正面交手，就让他吃尽了苦头。白骨夫人懂得借力，借的是唐僧的手来与孙悟空较量，做到了“不战而屈人之兵”，不像其他妖精简单粗暴，呼啦啦一阵风，直接把唐僧卷跑，然后再与孙悟空打个你死我活，比如说蝎子精。

白骨夫人不同，她是通过自己的智慧来达到自己的目的。而且，白骨夫人的智慧，影响了后来的女妖精们。老鼠精也是先变成一个落难女子来骗取唐僧同情，玉兔精也是通过抛绣球成亲的手段来引诱唐僧。

白骨精的厉害在于她聪明，但更为重要的是，白骨夫人还是一个野生的、没有背景的妖精。《西游记》里那么多的妖精，比如男妖精里太上老君的青牛、观音菩萨的金毛吼、灵吉菩萨家的黄鼠狼、甚至如来佛宝座前的白耗子，都是明摆着的硬关系，都是靠硬关系出来说情，最终被带回去“严加管教”了。任孙悟空有再大的本事也奈何不了这些有关系的妖精们，比如观音菩萨给她的金毛吼说情，“你就放过他吧”。女妖精里老鼠精、玉兔精、蝎子精也都是关系户。玉兔精就不用说了，最后还是回月宫去了。老鼠精再不济也有个义父托塔李天王罩着，她很会逢迎，长年给李天王供奉牌位香火。蝎子精虽然没什么硬关系，但是在如来跟前听过课，去天宫里进过修。

白骨夫人既没有高贵的出身，也没有后台老板为她撑腰，更没有去天宫学府进修过。她能靠什么手段修成正果呢？白骨夫人所有的希望都寄托在吃唐僧肉上。只有吃了唐僧肉，才能满足白骨夫人长生不老、修成正果的欲望。所以，在阻碍唐僧取经的妖精中，白骨夫人是最目标明确、诡计多端、心狠手辣的，真是让读者又害怕又可怜。可怜的是这么一个

白骨精"吃"唐僧肉

第一次，白骨夫人变成了村姑，貌美如花，朴实善良，首先让猪八戒非常有好感，巧妙抓住了猪八戒好色的心理特点，抓住了取经团队中最薄弱、最容易被攻破的一个环节。白骨夫人让猪八戒给她当说客，在唐僧面前帮她说好话，初步打消了唐僧的防范心理，唤起了唐僧的同情心。

武艺不高的小妖精，竟然知名度这么高，简直是“流芳千古”，堪称“一代妖姬”。

苍蝇不叮无缝的蛋，唐僧这个取经团队是有问题的，所以唐僧师徒在白骨夫人的白虎岭上遇到的这一难很凶险，取经团队付出了极大的代价。造成这代价的原因除了白骨夫人要吃唐僧肉以求长生不老的欲望，还有唐僧、猪八戒二人心中的欲望，即他们的心魔。

首先，最直接的问题出在了猪八戒身上。我们之前说过，白骨夫人的第一个突破口就是猪八戒。白骨夫人抓住了猪八戒好色的弱点，才步步为营，最终赢得了唐僧的同情和信任，从而导致整个取经团队土崩瓦解。

其次，是唐僧的问题。在唐僧师徒中，心中有佛的大概只有唐僧一个人。但是，在处理白骨夫人的问题上，恰恰是唐僧“心中的佛”成了阻碍取经的“魔”，白骨夫人三次变化的村姑、老太太、老者，是一个完整的“幸福美满”的家庭。当这种家庭与唐僧心中的佛产生冲突的时候，唐僧只看到了表面上的幸福，而忽略了内在的危机。也就是说，唐僧的内心世界被世俗的家庭观念牵绊住了。这恰恰也是作者在此安排这一难的原因：要想成佛，必须抛开世俗的家庭观念，六根清净，才能舍小我，成就大我。在取经路上，不仅仅有外在的妖，还有心中的魔。只有把内外的妖魔去除干净，才能取得真经。

关于白骨精“吃”唐僧肉我们就先讲到这里，下一篇说说为爱痴狂的黄袍怪。

27 贰柒

为爱痴狂的黄袍怪

本篇我们讲讲《西游记》里第一大痴情男——为爱痴狂的黄袍怪。

四战黄袍怪的故事是《西游记》中非常精彩的一个篇章。故事发生在孙悟空第一次被唐僧逐出取经队伍之后，也就是在孙悟空三打白骨精之后。此时，取经队伍里已经没有了孙悟空，等于失掉了主心骨。没有了第一男主角孙悟空，取经的故事就无法向前发展，必须要把孙悟空再弄回取经队伍才算合理。

上一篇我们讲到白骨夫人是《西游记》里第一个被打死的妖怪，从居住地的位置来看，白骨夫人所住的白虎岭东面挨着的是万寿山五庄观，西面还有一个邻居，就是碗子山波月洞里面住着的黄袍怪。“问世间情为何物，直教人生死相许”，这是一句被人用惯了的老话，多数时候用来形容那些中了情花之毒的痴男怨女们，今天我们要把这句诗扣在一个妖怪——黄袍怪的头上，他的真实身份是上界二十八宿之一的奎木狼星。

中国古代的人在进行天文观测和研究的时候，将天空分成了二十八个区域，定名为二十八星宿。又按照东西南北四个方位将二十八星宿分为东方青龙七宿，西方白虎七宿，南方朱雀七宿，北方玄武七宿四个部分。奎木狼是二十八星宿中的魁星，是西方白虎七宿中的第一宿，足见他的地位。

奎木狼在下界之前，在天庭有正式职务，每天要按时打卡上班。在天上的时候，奎木狼与披香殿的侍女产生了感情，想结为夫妻，但是又害怕玷污了天庭胜景。所以两位约定分头下界，要在人间继续他们的姻缘，披香殿的侍女早一步下凡，托生于宝象国皇宫内院转世成了百花羞公主。

《西游记》中没有明确地告诉我们这披香殿到底是一个什么样的地方，估计这披香殿的侍女，也就是玉帝的一个高级会所里面的普通服务员而已。有的人会觉得奎木狼太没有追求了，堂堂一个天庭的大干部，居然会为了一个高级会所的服务员放弃大好的前程，真是堕落，思想道德水准已经滑坡到了让人不堪入目的地步。

其实还真不能怪奎木狼没见过世面。想想看，整个天庭虽说有很多女仙、女宫娥，但是天庭里谁有夫人呢？神仙也有七情六欲，要不猪八戒为什么会酒后戏嫦娥呢？所以奎木狼会看上一个服务员，是很正常的事。但是不正常的是，这个服务员小妹妹对奎木狼动了真心，还和奎木狼商量好了，到凡间去做长久夫妻。奎木狼没有把持住自己的立场，居然答应了服务员小妹妹的想法，天真地相信了爱情。他以为自己遇到的是真爱，于是头脑一冲动，就跟着小情人下凡去了。

这种做派在天庭中也算得上是情圣，只是让奎木狼万万没想到的是，自己的小情人下凡之后，一下子由服务员逆袭成了白富美，而堂堂的天庭干部却在下界之后，变成了丑陋不堪的妖魔黄袍怪，占据了碗子山波月洞。前后反差太大了，丑小鸭逆袭成了白天鹅，天庭的干部却成了宝象国境内碗子山波月洞的黄袍怪。但是这个白天鹅真把自己当成白天鹅了，她如何能看得上如此丑陋的妖怪？于是黄袍怪只能采取强制手段，将公主弄到了碗子山波月洞，当了压寨夫人，一晃就13年。故事情节一波三折，很吸引人，也很感人。接下来，当他们的爱情故事碰上取经五人组，会碰撞出什么火花？

话说唐僧在白虎岭上赶走了降妖能手孙悟空，一行三人一马，来到黑松林，猪八戒、沙僧先后出去化斋，唐僧被吃人恶魔黄袍怪捉入碗子山波月洞中，猪八戒、沙僧二位循踪找来，双战妖魔，未分胜负。这个时候，唐僧得到黄袍怪的老婆——宝象国三公主百花羞相救，逃离魔洞，到了宝象国。宝象国国王请猪八戒、沙僧二位降妖，搭救公主。猪八戒、沙僧二位就回到碗子山再战妖魔，猪八戒逃阵，沙僧被擒。这之后，黄袍怪变为一个器宇轩昂、形象俊美的美男子，到宝象国认亲，花言巧语。《西游记》中说：

那妖精巧语花言虚情假意地答道："主公，微臣自幼儿好习弓马，采猎为生。那十三年前，带领家童数十，放鹰逐犬，忽见一只斑斓猛虎，身驮着一个女子，往山坡下走。是微臣兜弓一箭，射倒猛虎，将女子带上本庄，把温水温汤灌醒，救了他性命。因问他是那里人家，他更不曾题公主二字。早说是万岁的三公主，怎敢欺心，擅自配合？当得进上金殿，大小讨一个官职荣身。只因他说是民家之女，才被微臣留在庄所，女貌郎才，两相情愿，故配合至此多年。当时配合之后，欲将那虎宰了，邀请诸亲，却是公主娘娘教且莫杀。其不杀之故，有几句言词，道得甚好，说道：托天托地成夫妇，无媒无证配婚姻。前世赤绳曾系足，今将老虎做媒人。臣因此言，故将虎解了索子，饶了他性命。那虎带着箭伤，跑蹄剪尾而去。不知他得了性命，在那山中修了这几年，炼体成精，专一迷人害人。臣闻得昔年也有几次取经的，都说是大唐来的唐僧，想是这虎害了唐僧，得了他文引，变作那取经的模样，今在朝中哄骗主公。主公啊，那绣墩上坐的，正是那十三年前驮公主的猛虎，不是真正取经之人！”

骗得宝象国国王的信任之后，黄袍怪施行妖法，把唐僧化为一只斑斓猛虎。白龙马闻讯，变作宫女，深夜入宫救师，与妖魔恶战，失利被伤，入御水河逃回，恰值猪八戒战败回城，白龙马央求猪八戒去花果山请回孙悟空搭救唐僧。后来孙悟空再次出山，这才有了大战黄袍怪的故事。

再来看黄袍怪这个妖怪到底怎么样。先说黄袍怪的长相，小说里原文是这么写的：

青靛脸，白獠牙，一张大口呀呀。两边乱蓬蓬的鬓毛，却都是些胭脂染色；三四紫巍巍的髭髯，恍疑是那荔枝排芽。鹦嘴般的鼻儿拱拱，曙星样的眼儿巴巴。两个拳头，和尚钵盂模样；一双蓝脚，悬崖榾柮桠槎。斜披着淡黄袍帐，赛过那织锦袈裟。

一个字，丑；两个字，太丑；三个字，太难看；四个字，不忍直视。您说，这奎木狼为什么不一直变成去宝象国认亲时的那个俊样？估计奎木狼一直用美男子的外貌与公主生活，公主也有可能会喜欢上他。

虽然外貌丑，但是黄袍怪有很多优点。

第一，黄袍怪的出身好，二十八星宿之一。孙悟空有那么大本事，历经九九八十一难也就混得个斗战胜佛来做，地位不过就相当于奎木狼的级别。

第二，黄袍怪有才。魁星主文章兴衰，那不是一般的有才。《西游记》中也曾经说他：

> 拿的一口刀，精光耀映；眠的一块石，细润无瑕。他也曾小妖排蚁阵，他也曾老怪坐蜂衙。你看他威风凛凛，大家吆喝，叫一声爷。他也曾月作三人壶酌酒，他也曾风生两腋盏倾茶。你看他神通浩浩，霎着下眼，游遍天涯。荒林喧鸟雀，深莽宿龙蛇。仙子种田生白玉，道人伏火养丹砂。

想来这黄袍怪也是个风流才子。

第三，通过黄袍怪和孙悟空打斗的情况来看，奎木狼的实力很强大。《西游记》中描绘黄袍怪曾跟孙悟空大战五六十个回合，不分胜负。有此等勇猛的男儿保护，该有多么的安全？要不是因为失去了内丹，孙悟空真的能够打得过奎木狼吗？

第四，也是最重要的一点，奎木狼痴情，是个好男人，或者是个好男妖。为了爱情甘愿下凡，沦落为妖魔。普天之下谁做出过这样的牺牲？天蓬元帅曾经有过一次，但那是酒后乱性，怎么能跟奎木狼的纯洁爱情相比呢？虽说公主失去了前世的记忆，不认识奎木狼，但是他并没有放弃，

为爱痴狂的黄袍怪

黄袍怪对媳妇儿言听计从——听老婆话的男人，很不好找的。黄袍怪捉了唐僧，他是知道唐僧肉吃了可以长生不老，但当百花羞让他把这个大和尚放了，他很快就同意了。

也没有发怒，还是一如既往地对百花羞很好。用奎木狼自己的话说：

你穿的锦，戴的金，缺少东西我去寻。四时受用，每日情深。

此外，还有一个细节也能看出黄袍怪的痴情来。黄袍怪对媳妇儿言听计从——听老婆话的男人，很不好找的。黄袍怪捉了唐僧，他是知道唐僧肉吃了可以长生不老，但当百花羞让他把这个大和尚放了，他很快就同意了，说：

浑家，你却多心呐！什么打紧之事。我要吃人，那里不捞几个吃吃？这个把和尚，到得那里，放他去罢。

黄袍怪不仅同意把这个大和尚放了，还安慰公主，让她别把这事放心上。

公主又说：

“郎君，放他从后门里去罢。”妖魔道：“奈烦哩，放他去便罢，又管他什么后门前门哩。”

瞧瞧，那些想吃唐僧肉的妖怪，谁像这黄袍怪那样，直接说放就放，前门后门无所谓，放。

再后来，孙悟空变成百花羞的模样，骗黄袍怪说是心口疼，黄袍怪一下子就把最宝贵的舍利子玲珑内丹吐出来给他医治，这才中了孙悟空的道。不然的话，一旦真的动起手来，谁赢谁输还不一定呢。

而且黄袍怪在这13年里没有任何绯闻，国王为他选了18个宫女，吹弹歌舞，劝妖魔饮酒作乐，他仍然没有趁机淫乱。可见黄袍怪真是一个难得的好男人、好男妖。

百花羞与奎木狼一起生活的13年，应该很幸福，奎木狼有才华，有能力，又痴情，对百花羞百般照顾，他自始至终是爱这百花羞公主的，如果不爱，也就没有了后来的故事。当他被捉拿回天庭之后，玉帝曾经问他：

奎木狼，上界有无边的胜景，你不受用，却私走一方，何也？

高高在上的玉帝真是饱汉子不知饿汉子饥，胜境美女再多，但那都是他的，跟奎木狼没有半毛钱关系。虽然下界当了妖怪，可是这13年来奎木狼是跟最心爱的人在一起朝夕相处，这种平凡的快乐，玉帝哪里懂？奎木狼心中的苦，当然不能说给玉帝听了，在经历一番变故之后，面对玉帝的质疑，奎木狼只能说是百花羞公主欲与臣私通，把责任完全推给了百花羞。至于其中的原因，与百花羞对他伤害太大有着密不可分的关系。两个人只能缘尽于此。

黄袍怪与百花羞的故事是一出悲剧。为百花羞放弃了上界无边胜景的奎木狼，最终在谎言与伦理面前一败涂地。到被抓去天庭，道出了所有原委的时候，奎木狼知道，这个时候的他和百花羞已经缘分尽了，双方都已经回不到过去那种状态了。

百花羞公主也是一个很矛盾的人，她为了爱情转投人间，看来是情深义重，但是在下凡的过程当中，悲剧诞生了。

第一、投胎之后的百花羞公主，忘记了她前世的记忆，16 岁那年才初见奎木狼。百花羞公主完全不记得前世的海誓山盟，更没有激动之下扑入奎木狼的怀抱，而是被奎木狼抢走了。

第二，在这十几年的时间里，百花羞公主受到的教育是传统的尽义尽孝，知书达理，所以她一直对奎木狼是个妖怪这件事耿耿于怀：尽管你对我有千般好，但我仍然认为你是坏人。

孙悟空在假扮成百花羞之前，曾经和百花羞见过一面，他质问百花羞:

公主啊，为人生在天地之间，怎么便是得罪?

孙悟空这话的意思非常明显：你爹娘都活着，怎么能舍掉爹娘跟妖精一块儿去住呢？当时百花羞面红耳赤，她自己觉得很不孝。其实百花羞公主的内心也很矛盾，因为她真的很难再找到一个如此爱自己的男人了。

13 年，奎木狼一个劲儿地对自己喜欢的女人好，想消除这个女人对自己的恐惧，但是他从来没有跟百花羞讲起过前尘往事。当百花羞知道自己前世的一切的时候，她会对自己的所作所为，产生哪些感慨呢？繁华落尽，南柯一梦，最终总会是醒的。天上十三天，地上十三年，奎木狼最终被押解回了天庭，替太上老君烧火，命运的齿轮开始重新缓缓地转动，那一场爱恨情仇也化作了乌有。

关于痴情的奎木狼我们就说到这里，下一篇我们说说平顶山莲花洞与乌鸡国。

丑小鸭变成白天鹅

前后反差太大了，丑小鸭逆袭成了白天鹅，天庭的干部却成了宝象国境内碗子山波月洞的黄袍怪。但是这个白天鹅真把自己当成白天鹅了，她如何能看得上如此丑陋的妖怪？于是黄袍怪只能采取强制手段，将公主弄到了碗子山波月洞，当了压寨夫人，一晃就13年。

28

贰捌

平顶山莲花洞与乌鸡国

本篇我们讲讲平顶山莲花洞与乌鸡国。

金角大王、银角大王这一段是《西游记》中篇幅最长的几个故事之一，平顶山大战也是孙悟空斗智斗勇的一个精彩环节，一共有四回（第三十二回~第三十五回）。

金角大王原来是为太上老君看金炉的童子，银角大王是看银炉的童子，观音菩萨为了试验唐僧西天取经的决心，向太上老君借来了金角、银角两位童子，变作了妖怪来磨砺唐僧取经的决心。观音菩萨把看炉子的童子都借走了，谁来给太上老君看炉子呢？这就是小说有意思的地方了，上次我们说奎木狼私自下界十三年，后来被收回天上，罚他给太上老君烧火看炉子，有了看炉子的，另外两人就有空了，化作了金角大王、银角大王。

金角、银角两位大王用的兵器都是一把七星宝剑，此外还有紫金红葫芦、羊脂玉净瓶、七星剑、芭蕉扇、幌金绳等几件宝物，与孙悟空比

武斗法难分输赢。这几件宝物看似平常，其实并不寻常，都是太上老君平常用的一些日常物件儿。小说里太上老君是这么说的：

> 葫芦是我盛丹的，净瓶是我盛水的，宝剑是我炼魔的，扇子是我扇火的，绳子是我一根勒袍的带。

太上老君一共六件宝贝，上述五件，再加上金刚镯子就凑齐了。这五件宝贝暗合五行，又扣八卦，其中紫金红葫芦属于离火，羊脂玉净瓶属于坎水，七星剑属艮兑金，芭蕉扇属震巽木，幌金绳属乾坤土。

首先出场的是七星剑。孙悟空让猪八戒去巡山，正好碰上银角大王也在巡山，猪八戒与银角大王两个就打了一场。这时银角大王用的就是七星剑。银角大王第二次与沙僧大战时，也靠着这口宝剑才把唐僧和沙僧擒住。自古以来，中国的道教以七星剑作为法器，甚至以七星剑作为镇观之宝，为什么叫七星呢？道教产生以后，就尊奉日月星辰，七星就是北斗七星。

关于七星剑，还有个传说。说是铸剑大师欧冶子和干将联手铸造了一把七星剑，为了铸造这个剑，他们凿开了一座山，放出山中的溪水，把水引到铸剑炉旁成了北斗七星的形状。剑铸造完了之后，两人看这剑身，如同登高山而下望深渊，缥缈而深邃仿佛有巨龙盘卧——总而言之，玄而又玄，所以这把剑又叫“七星龙渊”。七星剑在中国的名气非常大，比如《三国志通俗演义》里面就讲到诸葛亮按照玄武星宿、北斗七星设了一座七星坛，并且借东风登坛作法，手里拿着的也是七星剑。武侠剧里，武当派也是用的七星剑。

芭蕉扇在《西游记》中前后出现过三次，平顶山是第一次。第二次是在金兜山，太上老君用来降服青牛。第三次是火焰山，铁扇公主的两把宝扇，还有一真一假。太上老君的宝扇与铁扇公主的宝扇到底是什么关系呢？他们手里的芭蕉扇，虽然名字都一样，但是扇子却不一样。太上老君的扇子是至阳的，小说里太上老君说他这扇子是用来扇火的，既然要炼丹，肯定火得越扇越旺才对，和烧火做饭是一个道理。铁扇公主的芭蕉扇就不是这样了，完全相反，她的扇子是至阴的，就是越用这扇子扇，火就越小，要不火焰山的火怎么能扇灭呢？要是用太上老君的那把扇子扇火焰山，那就麻烦了，越扇火焰山的火越大。

再说说玉净瓶，它是太上老君用来盛水的。《西游记》里，玉净瓶也有两个，一个是观音菩萨的玉净瓶，另外一个是太上老君的玉净瓶。观音菩萨手里拿的玉净瓶，里面装的是甘露水，有起死回生的功效。观音菩萨曾经用这个瓶子的水救活过人参果树。太上老君盛水的玉净瓶法力无边，给唐僧师徒制造了一系列的磨难。此外，在电视连续剧《新白娘子传奇》里，也提到一个羊脂玉净瓶，白素贞让小青去梁王府盗宝，其中之一就是这瓶子，它跟观音菩萨的瓶子功能应该是一样的，都能起死回生。

太上老君是道教的始祖，所用的东西和法宝自然都是道教源头的物件，所以很厉害。但是这里有个大问题：金角、银角两位大王有了这几件法宝，已经是很牛了，但是他们怎么会认一只狐狸精作为干娘呢？而且，从《西游记》所设置的情节上来看，这只九尾狐狸一出场，就被孙悟空给秒杀了。可见这只九尾狐狸其实实力很一般，她何德何能配做金角、银角大王的干娘呢？我们换一种角度考虑问题，也许对朋友们有启发。

《西游记》中先后有三条狐狸精，第一条是牛魔王的相好玉面狐狸，第二条是比丘国国王的小妾白面狐狸，第三条就是这金角、银角两位大王的干娘九尾狐狸。九尾狐狸手中拿的东西是什么呢？幌金绳，用太上老君的话说：

绳子是我一根勒袍的带。

勒袍的带，类似我们今天用的腰带。葫芦、瓶子、宝剑、扇子这四样东西都和炼丹有关，被偷可以理解。可问题在于：腰带是贴身之物，居然也被偷了，还到了那九尾狐狸的手里。对于九尾狐狸，《西游记》中有好几处描写都值得我们留意，让人联想到她年轻时的风采。

第一，九尾狐狸很风骚。孙悟空变成老狐狸后，书中是这么写的：

他却随后徐行，那般娇娇啻啻，扭扭捏捏，就像那老怪的行动，径自进去。

从动作不难看出，九尾狐狸虽老，但身上那股风骚劲儿是一点也没少。

第二，九尾狐狸特别爱打扮，《西游记》里写：

老怪起身出洞，坐在轿里，后有几个小女怪，捧着奁妆，端着镜架，提着手巾，托着香盒，跟随左右。

瞧瞧，洗漱用品、化妆盒等一点不少，绝对的美容达人。关键是年龄都这么大了，这些也该省省了，又不是明星、主持人。

第三，九尾狐狸是有首饰的。《西游记》里的女妖，绝大部分都没有首饰，但是九尾狐狸有，书里写着：

头缠白练攒丝帕，耳坠黄金嵌宝环。

居然还运用了宝石镶嵌工艺的高级定制耳环，一下子就和白骨精、老鼠精等一干妖精拉开了差距。这场面，这打扮，这气质，不难回想在遥远的过去，九尾狐狸曾经是多么的青春美貌，是其他普通的女妖不能比的。

耐人寻味的是，九尾狐狸出场没多久，就被孙悟空一棒子打死了，死得也是够惨的。这位曾经绝代风华的狐狸精，她的真实身份到底是什么呢？《西游记》里没有明说，但是如果将《西游记》与另一部神魔小说《封神演义》放在一起看就会发现，在《封神演义》里祸害纣王的妲己，不正是被女娲派去的九尾狐狸精附体的吗？在中国古代神话故事里，真正有法力、有来历的九尾狐狸少之又少，《封神演义》和《西游记》中的这两位很有可能就是同一个人。妲己虽然恶贯满盈，但九尾狐狸是带着女娲的任务去的，事成之后，女娲自然应该给她安排条后路。

虽然这九尾狐狸最后被打死了，但是她晚年还是很不错的。有两个孝顺的儿子，还是太上老君门下的童子。不但给了她幌金绳，抓了唐僧之后还请她一起吃唐僧肉。正因如此，才有人说，这九尾狐狸其实是金角、银角二位的亲娘，不是干娘。不管是亲的还是干的，九尾狐狸一点都不亏。最后这一家人都被孙悟空打败了，这一磨难对整个取经队伍来说过得一点都不容易。

过了平顶山莲花洞之后，取经五人组来到了乌鸡国，乌鸡国的故事和莲花洞的故事对比来看，就有点不一样了。乌鸡国的故事从第三十六回写到第四十回，有五回的故事，比我们前边讲的金角大王、银角大王的四回故事还要长上一回，作者写这么多，难道这乌鸡国还有什么更厉害的妖怪等着吃唐僧肉?

乌鸡国国王平时乐善好施,斋戒礼佛,被如来佛祖列为重点培养对象，还派了文殊菩萨这样的领导干部去点化他。不料文殊菩萨到了乌鸡国之后，却出了个大乱子。因为不能用真身去见国王，文殊菩萨只能变作了一个普通的和尚，跟国王化点儿斋饭。按理来说，乌鸡国国王平时乐善好施，斋赠这种事经常做，来者不拒，可坏就坏在文殊菩萨不是真的来化斋的，而是假借化斋为名来考察国王的。因为几句言语相难，惹恼了国王，国王就把文殊菩萨用绳子捆起来扔进河里。文殊菩萨被泡了三天三夜，自然很生气，回去就禀报如来佛祖。

如来佛祖一听，这乌鸡国国王胆太大了，连我的人都敢欺负。于是如来佛祖就派文殊菩萨的坐骑青毛狮子来报仇。把国王推到了井里泡了三年，给文殊菩萨报了三天三夜的仇。要不是孙悟空插手，最后能泡几年是谁也不知道的。原本是一桩提拔干部的好事，最终闹成了两败俱伤的八卦闹剧，想必这是谁都不想看到的。先不说这到底怨谁，先说说这事儿跟唐僧师徒取经有什么关系?

本来是八竿子也打不着的关系。《西游记》里的九九八十一难不是随便写的，是有套路的，按照“妖怪发难——唐僧遭灾——弟子救助——师父脱险”的固定模式。比如，我们前面刚刚介绍过的莲花洞的故事，金角、银角大王是冲着唐僧肉去的。但是，在乌鸡国的故事中，青毛狮子对唐僧肉压根没兴趣，完全是冲着乌鸡国国王去的。

以前都是妖怪去抓唐僧，现在可倒好，唐僧主动去撩妖怪了。《西游记》里是这么写的。话说在乌鸡国，唐僧在一座皇家寺院里，梦见国王鬼魂诉冤，状告拜把子兄弟在御花园里把他害死，又变成他的模样，霸占了他的宝座和王后，而王后、王子竟还蒙在鼓里，于是唐僧就路见不平、拔刀相助了。看到没有，乌鸡国的故事纯粹是唐僧自找的。

再看看过程，国王托梦，王子复仇，这套路有没有觉着很熟悉？英国著名作家莎士比亚写了一本《哈姆雷特》，哈姆雷特的父王被其亲兄弟克劳狄斯谋杀并篡夺王位、夺娶其王后为妻，后来哈姆雷特父王的鬼魂告诉了他自己被毒害的真相，哈姆雷特设法验证了其父鬼魂的话，决心为父报仇。这两个故事基本是差不多的。更巧的是，小说《西游记》和剧本《哈姆雷特》的成书时间，几乎是在同一个时期，前后差不了几年，《西游记》要稍早一些。乌鸡国国王和哈姆雷特父王就有点同病相怜的感觉了，套用一句话，叫“本故事纯属虚构，如有雷同，纯属巧合”。

接下来再分析分析乌鸡国的故事给了我们什么启示。

按照《西游记》的立场，文殊菩萨是有功的。我好心好意点化你，你却不识好人，不光把我绑起来，还把我扔到河里泡了三天三夜，这是大逆不道。但是，如果看看文殊菩萨为什么被乌鸡国国王绑起来，那就会有另外一种看法。文殊菩萨跟孙悟空解释时用了一个词，“言语相难”，书中并没有说是什么言语，想必不是什么好话。

钦差大臣到了基层，指手画脚，大呼小叫，对基层的人呼来喝去，完全是不会把基层的人放到眼里的。基层的人点头哈腰，小心翼翼，唯

恐钦差大臣会有哪儿不满意。这种情况太常见了。我们这里要注意的是，文殊菩萨是化身成一个和尚前往的，但是不管化身成什么人，文殊菩萨也不会忘了自己化身之前的身份。

话说到这里，我们便可以想见当时的场景有多尴尬了：当普通百姓摆出钦差大臣的架势时，那下场就惨多了。人们尊重你、害怕你，是因为你的身份。当你褪掉了那层身份，还想用以前的身份行事，就只能是自取其辱了。官场如此，生活中也是如此。

关于平顶山莲花洞与乌鸡国的故事我们就先说到这儿，接下来我们说说红孩儿和他的父母。

29 贰玖

红孩儿与他的父母

本篇我们讲讲红孩儿与他的父母。

如来佛祖给了观音菩萨金箍、紧箍和禁箍三个箍，这紧箍套的是孙悟空，禁箍套了黑熊精，最舍不得用的金箍套的是红孩儿。也就是说，在观音菩萨的眼里，红孩儿是个比孙悟空更为神通广大的妖怪，为什么说红孩儿神通广大？《西游记》中写到了以下四个方面。

第一就是红孩儿的法力要比孙悟空强。

我们看到红孩儿和孙悟空交手，貌似红孩儿的武艺很一般，战术也很一般——这一点，就连猪八戒都能看出来。而且，这红孩儿也没有什么法宝。但是红孩儿会吐火，这火还是三昧真火。在《西游记》里，会用三昧神风的，只有一个妖怪；会用三昧真火的，统共两人：一个是太上老君，另外一个就是红孩儿。那么，传授给红孩儿三昧真火的，只能是太上老君了。如果孙悟空在跟红孩儿对阵的时候，请的不是观音菩萨而是别人，那孙悟空要想取胜是很难的——除非请的是太上老君。

孙悟空胜不了红孩儿的三昧真火，他还是可以逃跑的。想当年大闹天宫的时候，孙悟空被太上老君放在八卦炉中炼过，熏坏了眼睛，所以这个时候的孙悟空怕烟。怕烟就只能逃跑，不能和红孩儿交手，而且红孩儿也知道孙悟空既怕火又怕烟。

第二，红孩儿的名头响。

按照《西游记》中的记载来看，号称圣婴大王的红孩儿只是个小孩子，但是这个小孩子的年龄是多少呢？300 岁！红孩儿是牛魔王与铁扇公主的儿子，说起来应该有一部分牛的模样，但是红孩儿长得一点都不像牛——红孩儿长得相当漂亮，比哪吒还要好看很多，很有富贵相。问题在于：牛魔王跟铁扇公主两位都不会吐火。老爹老妈都不会吐火，只有他们的孩子会吐火，而且吐火还是红孩儿的专长。想当年孙悟空想跟他攀亲，说我和你爹牛魔王是兄弟，红孩儿举枪便刺：

> 泼猴头！我与你有甚亲情？哪个是你贤侄？你是哪里人，我是哪里人，怎么得与我父亲做兄弟？

由此可见，红孩儿既不相信孙悟空，也瞧不起他父亲牛魔王的兄弟。

第三，红孩儿的势力大。

《西游记》第四十回中讲了红孩儿的势力。孙悟空叫当地的山神土地来见，一下子来了 60 个：30 名山神，30 名土地神。这 60 人居然都归红孩儿一个人管，红孩儿的势力相当大啊。这些土地山神都是天庭设在这里的基层干部，结果一个个被红孩儿当作佣人使唤。《西游记》中，红孩儿的父亲牛魔王没这个本事，红孩儿的母亲铁扇公主也没这个本事，可红孩儿却有这样的本事。红孩儿已经超过了他的父母，一定是大有来头的。换句话说，红孩儿不是野路子的妖怪。

第四，红孩儿的结局好。

在整个与取经五人组打仗的过程当中，红孩儿不仅差点把孙悟空给打败，就是观音菩萨来了，他也不怕，敢变成观音菩萨的模样去骗猪八戒，还敢拿枪刺观音菩萨。如果没有如来佛祖送给观音菩萨的金箍，很难说他能不能最终战胜观音菩萨。红孩儿还放胆说：

> 泼猴头，错认了我也！他不知把我圣婴当作个甚人……又去请个甚么脓包菩萨来。

红孩儿把谁都不放在眼里，颇有点儿熊孩子的潜质。

后来，观音菩萨设计用金箍套住红孩儿之后，是怎么处理的？按理说，观音菩萨怎么也得骂两句、打打屁股什么的。可结果呢，观音菩萨非但没有打骂红孩儿，反而直接封了红孩儿为善财童子。红孩儿从妖怪一下子变成了一个有正规编制的神仙。而孙悟空努力去取经，经历九九八十一难，最终才混成了斗战胜佛。猪八戒、沙和尚一路取经那么多磨难，最终混得还不如红孩儿好。

红孩儿这个熊孩子到底是什么来路呢？红孩儿的故事差不多是和《西游记》的故事一起相伴而生的。在元杂剧《西游记》里就已经有一个红孩儿怪。剧中说，唐僧看见一个小孩子，见其可怜巴巴的，叫孙悟空背着这个小孩子一起走。孙悟空发现背不动这个小孩子，才知道他是个妖怪孩子。孙悟空砍了这孩子一刀，一下子就把妖怪孩子砍下山去了。不

孙悟空大战红孩儿

我们看到红孩儿和孙悟空交手，貌似红孩儿的武艺很一般，战术也很一般——这一点，就连猪八戒都能看出来。而且，这红孩儿也没有什么法宝。但是红孩儿会吐火，这火还是三昧真火。

料想，这个妖怪孩子弄起一阵风，反而把唐僧摄走了。孙悟空一见师父没了，一场仗都没打，直接请观音菩萨去了。观音菩萨也没敢动手，就找了如来佛祖。如来佛祖派了四位手下，带了一个钵盂，把妖怪孩子召了来，扣放在桌上。

如来佛祖说，我要等个人来，这个人如果不来，红孩儿就死定了，会化成黄水。如来佛祖在等谁呢？原来这个红孩儿名字叫爱奴儿，是鬼子母的儿子。鬼子母一听说自己的儿子被如来佛祖扣了，非常生气，便带了鬼兵前来，要救走她的儿子。结果钵盂被如来施了法术，鬼子母怎么揭也揭不开。最终，无可奈何的鬼子母就皈依了佛教。这一段其实是“鬼子母”的故事，原本和《西游记》没有多大关系。《西游记》逐渐扩充了之后，就把这个故事吸收进来了。

时至今日，《西游记》里居然还有这个故事的痕迹！孙悟空为了降伏红孩儿去请菩萨，谁给孙悟空通风报信儿的呢？《西游记》里头就写了：

> 只见二十四路诸天迎着道：“大圣，那里去？”行者作礼毕，道：“要见菩萨。”诸天道：“少停，容通报。”时有鬼子母诸天来潮音洞外报道菩萨得知。

结合宋元之际的话本、小说、戏曲，我们知道红孩儿的母亲应该是在天庭上等着他的。诸天是什么意思呢？护法神。看来，鬼子母被招聘以后，在菩萨座前做了二十四护法神之一。所以，不要以为观音菩萨把红孩儿弄来当善财童子是惩罚，这是想办法让红孩儿跟他的母亲团聚呢。

那么，红孩儿到底是不是牛魔王跟铁扇公主的孩子呢？说起牛魔王

红孩儿与他的父母

红孩儿是牛魔王与铁扇公主的儿子，说起来应该有一部分牛的模样，但是红孩儿长得一点都不像牛——红孩儿长得相当漂亮，比哪吒还要好看很多，很有富贵相。

和铁扇公主这两个人，原本可以平平淡淡、幸幸福福过好他们的一生。铁扇公主其实不是妖怪，否则孙悟空一眼就能看出来。孙悟空到铁扇公主所住的翠云山，一看：

> 山以石为骨，石作土之精。烟霞含宿润，苔藓助新青。嵯峨势耸欺蓬岛，幽静花香若海瀛。几树乔松栖野鹤，数株衰柳语山莺。诚然是千年古迹，万载仙踪。碧梧鸣彩凤，活水隐苍龙。曲径荜萝垂挂，石梯藤葛攀笼。猿啸翠岩忻月上，鸟啼高树喜晴空。两林竹荫凉如雨，一径花浓没绣绒。时见白云来远岫，略无定体漫随风。

这铁扇公主的居所可真漂亮。孙悟空当时向打柴的樵夫打听，说有个铁扇仙的芭蕉洞在何处？那樵夫就说：

> 这芭蕉洞虽有，却无个铁扇仙，只有个铁扇公主，又名罗刹女。

在整个《西游记》里，有名有号的女妖精好几十个，没有哪个叫公主的，叫夫人的倒有一个，是白骨夫人。

《西游记》里描写的夫妻并不多，完完整整讲夫妻的，一对是唐僧的父母，讲这段故事是为了介绍唐僧这个人怎么出生的，但那是一个悲剧性的故事，是一个不完整的家庭，不太符合我们中国历史上的家庭。

牛魔王夫妇可是典型的中国式家庭：牛魔王有老婆铁扇公主，还有情人玉面狐狸。《西游记》中这段故事特别有意思，以牛魔王为中心建立起了一个家庭结构。《西游记》没有把牛魔王当成神来写，而是完完全全把牛魔王当成一个人，是一个家庭的主心骨。牛魔王始终是一个成年男性，家里面有妻子罗刹女，家外面有情人玉面狐狸，还有不在身边外出工作的孩子红孩儿，还有弟弟如意真仙。这，就是典型的封建社会的中国式家庭。

牛魔王很牛，“家里红旗不倒，外面彩旗飘飘”。他有个情人也就算了，还是《西游记》里少有的白富美。只可惜这个白富美嫁给了又丑又花心的牛魔王，还是做小妾。玉面狐狸是万岁狐王的女儿，是个富二代，貌美如花：

> 娇娇倾国色，缓缓步移莲。貌若王嫱，颜如楚女。如花解语，似玉生香。高髻堆青亸碧鸦，双睛蘸绿横秋水。湘裙半露弓鞋小，翠袖微舒粉腕长。说什么暮雨朝云，真个是朱唇皓齿。锦江滑腻蛾眉秀，赛过文君与薛涛。

这样一个标准的白富美居然看上了牛魔王，心甘情愿给他当小妾，而且还是倒贴。孙悟空见到玉面狐狸时破口大骂：

> 你这泼贱，将家私买住牛王，诚然是赔钱嫁汉！你倒不羞，却敢骂谁！

孙悟空骂玉面狐狸是“赔钱嫁汉”，可不就是倒贴嘛。更有甚者，玉面狐狸不仅倒贴牛魔王，还给牛魔王的正妻铁扇公主花钱，文中写道，玉面狐狸听得铁扇公主请牛魔王，心中大怒，耳根通红，破口骂道：

这贱婢，着实无知！牛王自到我家，未及二载，也不知送了他多少珠翠金银，绫罗缎匹。年供柴，月供米，自自在在受用，还不识羞，又来请他怎的！

在《西游记》所有的女妖中，玉面狐狸也是独一无二了。牛魔王也很牛。

牛魔王是江湖上响当当的一条好汉，武艺高强，有“平天大圣”和“大力牛王”的美誉，曾经大战孙悟空和猪八戒一天一夜未分胜负。牛魔王在江湖上还有众多结义兄弟和朋友，孙悟空就是其中一个，交友广，关系硬，在外也是牛气冲天。红孩儿也是谁都不放在眼里，有点儿牛魔王

的牛脾气，势力也很大。牛魔王和红孩儿，还真有点儿像亲爷儿俩。

但是，牛魔王对这儿子好像不太关心。牛魔王曾经和孙悟空动手打架，但动手打架的原因，不是因为他的儿子红孩儿，而是因为孙悟空欺负了他的正妻，又欺负他的小妾，这是老牛不能容忍的。

> 你原来是借扇之故！一定先欺我山妻，山妻想是不肯，故来寻我！且又赶我爱妾！常言道，朋友妻，不可欺；朋友妾，不可灭。你既欺我妻，又灭我妾，多大无礼？上来吃我一棍！

孙悟空欺负他儿子，他不生气，欺负他夫人、情人，他就要动手。这么看来，牛魔王和红孩儿又不像亲爷儿俩。

到底红孩儿是不是牛魔王夫妇的儿子，仁者见仁，智者见智。小说里的故事无论人、妖、神，讲的其实是家庭伦理，是一个个的人间悲喜剧，说的都是人事儿。感情生活需要用心呵护，家庭需要用心维护，人也好，妖也罢，神仙也好，家家有本难念的经。

关于红孩儿与他的父母的故事就说到这里，下一篇我们说说女儿国国王与唐僧。

30

叁拾

女儿国国王与唐僧

（上）

本篇讲讲女儿国国王与唐僧。

不论是《西游记》原著还是电视剧，在唐僧师徒所经历的九九八十一难中，除了很多非常棘手的麻烦事，唐僧还遭遇了形形色色的“艳遇”。这些“艳遇”里面，有的是要跟他结婚，有的是变着花样的要造孽，有的是逗着他们玩，也有的是动真感情的。排在头一号的就是西梁女国，也就是我们俗称的女儿国的国王。女儿国国王在整本《西游记》里面，可能是让唐僧最为心动的一个女人，而且她还是个肉体凡胎的人，不是妖精。

关于女儿国国王与唐僧的故事，本篇我们要讲三个问题：师徒五人怎么就有两位怀孕，其他三位没怀孕？会不会真的有这么一条河流，喝完了就能怀孕？女儿国国王是怎样追唐僧的？

我们先来说第一个问题。《西游记》第五十三回“禅主吞餐怀鬼孕　黄婆运水解邪胎”，唐僧师徒过了一条小河，小河非常干净，书里写的是：

> 忽遇一道小河，澄澄清水，湛湛寒波。唐长老勒过马观看，远见河那边有柳荫垂碧，微露着茅屋几椽。……三藏见那水清，一时口渴，便着八戒："取钵盂，舀些水来我吃。"那呆子道："我也正要些儿吃哩。"即取钵盂，舀了一钵，递与师父。师父吃了有一少半，还剩了多半，呆子接来，一气饮干，却服侍三藏上马。

然后一行人继续向西走去，没走半个时辰，唐僧和猪八戒就都喊疼，越疼越厉害，越疼肚子就越大，就像怀孕了一样，用手一摸，还能感觉到肚子里头有东西在乱动。后来孙悟空一打听，知道师父和师弟两人是喝了河中水的缘故。这条河叫子母河，当地的西梁女国没有男子，女子长到 20 岁以后，就来这里喝水，喝完了就能怀孕，三天就生孩子。西梁女国就是靠子母河的水来传宗接代的。从八戒和唐僧两个人的情况看，喝了水以后自己马上就能知道有没有怀孕，没有必要像小说中写的，还要到照胎泉边去照。那么西梁女国的人为什么怀了孕还要到照胎泉边去照一照呢？其实是看看怀的是男孩还是女孩，如果是男孩，就要喝落胎泉的水，把这孩子打掉；如果怀的是女孩，就可以生下来。这就说明西梁女国的女子是可以生出男孩的，为什么不让生呢？原因可能是这西梁女国的人有某种信仰，或者说是被某些人给操纵的。

怀胎生育是女人的事，为什么唐僧和八戒能怀胎呢？只有一种可能，那就是唐僧和八戒有女性的功能，其实我们仔细读《西游记》便知道，唐僧和八戒这两个人是阴阳合体。

先说唐僧。《西游记》中说唐僧长得模样像极了地藏王菩萨。地藏王是谁？婆罗门女，是个女生，男身的玄奘被吴承恩写成了像极了地藏王菩萨，其实就是在暗示我们，唐僧阴阳兼备。你看他们到宝象国，黄袍怪就把唐僧变成了老虎，不是有过一首歌叫“女人是老虎”嘛。

再看猪八戒。猪八戒是天蓬元帅，肯定是男身，但是他被贬下凡的时候是投胎——沙僧也被贬过，是直接下凡为妖，是真身——要找到一个可以投身的人。猪八戒到了福陵山，深山老林里没人，情急之下就投身到了一头母猪体内，把自己附在了一头待产的小猪身上。这里注意，是他咬死了母猪，借了母猪胎内小猪的胎体活了下来，不是母猪把他生出来的，而且这个小猪胎的性别本身是母的，所以八戒的特点也是阴阳兼备。

那么第二个问题来了。我们说艺术来源于生活，神话传说在生活里应该有迹可寻。到底有没有类似的一条河，喝了就容易怀孕的？完全符合《西游记》中的子母河或许并不存在，但促进女性怀孕的河流在现实中竟然还真的存在。这条河就是额尔齐斯河，是目前中国境内唯一的一条流入北冰洋的河流。额尔齐斯河水源主要来自阿尔泰山上的冰山融水，遥远的大西洋暖流通过西边的天山山脉与阿尔泰山山脉之间的断裂峡谷进入准噶尔盆地时，已是强弩之末。暖湿气流被阿尔泰山阻挡，降水就集中在这里，所以额尔齐斯河流域的降水相对丰盛，这也是额尔齐斯河水量相对较大的原因，更是准噶尔盆地相比塔里木盆地要湿润的原因，当然也是准噶尔盆地河流、湖泊相对较多且流量、水量更大的原因。

由于此地纬度高，属于中温带偏北过渡到寒温带地段，经常下冰雹，冰雹中含有重氢，流入额尔齐斯河中，河水的重氢含量就比世界上其他任何河流的重氢含量都要高，长期饮用对人体是有害的，它会使妇女的内分泌紊乱。但对于排卵量少不易受孕的妇女来说又是福音，它能促进排卵，许多不孕的妇女喝了额尔齐斯河的水以后就容易怀孕，所以额尔齐斯河又被称为“送子河”，可以说是现实中的观音菩萨。

我们继续说西梁女国的国王是怎样追唐僧的。

唐僧第一次觐见女儿国国王，电视剧中描写得很明显，女王一下就入迷了，整个就是一个花痴的形象，唐僧自报家门三次，声调一次比一次高，女儿国国王才逐渐缓过神来。唐僧回到驿站，女儿国国王居然亲手画了一幅唐僧的肖像画送给他——我喜欢你。那时候没照相机，和现在我们要个照片，加个微信，代表有意思了，是一个道理。

唐僧看到女儿国国王时是什么感觉？被电着了一样，所以双方都是一见倾心，一见钟情。虽然锁定了目标，但是唐僧有自己的身份问题，要取经，所以主动权落在了女王这边，女王怎么做的呢？有以下三步棋。

第一步，同游御花园。女儿国国王一口一个御弟哥哥，先说：“御弟哥哥，今日身体可好些了吗？”第二句：“御弟哥哥，你看那鸳鸯戏水，双栖双飞，难道不快乐吗？”这就有点暗送秋波的意思了。第三句：“御弟哥哥，不去取经行不行？”这就很直接了，你别走了，留在我这里行不行？所以电视剧中那段歌词写得特别好：

> 鸳鸯双栖蝶双飞，满园春色惹人醉。悄悄问圣僧，女儿美不美，女儿美不美。说什么王权富贵，怕什么戒律清规。只愿天长地久，与我意中人儿紧相随。爱恋依，爱恋依。愿今生常相随。

女王连抛三句御弟哥哥，唐僧很明白，但是他没法说，所以避开不答。女儿国国王有点不高兴，就问了：“为什么世间还有像我们这样的孤男寡女，不能成双成对？为什么御弟哥哥甘愿守孤灯伴古佛，单宿单飞呢？”

女儿国国王虽然是怨恨地问，但是也体现出了一片柔情。

第二步，以托国之富求婚。御花园这一游，女儿国国王实际上把窗户纸已经捅破了。尽管唐僧没有动心，但是女王没有罢手。女王对唐朝御弟以礼相待，她也知道心急吃不了热豆腐。所以现在那些谈恋爱一上来就猴急猴急的，还真不一定就是真爱。恋爱是个很浪漫很美好的事情，过程很重要。

女儿国国王先派太师“去与御弟求亲”，“待他许可”再“摆驾出城迎接”，礼数很周全。同样是求亲，天竺国国王招唐僧做驸马时，态度就很傲慢：

> 若再推辞，教锦衣官校推出斩了。

这完全是用恐吓的手段了。女妖们更直接，用掳的。无论是蝎子精还是金鼻白毛老鼠，唐僧的待遇都不好。而在西梁女国，女王是尊重其意见的。太师以为求亲成功回奏时，女王听说“御弟有推托之词”，“大徒弟慨然见允”，立马问了一句：“御弟再有何说？”女王对唐僧本人的意见是很在乎的，也是很尊重的。而且女王心思缜密，在“出城接夫”之前，一定得确认唐僧答应了亲事，没有被喜讯冲昏头脑，是理智、冷静的，也是用了真情的。

第三步，柔情的“镇国之宝”。求婚不成，女儿国国王也没有放弃，一计不成再施一计。除了作为女人，她也是国王，有些手段：看看我们国家的“镇国之宝”吧。她将唐僧骗到了寝宫，说了一句：“难道在御弟哥哥眼里，我还算不得国宝吗？”“镇国之宝”就是她自己，这明显就是色诱了。

这时候的唐僧没有说话，但从他慌张的神色上，能看得出当时唐僧的矛盾心情。唐僧很纠结，是要真经还是要美人？女王让他睁眼看她时，唐僧一直在冒汗，不敢睁眼，当女王问他是不是真的不喜欢她时，他硬是愣了一会才回答："贫僧已许身佛门，又与大唐天子有诺在先，望陛下见谅，来生若有缘分……"可见他还是喜欢的，动了心的，但是这个时候一个蝎子精突然出现了，用了一阵阴风把唐僧卷走了，有点"螳螂捕蝉，黄雀在后"的意思，关键是把女儿国国王的精心设计给搅黄了。

对于这一段感情，不但是西梁女王十分留恋，唐僧也是时刻难忘的。后来西梁女王送唐僧再次踏上西天取经的道路时，那份伤心欲绝与无奈，还有那失落的神情，都写在她脸上了。这时候唐僧也很无奈，最后快马加鞭走了，不敢回头，他怕一回头又舍不得。此时的唐僧与其说是在逃避西梁女王，还不如说是在逃避自己脆弱的内心。电视连续剧《西游记》有一段插曲《相见难别亦难》最能表明此刻的心情：

> 相见难，别亦难，怎诉这胸中语万千。我柔情万种，他去志更坚，只怨今生无缘。道不尽声声珍重，默默地祝福平安。人间事常难遂人愿，且看明月又有几回圆。远去矣，远去矣。从今后梦萦魂牵。

在整个《西游记》中，既有女人的敢爱敢恨，又有一国之君的理智和冷静，也就数西梁女王了。

31

叁壹

女儿国国王与唐僧

（下）

本篇我们继续讲女儿国的国王与唐僧的故事。

上一篇说到，女儿国国王不仅仅有女人的美丽温柔，还有作为国王的理智与冷静。作为一国之主，她是一个非常少见的贤明君主。

《西游记》里写到的国王，除了大唐天子李世民之外，其他的大多都庸庸碌碌，是无能之辈。比如说，乌鸡国的国王与妖怪称兄道弟，结果被谋害了性命。比丘国的国王被狐狸精所迷惑，要吃心肝续命。灭法国的国王许下罗天大愿，要杀一万个和尚。相比而言，西梁女国的国王身为巾帼，在治国理政方面却比这些须眉出色得多。

在小说第五十三、五十四回中，有大量描述西梁女国富庶安详的局面，写到了街边商铺的繁华，女王宫殿的华丽。这些都是从一个侧面来衬托女王的才能。除此之外，女王还深得百姓、官员的爱戴，比如太师见到唐僧之后，想到的是：

> 我国中实有造化，这个男子，却也做得我王之夫。

言外之意，太师怕唐僧配不上女王，她是拥戴女王的。文武官员见到女王与唐僧并肩而坐：

> 一个个眉开眼笑。

写的还是女王深得拥戴。可以说，西梁女王堪比唐代的武则天，她若是生活在今天，肯定是个女强人，起码是世界500强的女老板之类的。

更为重要的是，女王求亲于唐僧，还为了社稷，书中说：

> 东土男人，乃唐朝御弟。我国中自混沌开辟之时，累代帝王，更不曾见个男人至此。幸今唐王御弟下降，想是天赐来的。寡人以一国之富，愿招御弟为王，我愿为后，与他阴阳配合，生子生孙，永传帝业。

虽然大唐高僧与西梁女王的跨国之恋有头无尾，但依然不失为人间的一段千古佳话。每一个人都有喜怒哀乐，都有七情六欲，一生中也会碰到许多的诱惑，但是西梁女王识大体，明大义，顾大局，最后把爱情当作一种憧憬，一种追求，一种享受，进入到了一种至高无上的境界。遗憾的背后是一种美，是让人久久难忘的一种美。

另外，我们要注意，《西游记》里对唐僧的身份有一个颠覆性的描写。这段描写虽然文字不多，但关系到了一个非常重要的问题。此后的唐僧还是不是唐僧？或者说唐僧还是不是和尚？也就是说，唐僧到底结没结婚？

《西游记》第五十四回中，师徒四人定下了假结婚的计划，骗取了女儿国国王的通关文牒。当女王把他们送出城外的时候，悟空、八戒、沙僧高喊着要告别，这时候唐僧是怎么想的呢？书中提到：

> 长老慢下龙车，对女王拱手道："陛下请回，让贫僧取经去也。"

这里有个细节非常重要，就是拱手。要知道唐僧是和尚，他给人行礼从来都是双手合十，嘴里念着阿弥陀佛，这也是古往今来当和尚的标志性动作。但是拱手礼是一种典型的俗家礼事，一般是双手搭个拱形，像个人字。中国人是最注重礼节、礼仪的，正所谓见什么人说什么话，见什么人行什么礼。拿到现在来说，晚辈见到长辈得鞠躬，对于平辈或者晚辈最简单的就是握手。礼和身份也有关系，小学生是少先队礼，军人就得是军礼，这不能错。但是在唐僧这里，他偏偏就错了。别看这一个小小的拱手道别，实际上反映了唐僧内心的真实状况，那就是他暂时放下了高僧、和尚的身份，潜意识里把自己当作一个俗家人了。

我们再回过头来看此前的细节。师徒四人定下了假结婚的计策，这个计策是谁提出的呢？孙悟空。唐僧本来是不同意的，但是经不住所有人的一番劝，他最后觉得这个主意非常不错，紧接着就择日不如撞日，马上由太师主持成亲，当下安排了酒席。

古人结婚不像现在要领个结婚证，要政府盖章，只要有媒人，有证人，请亲戚朋友喝了喜酒，两人就算是合法的正式夫妻了，而唐僧和女王，很明显这些条件都是具备的。换句话说，唐僧到这时已算正式结婚。虽然他还是要走，但是此时他的心情恐怕已经不由自主地有所变化，也正因如此，才有了他的拱手礼，才有了他的言辞：

陛下请回,让贫僧取经去也。

唐僧说的是：你回吧，我取经去了。唐僧没有说，我不承认我们这段婚姻。从这一点上来说，唐僧与女王的婚姻关系是成立的。唐僧一路走来，在女儿国受到的礼遇最为隆重，但是他却要一走了之，让人觉得很不公平。女王的反应也是很强烈的：

女王闻言，大惊失色，扯住唐僧道："御弟哥哥，我愿将一国之富，招你为夫，明日高登宝位，即位称君，我愿为君之后，喜筵通皆吃了，如何却又变卦？"

女儿国国王与唐僧

女王求亲于唐僧，还为了社稷，书中说："东土男人，乃唐朝御弟。我国中自混沌开辟之时，累代帝王，更不曾见个男人至此。幸今唐王御弟下降，想是天赐来的。寡人以一国之富，愿招御弟为王，我愿为后，与他阴阳配合，生子生孙，永传帝业。"

这从另外一方面说明，两人除了夫妻关系之外，也有了比较好的感情基础。不论是《西游记》原著还是电视剧中，女儿国国王与唐僧的爱情故事都表现得很浪漫很温情，很多观众在看了以后也会对女儿国产生诸多浪漫的幻想。

在历史记载中有没有一个类似的女儿国呢？中国的史料里还真有关于女儿国的记载。最早的记载出自隋书《女国列传》，里面记载了一个叫东女国的国家。这国家在哪儿呢？在葱岭之南，葱岭就是今天的帕米尔高原，葱岭之南也就是现在的新疆境内，有的人根据史料综合判断应该在新疆的库车县。在玄奘本人口述，他的弟子辩机所写的《大唐西域记》里头就记载有这么一个国家：

> 此国境北大雪山中，有苏伐刺拿瞿呾罗国（唐言金氏）。出上黄金，故以名焉。东西长，南北狭，即东女国也。世以女为王，因以女称国。夫亦为王，不知政事。丈夫唯征伐田种而已。土宜宿麦，多蓄羊马。气候寒烈，人性躁暴。东接吐蕃国，北接于阗国，西接三波诃国。

这个国家应该是在苏巴什城北的天山山脉中，当时女儿国是个弹丸小国。《旧唐书》记载其面积说：

> 东与茂州、党项接，东南与雅州接，界隔罗女蛮及白狼夷。其境东西九日行，南北二十日行，有大小八十余城，其王所居名康延川，中有弱水南流。

《西游记》里的女儿国，国民个个貌美如花，电视连续剧里也是，都快成了读者和观众的梦中乐园了。但是真实的女儿国却恰恰相反，不仅没有貌美如花的女子，还都不年轻，更没有猪八戒眼中那般让人惊艳，“说什么昭君美貌，果然是赛过西施”，女儿国的国王其实是德高望重的老太太。不得不佩服《西游记》作者吴承恩的想象力，把这么一个“气候寒烈，人性躁暴”的地方写成了“美女如云，温柔浪漫”的女儿国。套用一句流行语叫“理想很丰满，现实很骨感”。有时候我们在“残酷”的现实生活里，确实需要点浪漫的理想。

翻翻史料，当时女儿国的生产力水平低下，社会形态处于母系社会，女性充当着家庭的主宰者。家中财产的分配及大小家庭事务，基本由家中年岁最长的女性主宰。在唐朝的时候，女儿国曾被收服，女儿国国王多次遣使到唐朝廷朝见，女儿国的国王也被册封为“右监中郎将”“左金吾卫大将军”“银青光禄大夫”等官职。例如唐开元二十九年（公元741年）十二月，东女国国王遣子献方物，唐朝廷册封其国王为“左金吾卫大将军”，赏赐帛八十匹。

除了“东女国”之外，汉文史籍中还有一个名为西女国、西海女国、雪山女国的国家。其最初的疆域位于现在的玉树及川西北一带，后来逐渐向拉萨河流域拓展，至公元6世纪，西海女国以雅鲁藏布江北岸为统治中心，北接于阗（今新疆和田一带），南与多弥（今青海通天河一带的部落）为邻，西与天竺（印度），东与吐蕃接壤。

西海女国实行女尊男卑的女权统治，由女王执掌和处理国中政务，女王的助手称为小女王。女王的丈夫称金聚，无权过问和干预政事，男性的职责以征战为主。国王居住在九层碉楼上，每隔五日聚会处理政务一次。由于地处高寒地带，西海女国主要以畜牧业和狩猎为主，并同外界有着广泛的商业贸易。其境内出产玉石、朱砂、麝香、牦牛、马，并作为商品出口，尤其是盐的产量很丰富，商人常将盐运到天竺及临近地区贩卖，往往能获得很高的利润。西海女国也有自身独特的文化习俗，如喜欢彩色涂面，有时一日中改变好几次。葬俗实行二次葬，“贵人死，剥其皮，以金屑和骨肉置于瓶内而埋之”。宗教方面，女国崇拜阿修罗神及树神，年初用人或猕猴来祭神灵，属于原始苯教范畴。

话说回来，玄奘是否到过女儿国，是否与女儿国国王见过面呢？这是长久以来争论不休的话题。有人说玄奘是到过女儿国的，只是逗留的时间很短，没邂逅什么艳遇，只是在雀离大寺讲经及考察当地的社会风貌和地理概况，大概为时一个月。还有人说玄奘并没有到过东女国，而是到了这个国家的附近，听到很多关于这个国家的传说。

关于女儿国国王与唐僧的故事我们就讲到这里，接下来我们讲讲另一个与唐僧有牵连的女妖精——金鼻白毛老鼠精。

32

叁贰

金鼻白毛老鼠精

上一篇我们说到，女儿国国王对唐僧一片痴情，最后用她的“镇国之宝”色诱唐僧，快要成功的时候，忽然一阵妖风把唐僧给卷走了，刮这股妖风的是谁呢？蝎子精。

这蝎子精不简单，她自己说曾经雷音寺的如来佛祖也怕她。唐僧的前世金蝉子是如来的二弟子，有人就推测他们有可能见过。在《西游记前传》中蝎子精和金蝉子还有一段前世暧昧的故事。

话说到这里，有朋友会问：蝎子精是不是唐僧的前任女友啊？前任女友看见女儿国国王在那诱惑唐僧吃醋了，一阵风就把唐僧卷走了。究竟是不是这样我们不知道，因为这是《西游记前传》里面的故事。而《西游记》里面，还真有一位与金蝉子有过前缘的妖怪，她就是金鼻白毛老鼠精。她是除了女儿国国王之外，又一个让唐僧动情的女妖。

老鼠精的故事出现在《西游记》第八十一回到第八十三回。话说在镇海禅林寺，唐僧在高烧中昏迷了三天。清醒后唐僧问：

悟空，这两日病体沉疴，不曾问得你，那个脱命的女菩萨，可曾有人送些饭与他吃?

这个女菩萨就是金鼻白毛老鼠精。可见此时在唐僧心目中，老鼠精吃没吃饱比自己的身体重要。连孙悟空都说：你还管别人呢，自己的身体都这样了。后来孙悟空告诉他，寺庙里有妖精吃人，唐僧本来就应该放孙悟空去降妖。可是唐僧却说：

徒弟呀，我的病身未可，你怎么又兴此念！倘那怪有神通，你拿他不住啊，却又不是害我?

唐僧居然以自己有病为由，阻止孙悟空降妖除怪。等到孙悟空一而再再而三地强调，吃人的妖怪就是那个女菩萨，唐僧才无奈松开了孙悟空的手。就算明知老鼠精吃人，被老鼠精抓到了无底洞，唐僧依然对金鼻白毛老鼠精恨不起来。孙悟空提出说：

等我变作个蟭蟟虫儿，飞在酒泡之下，他把我一口吞下肚去，我就捻破他的心肝，扯断他的肺腑，弄死那妖精。

此前几次孙悟空都是如此这般弄死妖怪的，但是这次唐僧却大惊失色，说：

徒弟这等说，只是不当人子。

瞧瞧，唐僧对弄死金鼻白毛老鼠精还真是舍不得。在孙悟空的坚持下唐僧还是同意了。于是孙悟空钻到老鼠精肚子里上蹿下跳，搞得她痛不欲生。孙悟空威逼老鼠精，必须放弃唐僧，这个时候的老鼠精不但没有放弃，反倒是强忍撕心裂肺的疼痛拖住唐僧，然后说了一番非常奇怪的话，正是这番话点出了金鼻白毛老鼠精与唐僧的真正关系，她说了什么呢？是一首七言诗：

夙世前缘系赤绳，鱼水相和两意浓。不料鸳鸯今拆散，何期鸾凤又西东！

蓝桥水涨难成事，佛庙烟沉嘉会空。着意一场今又别，何年与你再相逢！

这里有一个词：夙世前缘，就是说两人在前生发生了一些事儿，所以注定了今生要偿还因果，就出现了两人一见倾心，彼此情投意合的事。这首诗里面有这么几个信息：

第一，我们要注意第四句与第七句两次出现的“又”，又西东，今又别，可见唐僧与金鼻白毛老鼠精之间，本身就是认识的，曾经在一起过，但是在多年前分离了一次，眼下的分离是第二次。

第二，我们看第五、第六两句，“蓝桥水涨难成事，佛庙烟沉嘉会空”。这其中有两个故事。一个故事是道教中的《南华经》记载的尾生抱柱的故事。据说有一位帅哥叫尾生，他和一位女子相约，在堤坝下面私会，可是到了约定的时间女孩没来，积水越来越多，尾生坚信女子会来，不愿意离开，所以他就抱着堤坝的柱子，最后被淹死了。类似的故事，也在陕西省蓝田县的蓝桥发生过，所以后人就把男女相会一方失约，另一方殉情的故事，叫作魂断蓝桥。一说魂断蓝桥，读者朋友们肯定想起了那部国外大片，其译名“魂断蓝桥”是地地道道的中国成语。

另一个是《蜀志》中记载的佛庙乡会的一段故事。据说蜀地生了一位公主，交给一位姓陈的奶妈抚养，这位姓陈的奶妈，自己有个儿子，为了方便照顾，她就把儿子也带入了王宫，与公主一同抚养。两人相处多年，彼此产生了深厚的感情。陈家的儿子出宫后日夜思念公主，公主就禀告父亲要去寺庙中烧香还愿，借机与陈家的儿子相会，到了约定的日子，陈家的儿子先到了，左等右等公主不来，结果就睡着了，公主来了以后没有叫醒他，只是留下了一个玉环就走了。陈家的儿子睡醒后觉得特别遗憾，一把火把寺庙给烧了。这故事指的是错失机缘，爱情受挫。

金鼻白毛老鼠精口中的这五、六两句，意思是老鼠精与唐僧在此前不但认识，而且一起生活多年，彼此情投意合，只是由于种种原因两人无法在一起。这老鼠精和唐僧的前世金蝉子到底发生了什么故事？

金鼻白毛老鼠精原本是大雷音寺里的一只小老鼠，经常去佛堂里偷吃灯油，这种事想必如来佛祖也是知道的，只是因为没有酿成大错，如来佛祖事也多，所以睁一只眼闭一只眼，一切随缘了事。一次偶然的机会，如来驾前二弟子金蝉子看到了前来偷吃的金鼻白毛老鼠精，动了怜悯施舍之心，每天早早做完了功课，熄了灯以后，将灯里头剩下的油给这个可爱的金鼻白毛老鼠吃。这小老鼠也是天生的情种，错以为金蝉子喜欢上了她，于是就经常偷看金蝉子。有一天正当她看得入神的时候，当的一声，寺院里金钟响了，小老鼠被吓了一跳，从灯台上掉了下来，逃跑的时候不小心碰倒了灯，引发了一场大火，烧了雷音寺。这下如来佛祖大怒，你偷吃灯油也就算了，还把我这寺庙给点了，便将小老鼠抓住交给托塔李天王和哪吒三太子处置。但是小老鼠命不该绝，她对金蝉子的痴情居然打动了哪吒三太子，经由哪吒三太子求情，如来佛祖饶过了小老鼠。

小老鼠不但保住了性命，还认了托塔李天王当干爹，哪吒就成她兄长了，还真是挺有福气的。本来是犯了死罪，结果成了神仙的干女儿。《西游记》中哪吒是这么说的：

> 那女儿原是个妖精，三百年前成怪，在灵山偷食了如来的香花宝烛，如来差我父子天兵，将他拿住。拿住时，只该打死。如来吩咐道："积水养鱼终不钓，深山喂鹿望长生。"当时饶了他性命。积此恩念，拜父王为父，拜孩儿为兄，在下方供设牌位，侍奉香火。不期他又成精，陷害唐僧，却被孙行者搜寻到巢穴之间，将牌位拿来，就做名告了御状。

这小老鼠真是不简单，偷吃了如来的灯油，有幸听了金蝉子的经文，修了一些功业，号称半截观音，可见其功力的确高深，不是普通的妖怪，难怪猪八戒、沙和尚、白龙马都不是她的对手。后来小老鼠犯错到了下界，居住在玄空山无底洞，又号称地涌夫人。老鼠精在这里痴等金蝉子轮回了几百年，终于再度与金蝉子转世相见。

见面之后，老鼠精对唐僧言听计从，十分友好，而且唐僧也非常喜欢老鼠精，从哪里可以看出呢？就是在老鼠精被孙悟空钻进肚子，说完那段诗之后，孙悟空想：

> 只怕长老慈心，又被他哄了。

孙悟空怕唐僧被哄是有道理的，如果唐僧不喜欢老鼠精的话，孙悟空是不怕唐僧被哄的。蝎子精掳走唐僧的时候，唐僧死活不愿和蝎子精在一起，还骂蝎子精是“粉骷髅”，但是在这里，唐僧丝毫没有说那些话。

老鼠精本来想跟唐僧做一对快活伴侣，有山有水，陪着喜欢的人，那真是神仙眷侣了。老鼠精住的这地方也真是世外桃源，小说里花了大量篇幅来描写：

> 萦回曲径，纷纷尽点苍苔；窈窕绮窗，处处暗笼绣箔。微风初动，轻飘飘展开蜀锦吴绫；细雨才收，娇滴滴露出冰肌玉质。日灼鲜杏，红如仙子晒霓裳；月映芭蕉，青似太真摇羽扇。粉墙四面，万株杨柳啭黄鹂；闲馆周围，满院海棠飞粉蝶。
>
> 更看那凝香阁、青蛾阁、解酲阁、相思阁，层层卷映，朱帘上，钩控虾须；又见那养酸亭、披素亭、画眉亭、四雨亭，个个峥嵘，华扁上，字书鸟篆。看那浴鹤池、洗觞池、怡月池、濯缨池，青萍绿藻耀金鳞；又有墨花轩、异箱轩、适趣轩、慕云轩，

老鼠精的世外桃源

我们之前说黑熊怪住的地方是世外桃源，但那里是天然的，是自然景观，老鼠精住的地方都是人文景观，亭台楼阁，花团锦簇，可见这是其精心布置的，为什么布置得如此精细？就是为了等唐僧。

玉斗琼卮浮绿蚁。池亭上下，有太湖石、紫英石、鹦落石、锦川石，青青栽着虎须蒲；轩阁东西，有木假山、翠屏山、啸风山、玉芝山，处处丛生凤尾竹。

荼蘼架、蔷薇架，近着秋千架，浑如锦帐罗帏；松柏亭、辛夷亭，对着木香亭，却似碧城绣幙。芍药栏，牡丹丛，朱朱紫紫斗秾华；夜合台，茉藜槛，岁岁年年生妩媚。涓涓滴露紫含笑，堪画堪描；艳艳烧空红拂桑，宜题宜赋。论景致，休夸阆苑蓬莱；较芳菲，不数姚黄魏紫。若到三春闲斗草，园中只少玉琼花。长老携着那怪，步赏花园，看不尽的奇葩异卉。行过了许多亭阁，真个是渐入佳境。

我们之前说黑熊怪住的地方是世外桃源，但那里是天然的，是自然景观，老鼠精住的地方都是人文景观，亭台楼阁，花团锦簇，可见这是其精心布置的，为什么布置得如此精细？就是为了等唐僧。问题在于：因为转世轮回，金蝉子的记忆消失了，但是金鼻白毛老鼠精的记忆还存在，所以注定是白忙活一场，还惹下了一段劫难。正应了那句佛经里的话：前世三百年回眸，换来今生的一次擦肩而过。

关于前世有缘人金鼻白毛老鼠精我们就讲到这里，下一篇讲讲雌雄莫辨的玉兔精。

33

雌雄莫辨的玉兔精

本篇我们说一说雌雄莫辨的玉兔精。

俗话说，月藏玉兔日藏乌。既然有乌鸡国，也就得有玉兔精所在的天竺国。太阳太阴，日月对举，阴阳互补，谁都少不了谁。

话说唐僧师徒离开了金平府，就来到了天竺国的都城。在城中唐僧被绣球砸中，选为驸马，引发了孙悟空与玉兔精的一番大战。这段故事，被记载在《西游记》的第九十三回到第九十五回。

提起玉兔精，人们往往没有好感。这妖怪逃出月宫，把天竺国公主抛于荒野，自己化身当上公主。而后又假借抛绣球招驸马之名，故意将红绣球抛给唐僧，想跟唐僧成亲，盗取元阳，幸好被孙悟空识破了。后来月宫之主嫦娥仙子下凡将玉兔收服后，带回了月宫。整个故事给人一种感觉——玉兔精下凡，本身就是一场天大的阴谋。精于算计的玉兔精步步为营，目的就是为了跟唐僧成亲，盗取唐僧的元阳。玉兔精是个十足的阴谋家，而天竺国公主实在是太无辜、太不幸了，属于躺着也中枪的那种。

其实这是错觉，是一场冤案，而造成这一错觉、冤案的根源，正是老版电视连续剧《西游记》。许多人没空细看《西游记》原著，想当然地认为，电视连续剧改编自小说《西游记》，自然与原著基本相同。然而，这一故事却与原著大相径庭。电视连续剧《西游记》的编导们“篡改”了吴承恩老爷子的原作意图，导致玉兔精背负了多年的冤屈，而且还无处可申，无人可诉。其实在原著中，玉兔精原本不是这副模样。小说第九十五回“假合真形擒玉兔　真阴归正会灵元”中，月宫之主太阴真君道出了事情的来龙去脉：

> 那国王之公主，也不是凡人，原是蟾宫中之素娥。十八年前，他曾把玉兔儿打了一掌，却就思凡下界。一灵之光，遂投胎于国王正宫皇后之腹，当时得以降生。这玉兔儿怀那一掌之仇，故于旧年走出广寒，抛素娥于荒野。但只是不该欲配唐僧。此罪真不可逭。

看过这段话，我们就能发现了以下几点：

第一，玉兔精下凡，本意不是为了唐僧，也不是冲着唐僧肉来的，更不是为了盗取唐僧的元阳，而是为了报一掌之仇。

第二，天竺国公主并非“无辜”，恰恰相反的是，整个故事就是因她而起的，她原本是月宫中的素娥，当年打了玉兔精一掌后，思凡下界投胎转世。素娥转胎的天竺国公主，如果没有被抛弃到荒野，唐僧到来时她会不会也抛绣球？不好说。

《西游记》中没有写素娥为何要打玉兔精一掌，我们推断，最合理的解释是其凡心萌动，见什么都烦，无缘无故将气撒在了玉兔精身上。闹个矛盾也很正常，但你不能动手打人啊。素娥打了人，玉兔精当然不服：我老老实实日夜捣药，认真工作，从来没有对不起你，你为何要打我呢？但是在月宫中，玉兔肯定打不过素娥，素娥一旦下界投胎成凡人，玉兔精复仇的机会便来了。于是，演绎出了这么一段故事。

在《西游记》中，玉兔精不是一个阴谋家，就是一个复仇者的形象。阴谋家跟复仇者这两种形象差距很大，阴谋家是人见人恨，但是复仇者也是受害者，人们就会同情。我们的结论要清楚，玉兔精下凡的目的是为了复仇。

玉兔精下凡报仇，并没有把素娥变的公主杀了或吃了，只是训诫一顿，把她扔到了荒野里，让她找不着回家的路而已。站在天竺国公主的角度来说，这种遭遇是可怕的。如果站在复仇者的角度来说，这种惩罚手下留情了。正所谓屁股决定脑袋，如果你的屁股坐在了玉兔精这一边，玉兔精做的事就是对的。如果你的屁股坐到了天竺国公主他们家的椅子上，玉兔精所做的就是个错误。

和《西游记》中大多数女妖精一样，玉兔精也贪恋唐僧的男色，想采阳补阴。被孙悟空一眼看穿之后，女妖可是很了不得，居然脱了衣服，把首饰都扔了，衣服也扔了，跑到御花园，在土地庙里取出一条短棍，一头粗一头细，就是当年月宫里捣药的杵头，与孙悟空大战半日，不分胜负。这功夫可比白骨精之类的女妖精厉害。实战中的武器一寸短一寸险，玉兔精用她在月宫中捣药的杵头与孙悟空可长可短的金箍棒比拼，居然丝毫不落下风，可见这玉兔精也是一个女中豪杰。

说起这玉兔精的兵器，《西游记》中写到：

仙根是段羊脂玉，磨琢成形不计年。
混沌开时吾已得，洪蒙判处我当先。
源流非比凡间物，本性生来在上天。
一体金光和四相，五行瑞气合三元。
随吾久住蟾宫内，伴我常居桂殿边。
因为爱花垂世境，故来天竺假婵娟。
与君共乐无他意，欲配唐僧了宿缘。
你怎欺心破佳偶，死寻赶战逞凶顽!
这般器械名头大，在你金箍棒子前。
广寒宫里捣药杵，打人一下命归泉!

玉兔精的兵器名字叫作“仙根”，开天辟地之时就已经存在了，还是在大禹治水的定海神针出现之前。可见玉兔精的兵器资历深多了，不过玉兔精的本领和孙悟空比还是差了一截，自然不敌，就跑到了她的根据地——毛颖山。这个毛颖山是什么地方呢？毛颖其实就是毛笔，韩愈写的《毛颖传》中说到，玉兔精在山中有三处洞窟，这就应了那句成语了，狡兔三窟。

后来太阴星君带了嫦娥赶来，对孙悟空说明了实情。正所谓一物降一物，大圣战玉兔气喘吁吁，稍占上风，太阴真君一现身，玉兔精就乖乖显出了原形。

玉兔在我们看来是非常漂亮可爱的小动物，所以不论是在书中还是在电视剧中也都是美女，可问题恰恰就出在了这个性别上。因为兔子的雌雄很难区分，所以古人才说“双兔傍地走，安能辨我是雄雌”。南北朝时期《木兰辞》的作者已经简单分辨开兔子的雌雄，“雄兔脚扑朔，雌兔眼迷离”。到了明清时期，又发展出一种好玩的东西，兔爷的崇拜。兔爷正是月宫中的玉兔，那应该是公的吧？但兔爷的泥塑造像的面目却胭脂红唇，窈窕淑女的样子。

关于雌雄莫辨的玉兔精就说到这里，下一篇我们说一说“荆棘岭木仙庵杏仙问禅”，这杏仙又是何方神圣？

34

叁肆

荆棘岭木仙庵杏仙问禅

本篇说一说荆棘岭木仙庵杏仙问禅。

我们前面讲了琵琶精、玉兔精、老鼠精，这些妖怪和唐僧的纠葛，不论情节怎么样，都经历了武斗，但是在《西游记》里有一难特别奇怪，就是木仙庵的故事，这个故事也很有特点。

取经路上，妖气涌动，九九八十一难，惊心动魄，木仙庵这一回却全然没有剑拔弩张、血雨腥风，只有酸溜溜、文绉绉的诗词应和。四个属木的老妖将唐僧掳去，一不为吃唐僧肉，二不为偷唐僧的宝贝，仅仅是为了跟唐僧谈玄论道，对起诗来，进行了一场“赛诗会”。与以往扣人心弦的“武斗”相比，这一回比口水的“文斗”，实在是有点平静了，难道吴承恩老爷子一时技痒，特意安排一段情节卖弄一下自己的诗词功夫？其实，我们看武侠小说的时候会有种感觉，高手对决表面上看起来很平静，往往更危险。这一回就有点那种感觉，不显山，不露水，却“杀人”无形。

言归正传。我们先看看荆棘岭这个地方。在《西游记》中，能够拥有八百里地盘的，那是非常重要的妖怪，比如说八百里火焰山，八百里通天河，这个荆棘岭占地也很广，也是八百里。但里面住的却是一群法力低微的树精，作者为什么要花上一回的笔墨来写荆棘岭呢？要了解这一段故事的意义，首先要了解荆棘岭，这荆棘岭的山岭间隐隐约约可以看到道路，可是漫山遍野的荆棘、藤蔓，将道路堵得严严实实。书里是这么说的：

三藏勒马观看，那岭上荆棘丫叉，薜萝牵绕，虽是有道路的痕迹，左右却都是荆刺棘针。

此时的唐僧就说了：

路痕在下，荆棘在上，只除是蛇虫伏地而游，方可去了。

唐僧的话点出了一个严酷的现实：这地方根本不是人来的地方，寻常人根本就过不了荆棘岭。换言之，这荆棘岭就跟前面讲过的火焰山一样，都是很不容易通过的地方。书中写道：

> 八戒笑道："要得度，还依我。"好呆子，捻个诀，念个咒语，把腰躬一躬，叫："长！"就长了有二十丈高下的身躯，把钉耙幌一幌，教"变！"就变了有三十丈长短的耙柄，拽开步，双手使耙，将荆棘左右搂开："请师父跟我来也！"三藏见了甚喜，即策马紧随。后面沙僧挑着行李，行者也使铁棒拨开。这一日未曾住手，行有百十里，将次天晚，见有一块空阔之处，当路上有一通石碣，上有三个大字，乃"荆棘岭"；下有两行十四个小字，乃"荆棘蓬攀八百里，古来有路少人行"。八戒见了笑道："等我老猪与他添上两句：自今八戒能开破，直透西方路尽平！"

可见这是个人迹罕至的地方。从小说里树精们的谈话可以知道，树精们有千年的道行，也就是说荆棘岭至少有上千年以上没人来过。作者为什么安排了这个情节？先看看这儿的妖怪有哪些特别之处。

第一是他们来历比较特别。《西游记》中的妖怪大多都是动物成精，狮子、狐狸、猛兽，个别的，像白骨精，是骨头成了精。这几个妖怪是植物修炼成精的，这在《西游记》中很少见。荆棘岭共出现了十个妖怪：

> 十八公乃松树，孤直公乃柏树，凌空子乃桧树，拂云叟乃

杏仙问禅

取经路上，妖气涌动，九九八十一难，惊心动魄，木仙庵这一回却全然没有剑拔弩张、血雨腥风，只有酸溜溜、文绉绉的诗词应和。四个属木的老妖将唐僧掳去，一不为吃唐僧肉，二不为偷唐僧的宝贝，仅仅是为了跟唐僧谈玄论道，对起诗来，进行了一场“赛诗会”。

竹竿，赤身鬼乃枫树，杏仙即杏树，女童即丹桂、腊梅也。

因为是植物成精，所以第二个特别之处就是这些妖怪的长相都特别英俊。一般《西游记》中的妖怪长得都不好看，青面獠牙，凶神恶煞的，在这里，在唐僧的眼中，用了“霜姿丰采”“绿鬓婆娑”“虚心黛色”三个词，说明他们个个都是相貌堂堂、仙风道骨的。后面出来的杏仙，书中说是来了一个仙女，这仙女长得非常美，书里这么写的：

> 青姿妆翡翠，丹脸赛胭脂。星眼光还彩，蛾眉秀又齐。下衬一条五色梅浅红裙子，上穿一件烟里火比甲轻衣。弓鞋弯凤嘴，绫袜锦绣泥。妖娆娇似天台女，不亚当年俏妲姬。

这仙女不比当年的妲已差，并且比妲已有修养，是个淑女，倒了茶以后在一旁站着，让坐下才坐下。人美，气质也好，不是爱马仕、玛莎拉蒂能够衬托出来的。

第三个特别之处是有学问、有文采。这些人的文采绝不亚于唐僧。这一回中，有许多“赛诗”的场景。唐僧刚到的时候，四老以本相作诗，接着是四老问禅。唐僧见月色灿烂，情难自禁地吟出“禅心似月迥无尘”，四老兴致勃勃地联句，进行接龙，各和诗一首。最后引来了杏仙，她也以本相作了一首诗。但是赛诗不是重点，问禅才是核心。小说中写道四老见唐僧后，说：

> 圣僧自出娘胎，即从佛教，果然是从小修行，真中正有道

之上僧也。我等幸接台颜，敢求大教，望以禅法指教一二，足慰生平。

这话听着像是在客套，实际上说的是心里话，四老对禅的重视程度，远远胜过赛诗，赛诗只是文人之间见面打个招呼。按理说唐僧遇见谈诗论禅的应该是碰见知己了，怎么会是一个取经的考验呢？问题就出在这论禅上了。在佛家看来，禅法本质上是“不可说也”。真正懂禅的人，必然以禅机相对之，不会去具体说禅，意思就是这禅法不能随便像聊天似的，更不能到处卖弄炫耀。可是唐僧情难自禁地卖弄起来了，说起来是没完没了，小说里他是这么说的：

禅者，静也；法者，度也。静中之度，非悟不成。悟者，洗心涤虑，脱俗离尘是也。夫人身难得，中土难生，正法难遇：全此三者，幸莫大焉。至德妙道，渺漠希夷，六根六识，遂可扫除。菩提者，不死不生，无余无欠，空色包罗，圣凡俱遣。访真了元始钳锤，悟实了牟尼手段。发挥象罔，踏碎涅般。必须觉中觉了悟中悟，一点灵光全保护。放开烈焰照婆娑，法界纵横独显露。至幽微，更守固，玄关口说谁人度？我本元修大觉禅，有缘有志方记悟。

我们生活里常说“言多必失”，看来是有道理的。唐僧

说了这么多，我们给他找出来三个错误：

第一，说禅本身就是错，禅不可说。禅强调的是内心的自证、顿悟，所谓教外别传，不立文字，实是得其真机。禅这东西十分精妙，只可意会，不可言传。言语一说，文字一写，便是错了。世间有“有言之教”，亦有“无言之教”，禅是“无言之教”。也就是说，禅是不能随便说的，是佛家的大忌。

第二，唐僧的态度也不对。“慨然不惧，即对众言”，这完全是大师的本相了，到处去卖弄学问，已经是加引号的大师了。

第三，他的评价也有错。唐僧说了一句话，“我本元修大觉禅，有缘有志方记悟。”这不是自吹自擂吗？哪还像是一个中正有道之圣僧的样子？这一错便引来了祸端，杏仙出场了。

说到杏仙，坊间有人说，这个故事原本就是一场阴谋，四老以问禅论诗为借口，目的是为了给杏仙找老公。小说中唐僧也表示了相似的观点。这种解释，虽然也通，但我认为还有一些疑点。这一回中，唐僧显然还没有真正得道，他虽知“禅者静也，法者度也”，可是却静不下来，大言不惭，也握不好度，自我标榜。没有真正做到洗心涤虑，五蕴皆空，进而达到万魔不侵。所谓苍蝇不叮无缝的蛋——正是唐僧露出了“缝”，苍蝇杏仙才被勾引来了。杏仙来后，以自己的本相作了一首诗，并请唐僧赐诗一首。小说中是这么写的：

> 那女子笑而悄答道："惶恐，惶恐！适闻圣僧之章，诚然锦心绣口，如不吝珠玉，赐教一阕如何？"唐僧不敢答应。那女子渐有见爱之情，挨挨轧轧，渐近坐边。

请注意"渐有见爱之情"这句，也就是说，直到这时杏仙才渐渐地对唐僧有了爱慕之心、求爱之情，原先是没有的。倘若杏仙对唐僧仰慕已久，爱慕已深，作者就没必要这么写。可见杏仙的到来不是计划内的事。

于是，整个故事便有了另一种解读：四老向唐僧问禅，唐僧若真懂禅真得道，杏仙便不会出现，此难也就不存在了。然而唐僧却卖弄起来，用"文字禅""口头禅"作答，这绝非禅宗佛法，无疑是"歪门邪道"，一歪一邪便引发了祸端——一个美女要求跟唐僧苟合，而且要求得赤裸裸。

小说是这么写的：

> 低声悄语，呼道："佳客莫者，趁此良宵，不耍子待要怎的？人生光景，能有几何？"……那女子赔着笑，挨至身边，翠袖中取出一个蜜合绫汗巾儿与他揩泪，道："佳客勿得烦恼，我与你倚玉偎香，耍子去来。"

全然没有大家小姐的风范，毫无半点矜持。

不懂禅的真谛，妄谈"文字禅""口头禅"，结果引来灾难。说唐僧在没有得道之前，在佛法上还有很多不足之处。这也间接证明去西天取经，路上也是学习的过程。

后来天快亮了，孙悟空等三个徒弟找了来，树妖们就消失了，最终的结局是猪八戒把这些树妖全部一顿钉耙，一起皆筑倒，连根刨起，鲜血淋漓。为什么对并无大过的树妖如此残酷？可以说这是对伪学术的批判，用现在段子的话来说，就是“诗歌之美，在于煽动男女出轨”，故为荆棘岭，“学问之美，在于使人一头雾水”，故为假西天。杏树变为女妖诱惑唐僧，虽然是个小小的插曲，但是也是意味悠长的。

讲到这里，唐僧和各种同性异性、动物美女、植物美女之间的关系到此已经告一段落了。我们不妨分析一下唐僧一系列的桃花运，不管这些桃花们与唐僧经历过什么，为什么这些女妖怪们都要跟唐僧结婚、以身相许？

一般人的回答可能是两点，也是普遍被大家接受的：第一是吃了唐僧肉可以长生不老；第二就是唐僧本人实在是太帅了。唐僧对男妖和女妖的利用价值究竟有哪些不同，或者有哪些区别呢？小说第九十三回“给孤园问古谈因　天竺国朝王遇偶”中，白纸黑字明确地写到唐僧的一个“功用”：

> （假公主玉兔精）知得唐僧今年今月今日今时到此，他假借国家之富，搭起彩楼。欲招唐僧为偶，采取元阳真气，以成太乙上仙。

由此可见，唐僧的身体有两件吸引魔界的“珍宝”：一是肉身，吃一块，便可长生不老。二是元阳，与之交配，便可由妖升级为太乙上仙。小说中说，“唐僧乃童身修行，一点元阳未泄”，更兼其是“十世修行”，换句话说，唐僧的元阳“十世未泄”，足见唐僧的元阳绝对是“稀罕的宝贝”，具有强大的“修仙晋级”之功效。第三，唐僧是有名的高富帅。唐王的御弟，驸马和公主的儿子，并且帅气得一塌糊涂，和这样的人结婚多有面子。骑白马的不一定是王子，还有可能是唐僧，而唐僧又是可遇不可求的，过了这个村没有这个店，因此事不宜迟，越快越好。第四，唐僧根正苗红。前身是如来佛祖的弟子金蝉子，佛祖是什么样的人物，西天极乐世界的一把手，和这样的人搞好关系，岂不是享不完的荣华富贵。

在唐僧身边的这些桃花，她们有一个共同的遗憾，就是她们缺乏合理的社会地位，虽然能呼风唤雨，神通广大，但是她们不可能得到上流社会的认可，正因为如此，她们才非要跟唐僧结婚不可。她们急于为自己证明，最好的捷径就是和唐僧结婚。综合几方面的原因，在这些女妖精看来，谁得到唐僧谁在身份认证中就能占有先机，不管是长生不老还是修成太乙上仙，都是身份和地位的升级。

唐僧取经历经了 14 年，在九九八一难中，有六朵桃花，平均两年多遇到一个，比例还算可以，不像很多网友说的经常走桃花运。女色的诱惑就是所谓的糖衣炮弹、温柔乡，这种诱惑往往是致命的，之前反腐，很多贪官不就是抵挡不了诱惑吗？电视剧《西游记》里的真真、爱爱、怜怜大家记得吗？就是猪八戒被吊在树上的那段，那是骊山老母、观音菩萨、普贤菩萨、文殊菩萨对唐僧师徒的考验啊！其他的女妖也是考验啊！有言语劝说，还有直接的美色诱惑。“世事洞明皆学问，人情练达即文章”，我们在人生的道路上也会有欲望，会遇到很多考验，有各种各样的诱惑，尤其在有了一定的职位、金钱之后，可能诱惑会更多。我们能否像唐僧一样，坚守住自己的内心，去做正确的事，这是很关键的，千万不能一失足成千古恨。

关于荆棘岭木仙庵杏仙问禅我们就说到这里，下一篇我们说说真假美猴王谁取经。

真假美猴王

两个猴子，不但长相一样，本事也一样，谁也打不过谁，愣是一路打到西天如来佛祖那里。最后还是如来佛祖拍板，认定其中一个是六耳猕猴，是假的孙悟空。真孙悟空动作麻利，一棒子就把六耳猕猴打死了。可是后人提出了很多质疑，说死掉的那个不是六耳猕猴，很有可能死掉的是孙悟空，这是怎么回事？

35

叁伍

真假美猴王谁取经

本篇我们说说真假美猴王到底是谁取的经？换句话说，在真假美猴王这个桥段里，到底死的是谁？

《西游记》第五十六回到第五十八回，真假美猴王这个桥段可以说是精彩无比，孙悟空 PK 了六耳猕猴。两个猴子，不但长相一样，本事也一样，谁也打不过谁，愣是一路打到西天如来佛祖那里。最后还是如来佛祖拍板，认定其中一个是六耳猕猴，是假的孙悟空。真孙悟空动作麻利，一棒子就把六耳猕猴打死了。可是后人提出了很多质疑，说死掉的那个不是六耳猕猴，很有可能死掉的是孙悟空，这是怎么回事？

我们先来看看六耳猕猴这个《西游记》中最为奇特的妖怪。为什么说它奇特？有以下六个方面：

第一，人物比较奇特。六耳猕猴居然敢冒充《西游记》里的头号男主角孙悟空，上演了一出真假美猴王的好戏。这不是在太岁头上动土吗？在《西游记》中，按妖怪的胆量、能力，大致可以分作三类妖怪：第一类，

怕孙悟空的妖怪，根本就不敢冒充孙悟空，躲还来不及呢，见了绕着走。第二类，不把孙悟空放在眼里的妖怪，根本不屑于冒充孙悟空，看不起这“弼马温”，懒得理你。第三类，和孙悟空势均力敌的妖怪，手段都很高，完全没有必要冒充孙悟空。六耳猕猴的本事和孙悟空一样一样的，他完全有能力独霸一方，为什么还要冒充孙悟空呢？

第二，地点奇特。唐僧遇到六耳猕猴的地方是一个强盗出没的山林。书中写到这儿至少有三十几个以上的强盗窝。这就说明了这个山头是属于强盗的，按说不会有妖怪。如果有妖怪，那强盗根本就没法生存，更不可能三十几个强盗团伙形成气候——这些强盗哪里供得上妖怪吃啊？很短的时间内，六耳猕猴就能够统一各个山头。所以，六耳猕猴应该不是本地的妖怪。

六耳猕猴到底是从哪里来的呢？《西游记》中的妖怪无论法力大小，都有一块属于自己的地盘，厉害的妖怪管得宽一些，不厉害的妖怪的地盘就小一点。六耳猕猴有没有自己的地盘？有，六耳猕猴的地盘在花果山。孙悟空不在花果山的时候——人家齐天大圣不是取经去了吗？六耳猕猴就跑到花果山占山为王了，而且也没有被其他猴子们发觉。

第三，行为奇特。妖怪们应该都有强烈的领地归属感，只在自己控制的势力范围内吃人，一般不会越界行凶。很多妖怪都是这么一种感觉，若过了这个地儿，就不归我管了。这类的话他们是常说的，妖怪与妖怪之间还是比较和谐的，没有什么争斗，偶尔还聚个会，我抓一个人请你吃，你抓一个人请我吃，大家都是懂江湖道义的，不会到处去撒野，不到别人的门面上去抢生意。但是六耳猕猴不管这一套，他从花果山不远万里赶来作案，这个行为比较奇特。

第四，手段奇特。六耳猕猴作案的手段非常怪，不像别的妖怪那样，躲在半空中瞅准时机，一阵风把唐僧掳走，而是跪在路上，双手捧着一杯水给唐僧喝。唐僧不喝，骂了他一顿，六耳猕猴就抡起铁棒，往长老脊背上压了一下，那长老昏晕在地，不能言语，六耳弥猴把两个青毡包袱提在手中，驾筋斗云，不知去向。

第五，动机奇特。六耳猕猴为什么要作案？他跟其他的妖怪不一样，妖怪们抓唐僧无非就是吃唐僧肉，或者要跟唐僧结婚。而六耳猕猴是要自己拉着一班人马去西天取经。六耳猕猴高高坐在石台之上，双手扯着通关文牒，念了又念，反复学习。他这分明就是要取经，自己不仅冒充了孙悟空，还找了几个猴精冒充了唐僧、猪八戒、沙和尚和白龙马，企图上西天，这个妖怪还是很有创意的。

第六，过程奇特。六耳猕猴和孙悟空不仅外形一模一样，本事也一模一样，走到哪儿谁都无法分辨出真假。在唐僧那儿念念紧箍咒，两个都喊疼，自然看不出真假。到托塔天王那里拿照妖镜一照也看不出，又到观音菩萨那里，观音菩萨也分辨不出，最后到阎罗王那里，谛听听过之后，却说我看出来了，但我不敢说。最后还是如来佛祖道出了六耳猕猴的真身，并且用金钵盂罩住，这样才被孙悟空一棍子打死。

问题在于：被打死的会不会是孙悟空？有的人觉得很有可能，还讲到了五个方面的证据：

第一个证据，六耳猕猴跟孙悟空一模一样，谁也看不出来。也就是说，即使是如来佛祖骗大家说，六耳猕猴是真的孙悟空，孙悟空是六耳猕猴，除了如来佛祖知道真相以外，其他的人是任谁都不可能知道的——谛听知道，他不敢说。所以真的孙悟空如果是被打死了，也只能是哑巴吃黄连。

第二个证据，六耳猕猴很有可能是如来安排的一个托。孙悟空是个叛逆者，而如来佛祖是西天的最高统治者。你说哪个统治者会去允许一个叛逆者生活在这个世界上？因此才出现一个一模一样的孙悟空，杀孙悟空于无形。

第三个证据，大家都知道孙悟空的师父是菩提祖师，菩提祖师何许人也？这《西游记》中没有表述，《封神榜》里却有个线索，就是“混鲲祖师”的徒弟。混鲲祖师弟子无数，让他最得意的两大弟子便是如来佛祖（又名“接引道人”）和菩提祖师（又名“准提道人”），两位圣人是同门师兄弟，后来他们之间发生了什么变故，最终菩提神秘消失？这个线索告诉我们，如来佛祖和菩提祖师两人之间是有矛盾的，而孙悟空恰好就是菩提祖师的徒弟，如来佛祖见到昔日仇人的徒弟，又有天翻地覆的本领，难道他不想除去？

第四个证据，《西游记》里讲述了孙悟空在菩提祖师处学到了一身法术之后神通广大，冒充孙悟空的六耳猕猴功力跟孙悟空一模一样，甚至长相、声音都完全一样，这真不应该是巧合。孙悟空有师父教，六耳猕猴肯定也得有师父，只不过这师父没说是谁。同出一门的除了如来佛祖，还有谁能教出这么厉害的徒弟呢？

第五个证据，在第五十八回，如来佛祖曾对众佛说：我观假悟空乃六耳猕猴。如来佛祖这么一说，众佛才知道原来天下众生中还有这么一个叫六耳猕猴的种类。

但是，如来佛祖这句话其实是话里有话，意思说的是这个六耳猕猴和孙悟空不一样。我们从小说第五十八回“二心搅乱大乾坤　一体难修真寂灭”的原文中可以看到，孙悟空是灵明石猴，通变化、识天时、知地利，移星换斗。而六耳猕猴是知前后，万物皆明，他是比灵明石猴厉害，他是知万物的，这里就有一个很大的破绽。六耳猕猴知前后，万物皆明，那他应该知道最终的结局是被打死了，明明知道自己要被孙悟空一棍子打死，还要干这件事，这不是有毛病？所以只有一种可能，如来佛祖早就把事情安排得妥妥当当的了，在他的说明之下，让众佛都以为六耳猕猴就是真的孙悟空，真的孙悟空却被当成六耳猕猴被制服，被一棍子打死。

但上述说法也是一家之言，如来佛祖道破假悟空是六耳猕猴的时候，看看两人的反应：

那猕猴闻得如来说出他的本相，胆战心惊，急纵身，跳起来就走。

那猕猴毛骨悚然，料着

难脱，即忙摇身一变，变作个蜜蜂儿，往上便飞。

之后这个想逃跑的就被悟空给打死了。如果死的是真悟空，他之前又为何那么慌张想要逃跑呢？在六耳猕猴临死之前，是有露出本相的：

> 大众一发上前，把钵盂揭起，果然见了本相，是一个六耳猕猴。孙大圣忍不住，抡起铁棒，劈头一下打死，至今绝此一种。

这是先看到了六耳猕猴的本相，才被悟空打死的，难道说孙悟空还特地变成六耳猕猴的样子让别人打吗？看来真真假假只有如来知道了。

说到这里，我们统计一下《西游记》中如来佛祖一共出过几次手？四次。第一次是开始捉孙悟空的时候，易如反掌，随手就将孙悟空压在了五行山下，简直是太轻松了。第二次是捉六耳猕猴，仍然是易如反掌，几句话说完随手就盖在了金钵盂里，竟然跟压孙悟空在五行山下极为相似。第三次狮驼国捉大鹏，如来佛祖出动了佛教几乎全部的战力，才将自己的舅舅拿下，虽然艰难，但最终赢了。第四次，整本《西游记》中唯一让如来佛祖出了手但却没能制服的妖怪，就是第五十回～第五十二回取经团队遇到过的那个妖怪。孙悟空请求如来佛祖帮忙，如来佛祖却说：

> 他就不与你斗，定要嚷上灵山，反遗祸于我也。

如来佛祖居然说出了这样长他人志气、灭自家威风的话，怕这个妖怪来灵山捣乱。佛祖也能服软，简直是不可思议。我们就知道这妖怪有多难缠了，这位是谁呢？大丈夫行不更名坐不改姓，金兜山金兜洞独角兕大王。

独角兕大王是孙悟空遇到的最难缠的一个妖怪，也是孙悟空为了救师父而四处找人帮忙最多的一次。孙悟空不但求助玉帝查找此人的来历，还先后求助了托塔李天王、哪吒、雷公、火德星君、黄河水伯、如来佛祖、十八罗汉等仙佛两界众多高手前来相助，不过这些人都没有帮上忙，最后还是如来佛祖告诉弟子降龙、伏虎两位罗汉，他们又转告孙悟空，孙悟空才知道独角兕大王的来历，去找了独角兕大王（也就是青牛）的主人太上老君，这才解了围，过了关。

由此可见，高层次人的坐骑或者弟子的素质一般都比较高，比如说弥勒佛的弟子黄眉怪、太乙救苦天尊的坐骑九灵元圣等，他们都像太上老君的坐骑青牛一样不喜欢杀人，不喜欢吃唐僧肉。黄眉怪主要的目的是给自己升职的机会，九灵元圣主要是为了给下属报仇才跟孙悟空发生矛盾，而这个独角兕大王（青牛）没有这方面的需求。

纵观青牛在此次比试活动中的表现，我们可以得出一个结论，青牛并不真的想吃唐僧肉，他也不是心肠狠毒的一个妖怪，他做的一切唯一的解释就是给自己的主人太上老君争口气。他与孙悟空大战了三个时辰，分不出胜负，可见青牛的实力，更重要的是青牛还有他制胜的法宝金刚镯。青牛想吃唐僧分分钟就可以下手，但他没这样做，收了天兵天将的兵器，他也并不去追逃跑的天兵天将，只是将兵器带回去等着孙悟空的下一次挑战。他一直在等待，等待孙悟空和他请来的所有的救兵，目的只有一个，就是要告诉大家，他的主人那是超级厉害。

《西游记》中讲到，在收服孙悟空的武器之后，独角兕大王还跟孙悟空徒手搏斗几百回合，不分胜负。这就说明，他的实力与孙悟空是不分伯仲的。而且如来佛祖派了十八罗汉开宝库拿着十八粒“金丹砂”，都没有办法将独角兕大王降服。

独角兕大王为什么非要给自己的主人争名呢？太上老君是道教的领袖，理论上是法力无边的。不过由于他本人淡泊名利，与世无争，所以有些不知天高地厚的人会轻视他。孙悟空不费多大力气就轻松地抓住了拥有五样宝贝的太上老君的两个童子，金角大王、银角大王，这肯定让太上老君很没面子。太上老君超越了名利，可以淡然处之，但他的坐骑青牛看不下去了，为了争口气才摆下擂台向世人证明自己主人的实力。最终的结果，青牛的目的达到了，他在跟孙悟空的比赛中丝毫不落下风，而且如来佛祖最终也没有亲自出手，这之后谁都不敢小瞧青牛的主人太上老君了吧？

关于真假美猴王我们就说到这里，下一篇我们说说《西游记》里的真经在哪里。

36

叁陆

《西游记》里的真经

本篇我们说说《西游记》里的真经。

话说唐僧领了唐太宗李世民的旨意，与徒弟孙悟空、猪八戒、沙和尚和白龙马往西天取经，一路之上斩妖除魔，历尽了千山万水，途经十万八千里，终于来到了西天大雷音寺，佛祖就让阿难、迦叶两大尊者传经。

唐僧“空手”来求真经是最高层次的求经，应该给最高层次的经文，而且尊者何等的智慧，何等的超凡，用现在的话说，怎么会向人索要礼物？所以尊者二话不说，一下子就把无字真经传给了唐三藏。

可惜唐僧肉眼凡胎，并不识得无字真经，因为看不懂，那就只能给他有字真经。既然是有字真经，就要带有人世间的“俗气”，也就是说此时诸位没有到达至上的境界，那就必须要有礼物来疏通，才能使有字真经发挥它应有的作用。正如两大尊者所说：

白手传经继世，后人当饿死矣。

佛祖本来不想把这事挑明，但是唐僧的境界确实太低了，智慧更没办法与两位尊者相比，只能就把不应该说的话说了：

只是经不可轻传，亦不可以空取。

燃灯古佛暗中观看了整个传经的过程。作为佛家的最高智者，他的心中非常明白，笑着说：

东土众僧愚迷，不识无字之经，却不枉费了圣僧这场跋涉？

于是，燃灯古佛叫白雄尊者去追赶已经离开的唐僧，说：

你可作起神威，飞星赶上唐僧，把那无字之经夺了，教他再来求取有字真经。

其实无字真经和有字真经都是真经，是经的两种不同版本。是否能够学懂，要看个人的修为造化。有字真经就相当于绘画本，是佛法的普及版，给低层次、低水平的人学习的。无字真经则代表修炼佛法的最高境界，属于原著版的真经，应该视为大学教材或者是研究生教材。东土众生修为太低，让小学生学大学教材，这是勉为其难。即使唐僧懂得这个道理，回去以后当李世民问他，你取什么回来了？唐僧回答：我什么都没取回来。这也交代不过去啊。

无与有的关系，无论是佛家道家，都讲到了这个方面。道家讲，“无极生有极，有极升两仪”。老子说“无，名天地之始；有，名万物之母”。无的存在，给我们追求一种境界，就是只可意会，不可言传。这种境界才是最重要的，正所谓此时无声胜有声，《琵琶行》中说的这句话其实是人生的最高境界。

对禅意的理解，中国人别具一格。在日常生活中处处都有禅意。只不过是我们觉察不来。比如说居住，我们要舒服，还要符合风水。这个境界是不是很高，很有禅意？饮食不仅要解决温饱，还要将酸甜苦辣味道调和，要讲色香味形俱佳。中医中药不仅是治病，更侧重于对人的滋补调理。所以中国人生活的艺术就走到了极致。比如说紫砂壶，比如说一个扇面，比如说一碟小菜，比如说一句京腔中的情趣，那都是很高的

《西游记》里的真经

唐僧“空手”来求真经是最高层次的求经，应该给最高层次的经文，而且尊者何等的智慧，何等的超凡，用现在的话说，怎么会向人索要礼物？所以尊者二话不说，一下子就把无字真经传给了唐三藏。

境界，大音希声，大象无形。能够把大强调到极致，就只能用无、用虚来强调。所谓无是最高境界。你只能慢慢地去悟，悟好了才能升华。

佛教禅宗五祖准备确定传人的时候，就出了这么一个考题，看弟子悟得怎么样。结果大弟子神秀说：身是菩提树，心如明境台。时时勤拂拭，勿使惹尘埃。但是烧火的弟子慧能说：菩提本无树，灵境亦非台。本来无一物，何处惹尘埃。结果慧能成了接班人，神秀和慧能这师兄弟二人，就是有一个有和无的问题。

无的境界，在中国人的日常生活中淋漓尽致地表现出来。可惜，唐僧没有给我们带回无字真经。众生依然只能处在迷离之中，苦海之中。正所谓“南朝四百八十寺，多少楼台烟雨中”。

《西游记》中的唐僧，没有把无字真经带到中土，但是比《西游记》中的唐僧要早得多的禅宗六祖慧能，把无字真经带到了中土。六祖慧能说：

> 一切万法尽在自心中，何不从于自心顿现真如本性，是人性本自净，万法在自行。

这就是《西游记》中所说的无字真经和有字真经。我们跨越时空，在六祖慧能一千多年以后的明朝的王阳明，和作者吴承恩是同一个时代的人。王阳明是一个儒学大师，他讲：

> 宇宙便是吾心，吾心便是宇宙。

看来，王阳明也懂得有和无的境界。所以透过唐僧取经的故事，《西游记》给我们所有人讲了一个道理：很多事儿不是别人能告诉你的，而是你自己悟出来的；你自己悟出来的才是真正适合你的。吃别人嚼过的馍，没有营养。话讲到这儿，我们便知道唐僧所取的经有明经和暗经之分，一方面什么叫明经？放在明面上，冠冕堂皇的经卷，这就是有字真经。为什么要取有字真经？

想当年他们取经之前，玄奘在唐太宗李世民跟前说“贫僧不才，愿效犬马之劳，与陛下求取真经，祈保我江山永固”。所以他取经的目的不是为了弘扬佛法，而是为了保护皇帝的江山永固，他的目的并不那么高大上。

书中所写的表面上师徒五人是为了取经而取经，实际上隐含了另外两条线索，一是师徒五人一路跋涉，一路修行的过程。二是牵扯到西天佛界天庭和妖界多方势力的角逐和平衡的过程。正因为如此，这暗经可能要比明经更为重要，师徒一行五人在路上，本身就是个修行的过程，也是一个成长的过程。九九八十一，这也是一个非常完美的数字。师徒五人一步一个脚印，这叫踏踏实实的修为。这八十一难当中有一难最为特别，就是画上句号的最后一难。当然，古时候的千万都是多的意思，不能作准的，这算是如来的安排还是菩萨的疏忽呢？真经都到手了，还要折腾一回。

我们看电视剧《西游记》知道，再次途经通天河，再次遇到那只大乌龟。上一次大乌龟曾经拜托取经五人组，问问佛祖自己的寿命可不可以增加。可取经五人组完全忘记了当初的承诺。你想欺骗大乌龟，您是真佛吗？真佛还会骗人？后果很严重，他就把这取经五人组翻下了河，结果有字真经被水浸湿。尽管师徒五人奋力抢救，上岸后晾晒经书，结果猪八戒不小心弄破一本经书中的一页，但是并没有大碍。这最后一难，至少给了所有人三个启示。

第一，人生没有所谓的完美。猪八戒的笨手笨脚由此可见一斑，晾晒经书都能弄破了一页，弄得唐僧心疼。

第二，不守承诺，那就会有现世报。记住了，答应的事，不管答应谁的事，您就得去做。说好了的事儿，结果没做，那就一定会有问题。

第三，毫无戒备就会遭遇危机。真经到手了，意气风发，荣归故里，千算万算算不到大乌龟让其吃了个大亏。

这就是《西游记》给我们的启示。相信《西游记》给唐僧、给孙悟空的启示也很多。

先说唐僧的身份有很多纠结的地方，既有真实的一面，又有虚构的一面，既是师父又是家长，拿到现在来说，他是老板、经理人。但是，他是一个人，是一个凡人，虽然他前世是金蝉子，但是他把前世的过程忘记了。《西游记》中贯穿始终的唯一的一个凡人，就是唐僧，最后他成了佛，什么启示？我们任何人都要有一个坚定的信念，只有有了坚定信念的人，才能有一个完美的人生。

再说孙悟空，孙悟空被如来佛祖压在五行山下五百年，通过拜唐僧为师，与白龙马、猪八戒、沙和尚等几个人做师兄弟，一路护送唐僧西天取经，历经九九八十一难，终于取得真经。孙悟空最终因护送唐僧西天取经终于成佛，职位比观音菩萨还高，由此成为西方世界最高的核心领导人之一，能够比肩师父。如果说唐僧成佛，观音等西方大咖，包括其他佛祖也还能服气，毕竟唐僧是如来佛祖前世的得意弟子，但是孙悟空也能成佛，他们就不怎么能服气，一个石头缝里蹦出来的也能成佛？其实这是在告诉我们，只要你努力，你就能够有一个好的结果。

《西游记》讲到最后似乎成了一碗心灵鸡汤，至于是不是，还是仁者见仁，智者见智。

话说《西游记》到这里就告一段落了，这些是《西游记》这本小说带给我们的一些思考。回到最开始说的，《西游记》是一部伟大的小说，每次读都能有所收获，也希望读者朋友们从中都能有所启示。

功德圆满

如果说唐僧成佛，观音等西方大咖，包括其他佛祖也还能服气，毕竟唐僧是如来佛祖前世的得意弟子，但是孙悟空也能成佛，他们就不怎么能服气，一个石头缝里蹦出来的也能成佛？其实这是在告诉我们，只要你努力，你就能够有一个好的结果。

图书在版编目（CIP）数据

纪连海说西游 / 纪连海著. — 广州 : 广东人民出版社，2018.3

ISBN 978-7-218-12354-7

Ⅰ. ①纪… Ⅱ. ①纪… Ⅲ. ①《西游记》—人物形象—古典小说评论 Ⅳ. ①I207.419

中国版本图书馆 CIP 数据核字（2017）第 295437 号

Jilianhai Shuo Xiyou
纪 连 海 说 西 游

纪连海 著

出 版 人：肖风华

责任编辑：严耀峰 马妮璐
责任技编：周 杰 易志华
装帧设计：今亮后声 HOPESOUND pankouyugu@163.com

出版发行：广东人民出版社
地 址：广州市大沙头四马路 10 号（邮政编码：510102）
电 话：（020）83798714（总编室）
传 真：（020）83780199
网 址：http://www.gdpph.com
印 刷：北京博海升彩色印刷有限公司
开 本：787mm×1092mm 1/16
印 张：20 **字 数**：256 千
版 次：2018 年 3 月第 1 版 2018 年 3 月第 1 次印刷
定 价：72.00 元

如发现印装质量问题，影响阅读，请与出版社（020－83795749）联系调换。

售书热线：（020）83795240